ROMAN KLEMENTOVIC

Verspielt

ROMAN KLEMENTOVIC

Verspielt

Thriller

GMEINER SPANNUNG

Personen und Handlung sind frei erfunden.
Ähnlichkeiten mit lebenden oder toten Personen
sind rein zufällig und nicht beabsichtigt.

Besuchen Sie uns im Internet:
www.gmeiner-verlag.de

Im Ehnried 5, 88605 Meßkirch
Telefon 07575/2095-0
info@gmeiner-verlag.de

1. Auflage 2015

Lektorat: Claudia Senghaas, Kirchardt
Herstellung: Mirjam Hecht
Umschlaggestaltung: U.O.R.G. Lutz Eberle, Stuttgart
unter Verwendung eines Fotos von: © view7 / photocase.de
Druck: GGP Media GmbH, Pößneck
Printed in Germany
ISBN 978-3-8392-1797-9

Für meine Nichte Helena.

MORGENKAFFEE

WIEN, FREITAG, 27. NOVEMBER

Die Lichter blenden.

Menschenmassen strömen ihm entgegen, ziehen an ihm vorbei. Ein Gewirr aus Stimmen.

Eine Straßenbahn fährt ein. Ihr Bimmeln erscheint ihm unnötig und viel zu laut. Er flucht innerlich.

Mechanisch steuert er auf sein Ziel zu.

Der Duft von frisch gemahlenem Kaffee und warmem Gebäck steigt ihm in die Nase, verdrängt den Uringestank.

»Na, heute sind wir aber besonders früh dran, Herr Inspektor. Wieder bereit, die Welt zu retten?«

Er sieht sie aus rot unterlaufenen Augen an, verkneift sich ein Gähnen und antwortet mit einer Grimasse, die ein Lächeln darstellen soll.

»Das Gleiche wie immer?«

Er nickt und versucht sich abermals an einem Lächeln.

VORSPIEL

DIENSTAG, 1. DEZEMBER

1

Panik steigt in ihr hoch. Sie stolpert von einer Ecke in die nächste. Tastet sich an den kalten, feuchten Steinwänden entlang.

Sie ist immer noch benommen, in ihrem Kopf pocht ein dumpfer Schmerz. Ihre Gedanken überschlagen sich.

Zögerlich tastet sie ihren Körper ab. Sie ist splitternackt. Sie legt die Hände auf ihren nackten Bauch, lässt sie dort. *Oh Gott.*

»Hallo? Ist da jemand?«, ruft sie und erschrickt darüber, wie ängstlich ihre Stimme klingt.

Sie hält die Luft an und lauscht.

Das Echo ihres Rufs verstummt. Vollkommene Stille.

Sie blickt in alle Richtungen, in der Hoffnung, irgendwo einen Schimmer von Licht zu entdecken. Doch vergebens – alles um sie herum ist schwarz. Sie hält sich die Hände vors Gesicht, doch selbst jetzt kann sie ihre Handflächen nicht sehen.

»Hilfe!«, brüllt sie.

Wieder umhüllt sie diese drückende Stille. Und ein modriger Geruch.

Immer wieder schießen ihr dieselben Fragen durch den Kopf: Wo ist sie? Wie ist sie hierher gekommen? Warum ist sie hier? Und wo ist ihre Kleidung?

Ihre Erinnerung ist unklar. Bilder blitzen vor ihrem geistigen Auge auf und verschwinden wieder: Sie liegt auf dem Stuhl. Ist auf dem Heimweg. Sitzt in der U-Bahn. Viele Stimmen. Von irgendwoher Musik. Grelles Licht. Doch dann? Sie kann sich einfach nicht erinnern.

Totale Verzweiflung. *Bitte sag, dass das nicht wahr ist.*

Sie atmet unkontrolliert und hat das Gefühl, kaum noch Luft zu bekommen. Mit dem Rücken lehnt sie am feuchten Stein. Sie versucht, ihre Atmung wieder in den Griff zu bekommen.

»Scheiße! Scheiße! Scheiße!«

Sie tastet sich weiter an der Wand entlang. Macht ganz kleine Schritte. Sucht die Mauer nach einem Fenster, einer Tür oder einem Verschlag ab. Nach irgendetwas.

Sie versucht, die Angst zu unterdrücken.

Plötzlich ist kein nasser Stein mehr unter ihren Fingern. Zum ersten Mal keimt so etwas wie Hoffnung in ihr auf. Ihre Hände gleiten über eine kalte, glatte Oberfläche. Ja, das muss eine Tür sein. Nur kann sie keine Schnalle finden. Sie spürt einen feinen Luftzug auf ihrer nackten Haut.

Sie presst ihre Fingerspitzen in den kaum merkbaren Spalt zwischen Tür und Zarge. Zerrt daran. Ein Fingernagel bricht.

Mit beiden Fäusten trommelt sie dagegen. Fester und fester. Irgendwer muss sie doch hören.

»Ist da jemand?«

Ihre Faustschläge dröhnen durch die Dunkelheit. Sie wird immer hysterischer. Ihr Herz rast. Tränen schießen ihr in die Augen.

»Hilfe!«, brüllt sie immer wieder. Bis ihre Stimme versagt und sie völlig erschöpft zu Boden sinkt.

2

Dienstagabend. Der Wiener Abendverkehr gerät immer wieder ins Stocken. Regentropfen prasseln gegen die Fensterscheiben, im Radio trällern *Wham* ihr *Last Christmas*, und eben hat er einen Teenager in kurzen Hosen an einer roten Ampel warten sehen. An beiden Straßenseiten reihen sich Schaufenster mit Weihnachtsbeleuchtung aneinander. Eine äußerst seltsame Kombination.

Martin Fink blickt über die Schulter der knochigen Taxifahrerin hinweg auf die Temperaturanzeige des Mercedes-Taxis. 13 Grad. Und das Anfang Dezember. Er kann sich beim besten Willen nicht vorstellen, dass es in ein paar Tagen wirklich schneien soll, so wie er es in der Zeitung vorhin im Flieger gelesen hat.

»Das Wetter ist ein Wahnsinn, was?«, sagt die Taxlerin, als ob sie Martins Gedanken gelesen hat. Ihre Stimme klingt rau, sie stinkt nach Rauch und sie sieht aus, als ob sie ihr Pensionsalter längst überschritten hat. Sie sucht Martins Blick im Rückspiegel. »Ich sag' Ihnen, das ist diese Erderwärmung.«

»Mmh.« Martin fühlt sich ausgelaugt und unglaublich erschöpft.

»War'n Sie in der Karibik, weil S' so braun sind?«

Braun? Ich? Martin muss lächeln. Das Einzige, das an ihm braun ist, sind seine Haare. Und selbst die werden in letzter Zeit immer grauer. Er schätzt den Konversationsversuch der Fahrerin – aber trotzdem fühlt er sich zu müde dafür. »Nein, in Zürich.«

»Ah, schöne Stadt.«

»Waren Sie schon mal dort?«

»Nein. Aber ich hab' eine Dokumentation im Fernsehen gesehen. Sehr interessant. Wussten Sie …«

Die Fahrerin redet weiter, aber Martin hört ihr nicht mehr zu. Der Belvederegarten zieht vor seinem Fenster vorüber. Schnell ist er wieder tief in seinen Gedanken versunken.

Die Verhandlungen in Zürich sind hart gewesen. Rudi und er haben das ganze Wochenende durchgearbeitet und kaum geschlafen. Aber immerhin haben sie erreicht, was sie wollten.

In den nächsten Tagen muss er jetzt nur noch die Adaptionen aufbereiten und die Verträge fertigstellen. Vielleicht noch ein oder zwei Mal nach Zürich. Aber dann steht der Fusion nichts mehr im Weg. Wenn alles klappt, wird das der größte Deal, den *KOVACIC & FINK* jemals abgewickelt haben. Gut für den Ruf der Kanzlei, gut für jede Menge neuer Aufträge.

Die Frage ist nur, ob er das auch wirklich will. Er ist 35 und hat den Blutdruck eines 70-Jährigen. Er arbeitet viel zu viel und hat kaum noch Zeit für sich und Maria. Tennisspielen war er schon eine Ewigkeit nicht mehr, und die Bücher, die er sich in letzter Zeit vorgenommen hat zu lesen, sind jetzt schon mit einer dicken Staubschicht bedeckt.

Und wie wird Maria wohl darauf reagieren, wenn er künftig abends noch länger im Büro sitzt?

So schwierig ihre kurze Ehe bisher auch gewesen ist, Martin ist fest entschlossen, darum zu kämpfen. Er will Maria nicht aufgeben. Nicht nach nur drei Jahren. Auch wenn sie von Grund auf so verschieden sind: Er, der Extrovertierte und Unternehmungslustige, dessen Leidenschaft es ist, sein Netzwerk immer weiter zu vergrößern und die Kanzlei zu führen. Sie, die Schüchterne und Unsichere, die den Kontakt zu Fremden scheut und sich am liebsten zu Hause verkriecht.

Maria wirft ihm jetzt schon vor, mehr Zeit mit Rudi, seinem Kanzleipartner, zu verbringen als mit ihr. Das gemeinsame Thermenwochenende schiebt er nun schon seit Monaten auf.

Er wird das alles in Ruhe mit ihr besprechen müssen. Aber nicht an ihrem gemeinsamen Dienstagabend.

Martin beobachtet die abendliche Hektik auf der Straße. Menschen schleppen übergroße Einkaufssackerln, tippen und brüllen in ihre Handys, Autofahrer fluchen und gestikulieren hinter ihren Lenkrädern. Radfahrer und Motorradfahrer drängen sich in jede noch so kleine Verkehrslücke.

»Sie sind nicht zufällig mit dem verwandt, oder?«, fragt die Taxlerin.

Martin wird aus seinen Gedanken gerissen. »Was? Mit wem?«

»Na, mit dem Clooney.«

»Dem Schauspieler?«

»Ja.«

Martin muss lachen. »Nein, wieso?«

»Na, sie haben die Haare genauso wie er. So ein bisserl grau halt. Und die Nase …«

»Nein, nein.« Martin schüttelt den Kopf.

In dem Moment klingelt das Handy der Fahrerin.

»Stört es Sie?«, fragt sie und wartet Martins Antwort nicht ab. Sie geht ran. »Hallo, Bärli …«

Gott sei Dank! Mit einem Schmunzeln auf den Lippen fragt sich Martin, wie weit die Frau wohl noch gegangen wäre, um ein wenig Konversation zu treiben.

Er sehnt sich danach, endlich nach Hause und aus dem verdammten Anzug und den immer enger werdenden Maßschuhen herauszukommen. Eine Dusche, ein kühles Bier und Maria – das ist es, was er nun braucht. Er kann den gemeinsamen Abend auf der Wohnzimmercouch kaum erwarten.

»Maria!«, ruft er, lässt die Tür ihrer luxuriösen Dachgeschosswohnung im 4. Wiener Gemeindebezirk hinter sich zu fallen und beginnt damit, an seinen durchnässten Schuhen herumzuzerren. »Ich bin zu Hause!«

Stille.

Martin streift seinen schwarzen Herbstmantel und sein Jackett ab und blickt auf seine Armbanduhr, die unter der weißen Hemdmanschette zum Vorschein kommt. Es ist kurz vor acht.

»Maria?«

Wieder keine Antwort.

Komisch, Maria müsste doch schon längst daheim sein.

Er geht in die Küche, legt den Poststapel, den er von unten mitgenommen hat, auf den massiven Holztisch, und steuert direkt auf den Kühlschrank zu, um sich eine Flasche Corona herauszuholen. Das Zischen beim Öffnen klingt wie Musik in seinen Ohren. Er lehnt an der Kochinsel und leert die Flasche zur Hälfte.

Er wählt Marias Nummer und kommt sofort in ihre Mobilbox. »Seltsam«, murmelt er. Sein Blick fällt auf den Herd. Er ist leer, alles scheint unberührt. Dabei wollte Maria doch für sie beide kochen.

Er macht das Küchenradio an. *Pink* trällert mit ihrer nervtötenden Stimme. Martin wechselt den Sender. *Nickelback. Bitte nicht!* Er legt eine CD ein. *Ah, Miles Davis! Schon besser!*

Gedankenverloren starrt Martin aus dem Panoramafenster hinaus über die Dächer der Innenstadt. Nicht weit entfernt liegt die beleuchtete Karlskirche.

Der Regen ist mittlerweile stärker geworden. Das Prasseln der schweren Tropfen und die sanften Trompetenklänge aus dem Radio bilden eine beruhigende Geräuschkulisse. Martin versucht sich einzureden, dass seine Sorgen überzogen sind.

Während er sein Bier leert, überfällt ihn Müdigkeit. Er gähnt herzhaft, reibt sich die Augen und beschließt, erst einmal eine ausgedehnte Dusche zu nehmen.

Das heiße Wasser und der wohlige Duft von Marias Vanilleduschgel haben Martin unglaublich müde gemacht. Er wischt den Badezimmerspiegel trocken und erschrickt bei dem Anblick, der sich ihm bietet. Das Weiß seiner Augen ist von unzähligen roten Äderchen durchzogen. Darunter hängen schwere Ringe.

Vorsichtig fühlt er mit den Fingerspitzen über die Bissnarben. Sie scheinen zu glühen.

Er war damals zehn, als der Nachbarshund ihn angriff. Dabei wollte er ihm den Ball nur aus der Schnauze nehmen, um mit ihm zu spielen. Aber der drehte ganz plötzlich durch und fiel über ihn her.

Seither prangen die Spuren dieser Attacke auf seiner linken Wange. Die Albträume kommen mittlerweile nur noch ganz selten. Die panische Angst vor Hunden jedoch wird ihm wohl für immer bleiben.

Martin seufzt. Am liebsten würde er gleich direkt ins Bett gehen und sich einmal so richtig ausschlafen. Aber heute ist Dienstag. Und das ist ihr gemeinsamer Abend. Er hat Maria versprochen, sich bei all dem Stress, den die Kanzlei mit sich bringt, und den vielen Terminen an zumindest einem Abend unter der Woche ausschließlich ihr zu widmen. Und dieses Versprechen will Martin auf keinen Fall brechen.

Martin reibt sich mit den Handballen die Augen und spritzt sich kaltes Wasser ins Gesicht. Er blickt auf seinen Waschbärbauch hinab und betrachtet ihn skeptisch. Er weiß zwar, dass er für seine 35 Jahre in einer sehr guten Form ist. Aber das eine oder andere Kilo sollte er bis zur nächsten Badesaison wohl noch loswerden.

Ihm fällt die Taxlerin wieder ein. *George Clooney*. Er muss grinsen und schüttelt den Kopf.

Als Martin zurück in die Küche kommt, läuft noch immer die Miles Davis CD. Er wählt noch einmal Marias Nummer. Wieder meldet sich sofort ihre Mobilbox. Das ungute Gefühl in seiner Magengegend wird stärker.

Ihm fällt der Poststapel ein und er blättert ihn durch. Zahllose Flugblätter mit Weihnachtsangeboten, dazwischen ein paar Rechnungen. Nichts davon öffnet er.

Nur ein Umschlag erregt seine Aufmerksamkeit. Er ist weiß und trägt weder Empfänger noch Absender.

Komisch. Martin nimmt ein Küchenmesser, öffnet damit das Kuvert, holt einen Zettel heraus und entfaltet ihn. Die Botschaft wurde an einem Computer geschrieben. Er beginnt zu lesen. Sein ungutes Gefühl schlägt in Panik um.

Lieber Martin!

Maria wird heute nicht nach Hause kommen.

Ich habe sie entführt.

Doch du kannst sie befreien. Und das ist ganz einfach. Du musst dazu nur mein ***Spiel mitspielen*** *und herausfinden, warum ich das getan habe.*

Ich werde dich in den nächsten 3 Tagen immer um exakt 23:59 anrufen. Hebst du ab, musst du mir den Grund nennen, warum ich Maria entführt habe. Nennst du ihn nicht oder ist die Lösung falsch, werde ich Maria ***töten****. Also rate ich dir, besser nicht ran zu gehen, wenn du dir nicht sicher bist.*

Um das Ganze ein wenig spannender zu gestalten, habe ich mir noch ein paar zusätzliche Regeln einfallen lassen:

Jeder unbeantwortete Anruf wird Maria große ***Schmerzen*** *bereiten.*

Wenn du innerhalb von 3 Tagen, also bis zum 4. Dezember 23:59, nicht herausfindest, warum ich Maria entführt habe, werde ich sie ***töten****.*

Wenn du die Polizei einschaltest, werde ich Maria ***töten****.*

Wenn du sonst irgendjemandem von diesem Spiel erzählst, werde ich Maria ***töten****.*

Wenn ich auch nur den geringsten Zweifel an deiner Ehrlichkeit habe, hast du Marias Leben ***verspielt****.*

Ich wünsche dir viel Erfolg!

P.S.: Ich bin ganz in deiner Nähe!

Martin zittert am ganzen Körper. Der Zettel entgleitet seinen Händen und fällt zurück auf den Küchentisch. Ihm ist plötzlich heiß, und er hat das Gefühl, nicht mehr genügend Luft zu bekommen. Er hört das Blut in seinem Kopf rauschen. Er greift nach seinem Handy, doch in seiner Hektik fällt es ihm aus der Hand. Es schlägt auf den dunklen Marmorfliesen auf. Der Akku fällt heraus. Das Display zerspringt.

»Scheiße!«

Mit zitternden Fingern setzt er den Akku wieder ein und startet das Telefon. Die Sekunden scheinen eine Ewigkeit zu dauern. Endlich wird er nach dem PIN-Code gefragt. Er vertippt sich zwei Mal. Beim dritten Versuch stimmt er. Eine weitere Ewigkeit vergeht, bis das Telefon bereit ist.

Er wählt Marias Nummer.

Wartet.

Sein Herz rast, und der Schweiß schießt ihm aus den Poren.

Wieder kommt er nur in Marias Mobilbox. Martin stößt einen verzweifelten Schrei aus.

Er redet sich ein, vorher nur nicht richtig nachgesehen zu haben und stürmt durch die Wohnung. *Vielleicht schläft Maria ja schon.*

Er schlägt die Bettdecke zurück, schaut in jeden einzelnen Kasten und hinter die Wohnzimmercouch. Er wagt sich sogar auf die geräumige Dachterrasse hinaus, die er sonst aufgrund seiner Höhenangst meidet. Verkrampft hält er sich am Geländer fest und späht auf die regennasse Straße hinab. Ein dunkler Kombi fährt vorüber, ansonsten ist sie menschenleer.

Martin läuft durchs Stiegenhaus hinunter ins Erdgeschoss. Er sieht noch einmal in den Postkasten. Die Hoffnung, darin eine weitere Nachricht zu finden, erfüllt sich nicht.

»Verdammte Scheiße!«, flucht er und tritt gegen die Wand. Schmerzen im Fuß. Neuerliches Fluchen.

Er läuft die Treppen hoch und ruft immer wieder Marias Namen. Eine Wohnungstür wird einen Spaltbreit geöffnet, ein neugieriges Augenpaar sieht ihm nach.

Martin kontrolliert auch noch den Fahrstuhl. Er ist leer. Völlig außer Atem kehrt er in seine Wohnung zurück. Wie in Trance. In seinem Kopf herrscht Chaos.

Ist das vielleicht nur ein dummer Scherz?

Er überfliegt noch einmal den Zettel. Bis 4. Dezember, 23:59, muss er Maria finden.

3

Jäh wird Maria aus ihren wirren Träumen gerissen.

Ein Geräusch.

Sie schreckt hoch. Lauscht.

Da! Da ist es wieder.

Ein metallisches Scheppern dringt leise zu ihr in die Dunkelheit.

Hoffnung. Angst. Verwirrung.

Maria versucht, sich zu orientieren. *Wo ist die Tür?* Sie streckt ihre rechte Hand aus und stolpert zur Wand. Tastet sich voran, tritt mit ihrer nackten Ferse auf einen Kieselstein.

Das Geräusch kommt näher.

Ihr Puls beschleunigt sich.

Ein neuerliches Scheppern, lauter als zuvor. Dann Stille. Bedrohliche Stille.

Ihre Hoffnung schwindet. Die Angst nimmt überhand. Sie starrt in die Dunkelheit. Versucht, ihre Atmung unter Kontrolle zu bringen.

Jemand sperrt die Tür auf.

Hinter mir! Sie schreit vor Angst, reißt den Körper herum. Hält sich die Hand vor den Mund.

Panik.

Die Tür wird einen Spalt geöffnet. Ein Lichtstrahl fällt herein und blendet sie.

»Mach keine Dummheit!«, befiehlt ihr eine Stimme. Eine männliche Stimme. Sie klingt ruhig, emotionslos, bestimmend. »Oder du wirst es bereuen.«

Was soll das? Marias Gehirn arbeitet auf Hochtouren. Sie versucht, zu begreifen.

Dann geht die Tür weiter auf und noch mehr grelles Licht strömt in ihr Gefängnis.

Sie hält sich eine Hand schützend vor die Augen, blinzelt unentwegt. Die Augen brennen. Mit der anderen Hand versucht sie, gleichzeitig ihre nackten Brüste und ihren Schambereich zu bedecken.

Eine dunkle Gestalt baut sich vor ihr auf.

Soll sie auf den schwarzen Mann zustürmen? Versuchen, ihn zu überwältigen? Sie muss eine Entscheidung treffen. *Schnell!*

Doch dann erkennt sie die Waffe in seiner Hand. Der Lauf ist auf sie gerichtet. Sie schreckt zurück. Stößt mit dem Rücken gegen die kalte, nasse Wand. Der Stein bohrt sich in ihre Haut. »Bitte nicht!«, fleht sie.

Der Mann bleibt stumm.

»Was … was wollen Sie?«

Wieder keine Antwort. Die Pistole hält er weiter auf sie gerichtet. Auch in der anderen Hand hält er etwas.

Maria kann es nicht erkennen.

Plötzlich holt er damit aus.

»Nein! Bitte nicht!« Maria wendet sich ab. Stemmt sich gegen die Mauer.

Er schleudert es in ihre Richtung.

Sie kreischt, presst die Augen zusammen. Ihr Körper zuckt.

Zwei Dinge knallen vor ihr auf den Boden.

Er lacht.

Zaghaft öffnet Maria die Augen. Ungläubig starrt sie darauf. Vor ihr liegen eine Plastikflasche mit Wasser und ein halber Laib Brot.

Sie atmet immer noch schwer. Nur langsam löst sich die Spannung in ihren Muskeln.

Er betrachtet Maria, neigt seinen Kopf zur Seite. Sein Gesicht ist im Dunkeln, umgeben von einer Korona.

»Bitte … bitte tun Sie mir nichts.« Marias Stimme zittert.

Er lässt die Pistole sinken, wendet Maria seinen Rücken zu und geht hinaus.

Wo will er hin? Erneut überkommt Maria Verzweiflung. Sie nimmt all ihren Mut zusammen und brüllt: »HALT!«

Er bleibt stehen. Wartet.

Marias Körper bebt. »Warum bin ich hier?«

Er dreht sich um. Ganz langsam.

Maria versucht wieder, ihren Schambereich zu bedecken. Die andere Hand hält sie vor ihre Brüste.

Er kommt auf sie zu, baut sich wieder vor ihr auf.

Marias Augen gewöhnen sich langsam an das Licht und sie erkennt schemenhafte Züge in seinem Gesicht.

Er starrt sie an.

Maria kann spüren, wie sein Hass sie durchdringt. Sie zittert am ganzen Körper.

Ganz langsam hebt er seinen Zeigefinger und richtet ihn auf sie.

Ihre Zähne klappern. Sie stammelt unzusammenhängende Laute.

Sein Körper bebt, als er endlich sein Schweigen bricht. Er sagt nur drei Worte.

Maria weiß Bescheid.

DER 1. SPIELTAG

MITTWOCH, 2. DEZEMBER

4

Nun hat es also begonnen.

Endlich.

Die letzten Stunden über hat er kein Auge zugetan. Doch nicht die durchgelegene Matratze war schuld daran oder die Feder, die sich immer weiter in seinen Rücken bohrte. Nein, viel mehr lag es an den Tausenden Gedanken, die ihm selbst jetzt noch durch den Kopf schießen.

Er starrt an die Decke und geht immer und immer wieder den vergangenen Tag durch. Wie perfekt alles geklappt hat. Fast möchte er schon glauben, dass es diesen Gott, von dem seine Eltern immer so ehrfürchtig gesprochen haben, wirklich gibt. Dass er ihm auf seiner Mission zur Seite steht. Dass er sie richtig findet. Dass er ihm dankbar dafür ist. Ja, ganz sicher sogar ist es so.

Dieser Blick. Diese Angst. Diese Panik. Sein ganzer Körper bebt bei dem Gedanken daran. Er kann es kaum glauben. Irgendwie fühlt es sich noch so unwirklich an. Fast so, als schaute er einen Film. Aber auch das wird sich legen.

Er weiß, er muss schlafen. Sein Körper braucht die Erholung. Er darf ihn in den nächsten Tagen nicht im Stich lassen. Er muss sich auf ihn verlassen können. Bis zum großen Finale.

In drei Tagen.

Doch er ist viel zu aufgeregt. Sein Herz schlägt schnell, und er hat das Gefühl, alles und jeden besiegen zu können.

Vorbei ist die Zeit der Zweifel. Vorbei sind die Jahre des Schmerzes. Vorbei sind die vielen Nächte, in denen er durchgeheult hat. Vorbei ist die Zeit, in der er sich selbst die Schuld für alles gegeben hat. In der er sich deshalb mit der Klinge die Haut geritzt hat. Vorbei. Alles vorbei.

Denn nun bestimmt er das Spiel.

Ja!

Wie paralysiert starrt er aus dem Fenster in die Dunkelheit hinaus. So lange, bis sich der dunkelblaue Himmel über den Dächern heller färbt und endlich ein gelbroter Streifen auftaucht.

Der erste Tag.

Eine sonderbare Erregung überwältigt ihn, erfasst jede Faser seines Körpers. Hüllt ihn in tiefste Zufriedenheit.

Er greift nach seiner Browning 9 Millimeter, die auf dem Nachtkästchen liegt. Er betrachtet, dreht und wendet sie. Lagert sie von einer Hand in die andere. *Wie schön sie ist.*

Als er sie ganz nah vor seine Augen hält, kann er darin sein verzerrtes Gesicht erkennen. Er lächelt.

5

Martin wirft die Schmerztablette ein und trinkt ein halbes Glas Wasser nach. Kurz zuvor hatte er noch überlegt, ob er es mit Whiskey versuchen sollte, doch dann siegte zum Glück die Vernunft. Er würde Maria noch weniger helfen können, wenn er sich nun betrank.

Bis auf die Geräusche der Kaffeemaschine und das Ticken der Wanduhr ist es totenstill in der Wohnung.

Gedankenversunken starrt Martin aus dem Panoramafenster über die Dächer der Stadt und beobachtet, wie die Sonne langsam dahinter emporsteigt. Es sind kaum Wolken am Himmel, die Luft ist klar.

Die letzten schwarzen Tropfen sickern durch den Filter hinein in die Kanne. Martin gießt sich eine frische Tasse ein. Den Duft, den er sonst so sehr liebt, nimmt er gar nicht wahr. Sein Herz rast. In den letzten Stunden hat er wohl mindestens einen Liter Kaffee getrunken.

Die ganze Nacht über fand er keinen Schlaf. Er stellte die gesamte Wohnung auf den Kopf, wühlte in Marias Sachen und versuchte, das Passwort für ihr Notebook herauszufinden. Nichts war von Erfolg gekrönt.

Immer wieder überlegte er, jemanden anzurufen. Um Hilfe zu bitten. Doch der Brief tat seine Wirkung. Ich bin ganz in deiner Nähe!, stand da. Was, wenn das nicht nur eine leere Drohung, sondern der volle Ernst dieses Psychopathen war? Was, wenn er ihn vielleicht wirklich beobachtete. Vielleicht sogar gerade in diesem Moment? Und wieso war er sich überhaupt so sicher, dass es ein Mann war?

Martin lief ein eiskalter Schauer über den Rücken und er begann, die ganze Wohnung noch einmal abzusuchen – dieses Mal nach versteckten Kameras, Mikrofonen oder Wanzen. Eine halbe Stunde später hatte er immer noch nichts gefunden. Doch die Unsicherheit blieb.

Martin hielt es in der Wohnung nicht mehr aus. Er hatte das Gefühl, keine Luft mehr zu bekommen. Er stürmte hinaus und irrte durch die regennassen Straßen rund um den Karlsplatz, in der absurden Hoffnung, Maria dort irgendwo zu finden. Irgendwann fand er sich vor der Karlskirche wieder und ließ sich auf die Stufen die zum Eingang führten fallen. Den Blick auf den finsteren Resselpark und die verbarrikadierten Holzstände des Weihnachtsmarkts gerichtet, ging Martin in Gedanken immer und immer wieder seine letzten Gespräche mit Maria durch. Er analysierte jeden Satz, jedes Wort, an das er sich erinnern konnte. War sie anders als sonst gewesen? Hatte sie bereits etwas geahnt? Hatte sie vor irgendetwas Angst gehabt? War sie vielleicht unter Druck gesetzt worden? Doch so sehr er sich auch den Kopf darüber zerbrach, ihm wollte nicht die geringste Veränderung an Marias Verhalten einfallen.

Es ist bereits kurz vor neun, als Martin noch einmal Marias Notebook hochfährt und versucht, ihr Passwort herauszufinden.

Er grübelt. *Ah, natürlich. Das muss es sein.*

Er tippt seinen Namen ein.

Falsches Kennwort.

Er versucht es mit veränderter Groß- und Kleinschreibung.

Falsches Kennwort.

»Scheiße!«

Er probiert noch unzählige Variationen mit Marias und seinem Namen in Verbindung mit ihren Geburtstagen. Dann mit ihrem Jahrestag. Doch keine Version stimmt.

Frustriert schlägt er mit der Faust auf den Schreibtisch und reibt sich dann mit beiden Händen das Gesicht. Er sucht in seiner Erinnerung nach der Lösung. *Es kann doch nicht so schwer sein, dieses verdammte Passwort herauszufinden.*

Dann fällt ihm auf einmal Marias Teddybär ein. Ohne ihn kann sie nicht einschlafen. Martin tippt seinen Namen. *Baerli.*

Falsches Kennwort.

Er versucht es wieder mit veränderter Groß- und Kleinschreibung.

Falsches Kennwort.

»Das darf doch nicht wahr sein!«

Plötzlich läutet es an der Tür.

Martin zuckt zusammen. Sein Puls schnellt in die Höhe.

6

Mit einem tiefen Seufzer schlägt Robert Mück die schwere Daunendecke zur Seite und setzt sich an den Bettrand. Seine Knochen knacken dabei, sein Kreuz schmerzt. Der Pyjama klebt schweißnass an seiner Haut. Mück friert, obwohl der Heizkörper heiß ist.

Es will einfach nicht mehr warm werden in seiner Wohnung.

Es ist völlig still. Niemand, der ihn zum Frühstückstisch ruft oder ihm einen Guten Morgen wünscht. Keine Straßengeräusche, die zu ihm hereindringen. Nicht einmal das Ticken einer Uhr ist zu hören.

Er starrt ins Leere. Seine Zehen gräbt er in die tiefen Fasern des Bettvorlegers. Mit einer Hand streicht er sich über die Stoppeln seines Fünftagebarts, mit der anderen kratzt er sich an der Brust.

Das frühe Tageslicht drängt durch einen schmalen Spalt zwischen den Vorhängen. Es fällt genau auf die Stelle an der Wand, an der früher das Familienfoto gehangen hat. Seine Eltern, Gerlinde und er. Jetzt zeugt nur noch ein rechteckiger Fleck auf der vergilbten Tapete davon.

Nichts ist mehr, wie es einmal war. Nichts.

Mit einem lauten Stöhnen stemmt er sich vom Bett hoch und streckt sein Kreuz.

Es kracht.

Dann schleppt er sich ins Badezimmer. »Hoffentlich ist der Tag bald wieder vorüber.«

7

»Ach, du bist es.« Martin ist enttäuscht und erleichtert zugleich.

Vor der Tür steht Jonas Engel, der ein Stockwerk unter ihnen wohnt. Wie immer hat der 20-Jährige sein blondes Haar unter einer Baseballkappe versteckt und trägt ein viel zu weites Fußballtrikot unter der offenen Jacke.

»Na, das ist aber ein netter Empfang«, scherzt Jonas.

»Ach, tut mir leid. War nicht so gemeint. Ich … ich bin nur gerade sehr im Stress, weißt du.«

Jonas' Gesichtszüge verformen sich zu einer skeptischen Grimasse, seine Augen werden schmäler. »Ist alles in Ordnung mit dir?«

»Ja, sicher doch.« Martin macht eine beschwichtigende Handbewegung und hofft, dabei authentisch zu wirken. »Ich hab' nur schlecht geschlafen.«

Martin muss an den Brief denken. *Er darf mich nicht mit ihm zusammen sehen. Vielleicht tötet er Maria dann.*

Jonas' Skepsis verfliegt. Er lächelt. »Na, wie dem auch sei. Wollt ihr am Abend zum Essen vorbeikommen? Ich muss wieder ein paar neue Rezepte ausprobieren. Vielleicht so gegen halb acht?«

Jonas befindet sich gerade in einer Ausbildung zum Konditor und muss regelmäßig auch zu Hause üben. Normalerweise schweben Martin und Maria im siebten Himmel, wenn er ihnen dann einige Kostproben vorbeibringt. Doch nicht heute.

»Du weißt doch, dass ich keinen Fuß in deine Wohnung setze, solange Idefix dort ist.«

Idefix ist der, so meint Martin, viel zu lieb ausgefallene Name von Jonas' Deutschem Schäferhund. Martin bekommt es schon mit der Angst zu tun, wenn er im Stiegenhaus nur an Jonas' Tür vorbeigeht und das Tier lauthals zu bellen beginnt. Martin möchte gar nicht wissen, wie es ihm ginge, wenn er ihm einmal von Angesicht zu Angesicht gegenüberstünde.

»Ach, der tut doch keiner Fliege was zuleide. Das habe ich dir schon so oft gesagt.«

»Nur bin ich eben keine Fliege.«

Jonas schüttelt den Kopf. »Ihr beide solltet euch einfach einmal kennenlernen. Wer weiß, vielleicht entwickelt sich ja eine wunderbare Freundschaft daraus.« Er lächelt.

Martin ist nicht zum Lachen zumute. Nervös fährt er sich über die Bissnarbe an seiner Wange. Seine Hand ist schweißnass.

»Aber egal«, sagt Jonas. »Ich bring euch einfach wieder was vorbei, okay?«

Martin will dem Jungen sagen, dass es nicht ginge. Dass sie nicht zu Hause wären. Doch das Wichtigste ist, ihn so schnell wie möglich wieder loszuwerden. »Das klingt super«, antwortet er wenig überzeugend.

Jonas ist das nicht entgangen. »Ist wirklich alles in Ordnung bei dir?«

»Ja, sicher. Aber ich muss mich jetzt wirklich fertigmachen. Ich muss los.« Martin schmeißt ihm die Tür vor der Nase zu, lehnt sich erschöpft dagegen und atmet tief durch. Er versucht, zur Ruhe zu kommen. Nur mit einem klaren Kopf kann er Maria retten.

Doch schon im nächsten Augenblick läutet sein Handy.

Maria!

Martin läuft ins Wohnzimmer, reißt dabei fast die Vorzimmervase mit. Er greift nach dem Telefon und blickt hoffnungsvoll auf das Display.

Auch das noch. Rudi.

Martin hebt ab. »Guten Morgen, Rudi!«

»Was heißt hier *Guten Morgen*?«, schnauzt sein Kanzleipartner ihn an.

»Rudi … ich … ich bin …«

»Sag mal, wo bleibst du eigentlich? Wir waren um acht im Büro verabredet.«

»Ich weiß … ich … ich bin gleich da.«

»Was heißt *gleich*?«

»Mir ist etwas dazwischengekommen.«

»Weißt du eigentlich, wie viel Arbeit da noch in den nächsten Tagen auf uns wartet?«

Martin schnauft. Er weiß es. »Ich bin in einer Stunde da.«

»In einer Stunde? Soll ich die Verträge derweil alleine machen, oder wie stellst du dir das vor? Das ist dein Part, verflucht noch mal.«

Martin kennt seinen Kanzleipartner zu gut. Er weiß, dass er jetzt kein vernünftiges Gespräch mit ihm führen kann. »Ich bin in einer Stunde da. Ich muss vorher noch etwas erledigen«, sagt er und legt auf.

Minuten später hetzt Martin das Stiegenhaus hinunter. Keine Zeit, um auf den Aufzug zu warten. Mit seinen Gedanken ist er weit weg. Er nimmt bei jedem Schritt drei Stufen auf einmal. Kommt dabei immer wieder ins Straucheln.

So übersieht er auch den Eimer, der zwischen erstem Stock und Erdgeschoss mitten auf den Stufen steht. Martin läuft dagegen. Stolpert. Versucht, am Geländer Halt zu finden.

Der Putzkübel kippt vornüber. Das schmutzige Wasser läuft die Stufen hinunter.

Martin rutscht am Geländer ab. Fällt. Er versucht, sich abzustützen, doch er schlägt mit dem Kopf auf den harten Bodenfliesen auf. Die rechte Hüfte kracht gegen die Treppenkanten.

Schmerz durchfährt seinen ganzen Körper, und er bleibt liegen. Martin schreit auf. Flucht. Für einen Moment wird ihm schwarz vor den Augen. Er spürt, wie der Stoff seines Anzugs das Wasser schnell aufsaugt.

Als Martin die Augen wieder öffnet, steht ein Riese über ihn gebeugt, die Hände in die Hüften gestemmt. Sein grauer Kittel ist schmutzig, und er stinkt nach Schweiß. Herr Leopold sieht grimmig drein. *Oh, nein. Bitte nicht der.*

»Haben S' keine Augen im Kopf, oder was?«, schnauzt der Hausmeister Martin an.

Martins Schädel brummt. Er greift sich an den Hinterkopf, betrachtet seine Hand. *Wenigstens blute ich nicht.*

»Was ist, hat S' Ihnen die Sprache verschlagen?«, lässt Herr Leopold nicht locker.

Martin weiß, dass es keinen Zweck hat, mit dem Mann zu diskutieren. Dieser engstirnige, frustrierte Griesgram würde niemals einsehen, dass er den Eimer nicht mitten auf die Stufen hätte stellen dürfen.

»Haaallooo?« Herr Leopold macht eine dumme Grimasse und winkt mit den Händen direkt vor Martins Gesicht.

Martin hätte Lust, ihm die Meinung zu sagen. Den Kübel zu nehmen und ihn dem Hausmeister über den Kopf zu stülpen. Doch stattdessen kämpft er sich hoch und stützt sich für einige Augenblicke an der Wand ab. Wartet, bis das Schwindelgefühl abnimmt. Er denkt an den Brief. *Nur kein Aufsehen erregen!*

Als er die Stufen auf wackligen Beinen weiter hinunterhetzt, hört er Herrn Leopold wild fluchen.

8

Mück ist gedanklich bei dem Streit wenige Tage zuvor. »Du spinnst wohl!«, warf Mück seinem ehemaligen Vorgesetzten, Karl Havraniz, den er in dessen Abwesenheit ausschließlich Sautrottel nannte, an den Kopf. Der 41-jährige Bezirksinspektor des Landeskriminalamts Wien war außer sich.

»Du wirst schon sehen, Robert. Dort kannst du dich voll entfalten und super weiterentwickeln. Die Arbeit wird dir sicher liegen.« Havraniz hatte ein selbstgefälliges Grinsen auf den Lippen, als er sich in seinem Lederstuhl zurückfallen ließ und mit seinen Händen die Merkel-Raute machte.

Das Grinsen machte ihn rasend. Mück kochte vor Wut, schlug mit der Faust auf Havraniz' Schreibtisch, brüllte, fluchte und versuchte es dann sogar noch mit einem mehr oder weniger vernünftigen Gespräch. Doch es half alles nichts.

Chefinspektor Havraniz hatte sich schon länger dafür

starkgemacht, Mück loszuwerden und ihn vom Ermittlungsbereich *Leib und Leben*, also der Mordkommission, zum Ermittlungsbereich *Suchtmittelkriminalität* zu versetzen. Frei nach dem Motto: aus den Augen, aus dem Sinn. Und nun hatte er es also auch tatsächlich geschafft.

»Alle sind von der Idee begeistert. Ich hab' bereits alles in die Wege geleitet.« Havraniz schob Mück einen Packen Formulare unter die Nase. »Du wirst nächsten Montag in der Drogengruppe beginnen. Melde dich bitte um halb neun beim Chefinspektor Schleifer. Alles, was du sonst noch wissen musst, steht in den Unterlagen.«

Zu den ›Giftlern‹! Mück saß mit offenem Mund da.

»Und sei ja pünktlich.«

Mücks Lippen bewegten sich, aber er war nicht fähig, auch nur ein Wort herauszubringen.

»Also, Robert. Bitte lass' es uns nicht dramatischer machen, als es ist.«

»Ach, leck' mich doch.« Mück nahm den Stapel Papiere und stürmte mit hochrotem Kopf aus dem Büro seines Ex-Chefs.

Seine ehemaligen Kollegen sahen erschrocken von ihren Schreibtischen auf und starrten ihn fragend an. Den Knall der zufallenden Tür hatte man wohl im ganzen Haus gehört.

»Was ist los?« Sabine, seine langjährige Partnerin, kam herbeigestürmt und packte ihn am Oberarm.

»Na, was wird schon los sein?«, antwortete Mück. Er hielt inne, machte kehrt und riss Havraniz' Bürotür noch einmal auf. Eines musste unbedingt noch gesagt werden. »Du Sautrottel!«

Also hatte Havraniz tatsächlich ihr kleines Machtspiel gewonnen, und Mück konnte es nicht fassen. Dabei hätte er es kommen sehen müssen. Denn Havraniz war schlichtweg nicht mit der Tatsache klargekommen, dass Mück sich nichts von ihm hatte sagen lassen. Und vermutlich auch nicht damit, dass er ihm einmal die Nase gebrochen hatte. Dabei hatte der Karner-Fall an ihrer aller Nerven genagt.

Die sechsjährige Natalie Karner war damals in der Nähe ihres Elternhauses am Rande von Wien tot aufgefunden worden. Regelrecht abgeschlachtet. Vom Täter nicht die geringste Spur. Die Anspannung und die psychische Belastung waren für alle im Team nur schwer zu ertragen gewesen. Nachdem ein zweites Mädchen ermordet worden war, waren bei allen die Nerven blank gelegen. Mück und Havraniz waren aneinandergeraten. Der Sautrottel hatte ihn mit absurden Beschuldigungen provoziert, und es war zu einem Handgemenge gekommen. Mück hatte Havraniz wegstoßen wollen, ihn im Gesicht getroffen und ihm dabei die Nase gebrochen. Sein ehemaliger Vorgesetzter hatte nie Anzeige gegen Mück erstattet, ihn von da an allerdings immer mehr schikaniert.

Der Karner-Fall hatte bei allen in der Ermittlungsgruppe tiefe Narben hinterlassen. Alles war anders gewesen als zuvor. Selbst als sie den Täter endlich hatten schnappen können, hatten sie kaum so etwas wie Gerechtigkeit oder Genugtuung gespürt. Nur Leere.

Und dann kam der Unfall. Der Unfall, der immer noch alles überschattet. Der Mücks Familie und sein Herz zerriss.

Jetzt hat Mück den Salat, und er ist der neue Mitarbeiter des Ermittlungsbereichs 9 des LKA-Wien. Jenes Bereichs, der sich mit Suchtmittelkriminalität beschäftigt. Die meisten neuen Kollegen hat er jetzt schon satt. Alles nur Weicheier, Schleimer und selbstgefällige Karrieretypen. Nur eine Kollegin hat seine Aufmerksamkeit erregt. Stefanie Grau. Beim Gedanken an ihren Traumkörper und ihre strahlenden Augen wird Mück ganz warm ums Herz.

Er ist einer acht Mann großen Sonderermittlungsgruppe zugeteilt, die das ambitionierte Ziel hat, den berüchtigten Al, Wiens unumstrittenen Drogenkönig, endlich hinter Gitter zu bringen. Warum er von allen so genannt wird, war Mück beim ersten Blick auf dessen Fotos im Polizeicomputer klar - die Ähnlichkeit mit Al Pacino ist geradezu frappierend. Als der *Neue* hat er natürlich gleich einmal einen der langweiligsten Jobs abgeräumt, weshalb er nun schon einige Stunden in diesem öden Stadlauer Gewerbepark verbringt, um den scheinbar wenig florierenden Gebrauchtwagenhandel *RICHTER AUTOMOBILE* unter die Lupe zu nehmen.

Der Betrieb, der in der hintersten Ecke des Gewerbeparks liegt, hat seine besten Tage wohl nie gehabt und vegetiert ganz offensichtlich seinem Ende entgegen. Kein einziger Kunde hat sich in den Laden verirrt, seit Mück ihn beobachtet.

Am Straßenrand steht ein hoher Mast, der an seiner Spitze den beleuchteten Schriftzug des Autohauses trägt. Die Beleuchtung mehrerer Buchstaben ist defekt, weshalb im Dunkeln vermutlich nur noch *RI..TER.UTOMOBIL.* zu lesen ist. Die großen Auslagenfenster sind verdreckt, und die völlig überteuerten Gebrauchtwagen, die zum Verkauf angeboten werden, haben wohl auch schon seit mehreren Monaten keine Wäsche mehr über sich ergehen lassen müssen.

Den Hinweis, dass der Besitzer dieses schmucken Betriebes, ein gewisser Klaus Richter, beste Kontakte zum organisierten Drogenhandel haben soll, haben sie von einem kleinen Dealer bekommen, den sie am Karlsplatz geschnappt hatten. Nachdem sie ihm die Möglichkeit auf mehrere Jahre hinter Gittern in Aussicht gestellt hatten, hatte dieser plötzlich geplaudert wie eine einsame Hausfrau bei der allwöchentlichen Maniküre. Angeblich soll Richter sogar mit Al direkt Geschäfte treiben.

Mück sitzt in seinem VW-Passat. Sein Rücken schmerzt. Das Radio läuft leise, doch Mück nimmt kein einziges Lied wirklich wahr. War das eben Madonna? Oder Rod Stewart? Er weiß es nicht mehr. Im Wagen riecht es nach dem grauenvollen Kaffee, den er sich zuvor an der Tankstelle besorgt hat. Mück versucht noch einen letzten Schluck und verzieht sein Gesicht zu einer angewiderten Grimasse. »Wäh, pfui Teufel«, flucht er und wischt sich mit dem Handrücken über den Mund. Er lässt die Fensterscheibe runter und leert das braune Gesöff an den Straßenrand. Den grauslichen Geschmack versucht er mit der letzten Manner-Schnitte zu bekämpfen. Das zusammengeknüllte rosa Verpackungspapier liegt auf dem Beifahrersitz. Im Handschuhfach liegen noch zwei weitere Packungen.

Wehmütig denkt Mück an seine ehemaligen Kollegen der Mordgruppe in der Berggasse zurück. Den einen oder anderen hat er sogar ein wenig leiden können. Besonders Sabine und Viktor werden ihm fehlen. Wer soll denn nun dazwischen gehen, wenn sich die beiden wieder in die Haare kriegen?

Den Kaffee der *WIENER KAFFEEKÜCHE* vermisst er allerdings auch schon. Seit Jahren holt er ihn nun schon jeden Morgen zurück ins Reich der Lebenden. Bis jetzt. Denn nun ist er in der Drogengruppe und dazu abkommandiert, unsinnige Beobachtungen zu machen. Das kleine Lokal am Schottentor ist in scheinbar unerreichbare Ferne gerückt, denn seit drei Tagen hat er es nun schon nicht mehr dorthin geschafft.

In seiner Hosentasche beginnt es zu läuten und zu vibrieren. Umständlich fischt Mück nach seinem Handy und nimmt das Gespräch an, ohne vorher auf das Display zu schauen: »Ja?«

»Ich bin's.« Es ist Gerlinde, seine Schwester.

Bitte nicht jetzt. Mück dreht das Radio stumm.

»Sag mal, wann bist du eigentlich das letzte Mal bei ihm gewesen?«

Schlagartig hat Mück das Gefühl, dass sein Brustkorb enger wird. Er rutscht in seinem Sitz hin und her. »Ich … ich weiß nicht so genau. Weißt du, ich … ich hab viel zu tun in letzter Zeit.«

»Bitte erspar' mir deine Ausreden.«

»Aber …« Mück will protestieren, doch er schafft nicht einmal das. Dieses Gefühl tiefsten Unbehagens hat ihn fest im Griff, und er würde alles tun, nur um dieses Gespräch so schnell wie möglich wieder beenden zu können.

»Es geht ihm wirklich dreckig.«

Mück hört seine Schwester schluchzen. *Weint sie etwa?* Er kann regelrecht fühlen, wie ein Knoten in seinem Magen wächst.

»Er braucht dich.«

Mücks Lippen öffnen sich, aber er bringt kein Wort heraus. Seine Augen werden wässrig.

»Bitte besuch' ihn doch wieder. Am besten gleich heute Abend.«

Mück sucht fieberhaft nach einer Ausrede, doch Gerlinde kommt ihm zuvor. »Ich hab' wirklich Angst, dass er sich etwas antut.«

Der Satz trifft ihn wie ein Vorschlaghammer mitten ins Gesicht. Eine einzelne Träne löst sich aus seinen zittrigen Lidern und läuft ihm die unrasierte Wange hinab.

»Bist du noch da?« Gerlinde schnäuzt sich.

»Ja.«

Es entsteht eine Pause. In der Leitung ist ein leises Knistern zu hören. Ein LKW rast an ihm vorbei.

»Wir leiden doch alle, Robert. Es hilft niemandem, dass du dich verkriechst und es ignorierst.«

»Ich … ich weiß.« Mück will, dass dieses Gespräch endlich endet.

»Besuch ihn doch heute Abend, okay?«

Er sagt nichts. Ihm ist heiß, der Hemdkragen ist viel zu eng.

»Bitte.«

»In Ordnung«, antwortet Mück und bereut es im selben Moment.

»Gut.« Gerlinde schluchzt heftig. »Danke, Robert. Du wirst sehen, dass es dir auch hilft.«

Mück schnappt nach Luft. »Du, ich … ich muss jetzt weiter. Ich …«

»Ist schon okay. Aber bitte meld' dich, wenn du Hilfe brauchst, hörst du.«

»Mmh, mach' ich.«

»Du kannst auch gerne wieder einmal bei uns vorbeikommen. Ines würd' sich so sehr freuen.«

»Ich … ich melde mich.«

Gerlinde schnauft ernüchtert. »Mach's gut, Robert. Sag' ihm liebe Grüße von mir.«

Mück legt auf und wischt sich mit seinem Jackettärmel die Augen trocken. Viele Minuten vergehen, in denen er einfach nur vor sich hin starrt und versucht, gegen die Gedankenblitze anzukämpfen.

In diesem Moment taucht Klaus Richter zwischen seinen verdreckten Gebrauchtwagen auf. Er ist schwer übergewichtig und kaum größer als 1,70. Sein grauenvolles Hawaiihemd hat das Ausmaß eines Zweimannzeltes. Seinen schwarzen Haarkranz trägt er etwas länger, was ihm ein ungewollt komisches Aussehen verleiht. Das Auffälligste in seinem rundlichen Gesicht sind wohl die tiefschwarzen buschigen Augenbrauen, der ebenso schwarze Kinnbart und die roten Alkoholikerbacken.

Richter scheint aufgebracht. Er geht nervös auf und ab, brüllt in sein Handy und gestikuliert wild umher.

Mück lässt sich etwas tiefer in seinen Sitz sinken.

9

»Was soll das heißen, du schickst jemanden vorbei?« Langsam aber sicher bekommt es Klaus Richter mit der Angst zu tun. *Wie hat der das nur herausbekommen? Der Mistkerl kontrolliert doch sonst nie die Mengen.* Klaus beißt sich auf die Lippen, sucht nach einem Ausweg. »Al, mein Freund, ich hab' dir doch gesagt, dass ich dein verdammtes Zeug nicht genommen hab'!«

Seine beiden Angestellten, Johannes und Emma, schleichen alles andere als unauffällig vor Klaus' Bürotür auf und ab. Sie sind neugierig geworden, wollen wissen, in welchen Problemen ihr Chef diesmal wieder steckt.

Diese verfluchten Geier! Klaus stürmt aus seinem Büro und flüchtet hinaus ins Freie.

Seine beiden Angestellten sehen einander fragend an. Selbst sie haben den aufgebrachten Mann am anderen Ende der Leitung brüllen gehört.

Johannes schneidet eine Grimasse. »Autsch.«

Emma zuckt nur mit den Schultern. Schließlich ist es ja nicht das erste Mal, dass sich ihr Chef in Schwierigkeiten gebracht hat.

Klaus geht zwischen seinen Gebrauchtwagen auf und ab und flucht innerlich. *Gestern noch Temperaturen fast wie im Hochsommer und heute dieses verdammte Sauwetter. Elende Stümper* hat er die Meteorologen gestern noch geschimpft, nachdem diese im Radio angekündigt hatten, dass der Winter unmittelbar vor der Tür stünde. *Verdammter Winter.*

Trotz der Kälte thronen riesige Schweißflecken auf Klaus' Hawaiihemd, und sein Gesicht ist hochrot angelaufen. Er hat Al noch nie so aufgebracht erlebt.

Natürlich hatte auch er zuvor die Gerüchte gehört, die über Al kursierten. Natürlich war er auch von allen Seiten gewarnt worden, sich ja nicht mit ihm anzulegen. Und natürlich gab Klaus, wie es eben immer schon seine Art gewesen war, einen feuchten Dreck auf diese Warnungen. Immerhin waren all die anderen erbärmliche Stümper.

»Und kannst du mir vielleicht erklären, wo ich jetzt auf der Stelle 30.000 hernehmen soll?« Klaus wechselt die Taktik und versucht, an Als Vernunft zu appellieren.

Aber das ist nicht Als Problem, was er Klaus auch unmissverständlich klar macht.

»Das ist schön, dass es dir egal ist!«, schreit Klaus. »Aber zum Teufel noch mal, ich hab deine Ware nicht angegriffen. Und ich hab verdammt noch mal keine verfluchten 30.000!«

Klaus ist verzweifelt, zwängt seinen korpulenten Körper weiter zwischen den verdreckten Gebrauchtwagen hindurch. Er ist viel zu aufgebracht, bemerkt den Mann nicht, der ihn aus sicherer Entfernung beobachtet.

»Al, jetzt … jetzt hör' mir doch mal zu. Wir können das doch ganz in Ruhe klären. Immerhin sind wir ja Freunde.«

Doch die Leitung ist bereits tot. Al ist nicht der Typ, der sich auf große Diskussionen einlässt. Lieber schickt er bei Problemen gleich seine minderbemittelten Lackaffen vorbei, die ausschließlich mit ihren Fäusten argumentieren. Zu mehr reicht deren Verstand nicht aus.

»Scheiße!« Klaus' Magen verkrampft sich bei dem Gedanken daran. Er reibt sich das Gesicht, zupft an seinem Kinnbart. *Wie hat dieser Wichser das nur herausgefunden?* Er tritt gegen einen roten Golf. Lack splittert ab und Rost kommt zum Vorschein. *Verdammte Schrottkiste!*

Als Klaus wieder in den Verkaufsraum kommt, sitzt Emma, die alte Schreckschraube, in der hintersten Ecke hinter ihrem Bildschirm und tut so, als sei sie schwer beschäftigt. In Wirklichkeit scannt sie ihn gerade durch ihre dicken Brillengläser hindurch, weiß Klaus. Zu tun gibt es hier ja ohnehin nichts mehr.

Eigentlich hätte er sie ja schon längst rausschmeißen müssen. Aber das Risiko kann er nicht eingehen. Klaus ist sich sicher, dass Emma schon viel zu viel von seinen kleinen Geschäftchen mitbekommen hat. Und wie er diese Vogelscheuche einschätzt, ist sie keine, die eine Kündigung so einfach hinnehmen und den Mund halten würde. Nein, Emma würde er wohl oder übel behalten müssen.

»Ist was?«, faucht er sie an.

Sie reagiert mit einem brüskierten Blick und schüttelt den Kopf.

»Ist alles in Ordnung, Chef?« Johannes versperrt Klaus den Weg zu seinem Büro.

»Jaja«, murmelt der und schiebt seinen hageren Assistenten zur Seite.

Klaus fragt sich immer noch, was damals nur in ihn gefahren war, als er diesem Milchbubi den Job als Verkaufsassistent gab. Johannes kam frisch von der Schule – wo er übrigens zwei Mal sitzen geblieben war – und hatte keinerlei Berufserfahrung. Null. Nada. Aber der Kerl musste ihn wohl an einem besonders guten Tag erwischt haben. Oder war er betrunken? Klaus kann sich nicht mehr erinnern. Jetzt ist Johannes schon über ein halbes Jahr dabei, ohne auch nur einen einzigen verdammten Wagen verkauft zu haben.

Vielleicht sollt' ich ja den rausschmeißen. Ob er auch etwas weiß?

Johannes lässt nicht locker: »Nun ja … das … das hat sich eben nicht gerade so angehört.«

Du Schleimer! Hast sicher nur Angst, dass du diesen Monat wieder weniger Gehalt bekommst. »Kümmer' dich gefälligst ums Geschäft und bedien' die verdammten Kunden.«

Johannes blickt in die menschenleere Verkaufshalle.

Klaus nutzt die Gelegenheit und schmeißt seine Bürotür hinter sich zu.

Die Wände wackeln.

Er lässt sich in seinen schäbigen Kunstledersessel fallen und wischt sich den Schweiß von der Stirn. Von draußen dringt das Tuscheln seiner beiden Angestellten zu ihm herein.

»Diese verdammten Heuchler!«, murmelt er vor sich hin. »Zum Teufel mit ihnen!«

Ein schwerer Seufzer entkommt ihm, als er sich mit den Handballen die Augen reibt. Es ist noch nicht einmal zehn Uhr und er ist mit seinen Nerven bereits am Ende. Überall ist die Kacke am Dampfen und er bekommt langsam Angst, darin zu ersticken.

Das Geschäft mit den Gebrauchtwagen läuft schlechter als jemals zuvor. Er hat schon seit über einer Woche keinen Wagen mehr verkauft und weiß nicht, wie er die nächsten Rechnungen bezahlen soll. Gar nicht zu reden von den Gehältern. Wenn das so weitergeht, dann kann er den Laden bald dichtmachen.

Al wird ihm in nächster Zeit sicherlich auch keinen Auftrag mehr geben. Dabei kann Klaus gar nicht verstehen, wieso der sich so aufregt. Die Menge, die er sich abgezweigt und auf eigene Rechnung weiterverkauft hat, tut dem Geizhals doch gar nicht weh. Und Klaus hatte so zumindest die dringendsten Rechnungen bezahlen und ein paar Mahnungen abwenden können.

Diese 30.000 sind für den doch ohnehin nur ein Taschengeld.

Beim Gedanken an Als Schlägertypen wird Klaus ganz übel. Er kennt sie. Und er weiß, wie die drauf sind.

Wie soll ich da nur wieder rauskommen?

Klaus fischt sich eine Marlboro aus der Packung und steckt sie zwischen die Lippen. Als er nach seinem Feuer sucht, fällt sein Blick auf den Brief, den er gestern Abend bekommen hat, und der nun zerknüllt vor ihm auf dem Schreibtisch liegt. Irgend so ein Arschloch behauptet darin, dass er Christine, seine Schwester, entführt hat. Klaus soll herausfinden, weshalb. Sonst droht er, sie umzubringen.

Er hält das Ganze ja für einen verdammten Scherz. Aber er kann Christine seither einfach nicht erreichen. Und zu Hause ist sie auch nicht gewesen.

Steckt da etwa auch Al dahinter?

10

Immer wieder nickt Maria ein, verfällt in absurde Albträume und schreckt schreiend wieder hoch. Sie friert, und es scheint immer kälter zu werden. Sie ist nackt, hat keine Kleidung, keine Decke – ganz einfach nichts.

Durch ständige Bewegung hat sie vorher noch versucht,

ihren Körper warmzuhalten. Ist unentwegt im Stand gelaufen und hat ihre Arme gekreist. Doch irgendwann ist sie so erschöpft gewesen, dass sie nicht mehr konnte und mit zitternden Knien zu Boden gesunken ist. Der feine Schweißfilm auf ihrer Haut hat wie eine Klimaanlage gewirkt und alles zunichte gemacht.

Maria hat keine Ahnung, wie lange sie schon hier ist. Die völlige Dunkelheit macht es ihr unmöglich, einzuschätzen, ob sie eben fünf Minuten oder vielleicht sogar fünf Stunden geschlafen hat. Das Schwarz um sie herum wirkt immer schwerer und fängt allmählich an, sie zu erdrücken.

Seit er sie verlassen hat, herrscht Totenstille. Nur manchmal glaubt Maria, von irgendwoher Schreie zu hören. Ganz leise und schwach. Sie ruft dann zurück, schlägt an die Metalltür und lauscht gespannt. Doch nie kommt eine Antwort.

Maria erhebt sich wieder und geht die Wände ihrer Zelle entlang. Tastet sie von oben bis unten ab. Sie hat das Gefühl, bereits jede einzelne Rille und Unebenheit zu kennen. Jeden einzelnen Stein, der am Boden liegt. Doch sie stolpert nicht mehr. Sie glaubt nun, ihr Gefängnis zu kennen. Vielleicht sogar besser als er selbst. Es scheint quadratisch, die Wände nicht breiter als drei Meter. Nur die Decke kann sie nicht erreichen, so sehr sie sich auch bemüht.

Maria weiß, weshalb sie hier ist. Nachdem er es ihr gesagt hatte, waren die Erinnerungen wieder in ihr hochgekommen. Die Bilder waren vor ihrem geistigen Auge aufgeblitzt. Orange, gelb und rot. Die Gefühle hatten sie überwältigt und sie musste weinen. Weinen wie noch nie zuvor in ihrem Leben. Noch mehr als damals.

Sie weiß, wer er ist.

Wie hab' ich nur so blind sein können?

Und sie weiß auch, dass er sie nicht gehen lassen wird. Sie

kann sich das Jammern und Betteln sparen, braucht nicht auf seine Gnade zu hoffen. Sie ist auf sich selbst gestellt. Sie muss alleine versuchen, hier wieder herauszukommen. Martin wird sie hier nicht finden. Wie sollte er auch?

Martin!

Tiefste Scham erfüllt sie beim Gedanken daran, was sie ihm angetan hat. Es ist alles ihre Schuld. Sie streichelt über ihren Bauch, glaubt ein kurzes Zucken zu spüren. Tränen laufen ihr die Wange hinab. *Vielleicht wird er es niemals erfahren.* Der Gedanke zerreißt ihr fast das Herz.

Maria denkt an sein Lächeln, seinen Geruch, seine Wärme. Sie glaubt, seine Stimme zu hören, seine Hände zu spüren, wenn er ihr durchs Haar fährt. *Wenn ich ihn nur noch einmal wiedersehen könnte. Ich würde ihm alles erzählen. Alles.*

11

»Und Sie sagen, sie hat wirklich nicht angerufen? Und auch keinerlei Nachricht hinterlassen?«, hakt Martin nach. Er steht vor der *WIENER KAFFEEKÜCHE*, einem kleinen Take-away Kaffeeimbiss in der Unterführung zur U-Bahn-Station Schottentor, der ausschließlich Fair Trade Produkte anbietet.

Seit vielen Jahren arbeitet Maria bereits dort. Anfangs wollte ihr Martin das noch ausreden. Finanziell hatten sie es ja nicht nötig, denn er verdiente mehr als genug für sie beide. Doch Maria beharrte stets darauf, und irgendwann kam Martin der Gedanke, dass es vielleicht gar nicht so schlecht für Maria war, wenn sie dort arbeitete. So war sie wenigstens unter Leuten. Sonst verkroch sie sich ja ohnehin nur in der Wohnung und ging kaum hinaus.

Das Lokal passt zu Maria. Sie war immer schon sehr umweltbewusst und tierliebend gewesen und hat Martin im Laufe der Jahre immer mehr von ihren Gewohnheiten antrainiert. So könnte er sich mittlerweile schon fast als Mülltrennungsexperte bezeichnen, er schaltet am Abend Steckerleisten aus und versucht beim Einkaufen, auf regionale Lebensmittel zu achten. Ab und zu verzichtet er Maria zuliebe sogar auf Fleisch.

»Ja, sag' ich doch. Sonst würde ich ja auch nicht hier sein.« Der junge Mann klingt genervt. Seine arschlangen Dreadlocks sehen schwerer aus als er selbst. »Ich mache gerade ihren Dienst. Eigentlich hätt' ich jetzt frei und könnt' für die Sozi-Prüfung lernen.«

Martin seufzt. »Hat sie so etwas schon einmal gemacht?«, fragt er, obwohl er die Antwort bereits zu kennen glaubt.

»Nicht, dass ich wüsste.«

Martin weiß nicht mehr weiter.

»Noch was? Sie halten hier nämlich alles auf, falls es Ihnen noch nicht aufgefallen ist.«

Martin reißt den Kopf herum. Hinter ihm warten zwei Männer, einer trägt einen Hut. Dahinter eine Frau mit Kinderwagen in der einen und einem Mädchen im Kindergartenalter an der anderen Hand. »Was ist da los? Geht da überhaupt nichts weiter?«, regt sich der Mann mit Hut auf.

»Schon gut, schon gut«, versucht ihn Martin zu beruhigen. »Ich hab's ja gleich.«

»Warum wissen Sie eigentlich nicht, wo Maria ist?«, will der Bob Marley für Arme wissen. »Sie sind doch ihr Mann, haben Sie gesagt.«

Obwohl Martin mit der Frage gerechnet hat, schlagen

trotzdem alle Warnsignale in ihm Alarm und die Frage kommt ihm auf einmal viel zu direkt vor. Er läuft rot an, denkt an den Brief des Entführers: *Wenn du die Polizei einschaltest, werde ich Maria töten. Wenn du sonst irgendjemandem von diesem Spiel erzählst, werde ich Maria töten.* »Wir … wir haben uns gestritten«, lügt er.

Marias Arbeitskollege betrachtet ihn skeptisch. Wartet auf eine Fortsetzung.

»Und da ist sie … ist sie einfach zu ihren Eltern gefahren.« Martin schämt sich für diese Lüge. Marias Eltern sind tot.

»Und warum fragen Sie nicht die?«

»Ich … ich kann sie nicht erreichen.«

»Aha.« Der Rastamann scheint sich damit zufriedenzugeben. »Wenn Sie Maria sehen, dann sagen Sie ihr, sie soll Bescheid geben, wann sie wieder kommt. Ich muss schließlich für meine Prüfung lernen.«

»Mach ich, danke.« Martin geht ohne ein weiteres Wort. Er nimmt die Rolltreppe hinauf ans Tageslicht und keine Minute später sitzt er bereits in seinem BMW. Auf dem Weg in die Kanzlei.

12

»Der soll doch zur Caritas geh'n, wenn er etwas geschenkt haben will«, flucht Klaus, nachdem der lästige Typ endlich sein Autohaus verlassen hat. Über eine halbe Stunde hatte der ihn aufgehalten, unsinnige Fragen gestellt und versucht, den Preis für den alten Opel in den Keller zu treiben. Doch nicht mit Klaus. »Ein Auto wollen, aber kein Geld haben.«

Mit einem Seufzer lässt er sich in seinen Bürosessel fallen und wirft einen Blick auf die Wanduhr, die schief neben seiner Bürotür hängt. Es ist kurz vor halb zwei. *Das wird wohl wieder ein Tag ohne Abschluss.*

Nachdem er einen Schokoriegel aus dem Automaten im Verkaufsraum mit nur zwei Bissen verputzt hat, steckt er sich eine Zigarette an. Er inhaliert den Rauch und lässt ihn lange in den Lungen.

Er hat das dumpfe Gefühl, dass es kein guter Tag mehr werden wird. Er hat Christine noch immer nicht erreichen können, weder am Handy noch zu Hause oder in ihrem Geschäft. Langsam bekommt er Angst, dass vielleicht wirklich dieser verfluchte Al dahintersteckt und ihn so unter Druck setzen möchte.

Klaus holt einen kleinen Schlüssel aus der Hosentasche und schließt damit die unterste Lade seines Schreibtischs auf. Unter einem Papierstapel – hauptsächlich handelt es sich dabei um unbezahlte Rechnungen – kramt er schließlich eine Flasche *Johnny Walker* hervor. Der Anblick der goldenen Flüssigkeit zaubert ein Lächeln auf sein Gesicht. »Du bist wirklich ein wahrer Freund«, murmelt er, schraubt hastig die Flasche auf und macht einen kräftigen Schluck.

Doch dieser Augenblick absoluter Zufriedenheit wird jäh durch die Stimme seines Assistenten zunichte gemacht, die von draußen in sein Büro dringt. »He, was wollen Sie dort? Sie dürfen da nicht rein!«, hört er Johannes rufen. »Halt, warten Sie!«

»Was zum Teufel …?« Klaus überlegt, sich zu erheben und nachzusehen, was da los ist.

Doch da wird die Tür bereits aufgerissen und zwei Männer treten in sein Büro. Der eine groß, der andere klein. Ansonsten sehen sie aus wie eineiige Zwillinge. Beide tragen sie schwarze Lederschuhe, schwarze Maßhemden und ebenso schwarze Designeranzüge. Ihre Haare sind kurz geschoren, und auf ihren Nasen sitzen protzige Sonnenbrillen. Das ganze Schwarz wird von goldenen Halsketten und Ringen aufgelockert.

Klaus erstarrt. *Als Lackaffen. Scheiße!*

Sie schließen die Tür, nehmen ihre Brillen ab.

»Verdammt noch einmal, was wollt ihr hier? Ihr könnt doch nicht einfach …« Klaus versucht, selbstbewusst zu klingen und aufzustehen, doch der kleine Lackaffe stürmt blitzschnell auf ihn zu und presst die Hand gegen seinen Brustkorb. Klaus fällt in seinen Sessel zurück und rollt damit gegen die Wand dahinter.

Rasch zieht der große Lackaffe sein Jackett zur Seite, sodass die Pistole darunter zum Vorschein kommt. Er lächelt verschmitzt, schüttelt den Kopf. »Zzz, zzz, zzz, zzz. Warum denn gleich so ungestüm?«

Klaus reißt die Augen auf. Will aufstehen.

»Sitzen bleiben!«, befiehlt der Große.

»Was … was wollt ihr?« Der Schweiß schießt Klaus aus den Poren. »Das … das ist doch alles nur ein … ein Missverständnis.«

Der Kleine holt aus, gibt Klaus eine Ohrfeige.

Panik ergreift ihn. Klaus blickt Hilfe suchend zur Tür. *Hoffentlich rufen Emma und Johannes nicht die Polizei.*

»Wo ist das Geld?«, will der Große wissen.

Klaus hält sich die Wange. Sie brennt höllisch. »Ich … ich hab es nicht!«

»Willst du uns für blöd verkaufen?«, fragt der Kleine und beugt sich zu ihm hinunter.

»Ich … ich …« Klaus bekommt nichts mehr heraus. Seine

Augen wandern hektisch zwischen dem Großen und dem Kleinen hin und her.

»Weißt du, wir mögen es nicht, wenn wir verarscht werden.« Der Kleine ist unmittelbar vor Klaus' Gesicht.

Klaus spürt, wie ihm immer mehr die Hitze in den Kopf steigt. Sein Herz rast. Seine Gedanken überschlagen sich. »Aber ich … ich …«

»Was, ich … ich …?«, äfft ihn der Große nach.

»Ich … ich hab das verdammte Geld nicht.«

Der Große kommt blitzschnell auf ihn zu. Schlägt Klaus die Faust ins Gesicht. »Du sollst uns nicht verarschen!«

Klaus ist von der Wucht des Schlages benommen. Er will etwas sagen, doch Als Schläger lassen nicht von ihm ab. Der Kleine packt ihn, zerrt ihn vom Sessel hoch und schlägt seinen Kopf gegen die Wand.

Klaus stöhnt auf. Schmerz durchfährt ihn. Er sieht auf einmal schwarz, geht zu Boden.

»Hör zu, du fettes Arschloch!«, brüllt der Große. »Wenn du Al bescheißt, bescheißt du auch mich! Und ich mag es überhaupt nicht, wenn man mich bescheißt!«

»Und ich auch nicht!«, bestätigt der Kleine.

In Klaus beginnt sich alles zu drehen. Der süßliche Geschmack von Blut breitet sich in seinem Mund aus. Er spuckt.

»Das war unsere erste und letzte Warnung.«

Zum Teufel mit euch. Klaus wischt sich mit dem Handrücken das Blut von den Lippen.

»Morgen, 18.00 Uhr, kommen wir wieder. Und dann wäre es gesünder für dich, wenn du die 30.000 hast«, sagt der Große.

»Hast du das verstanden, Fettsack?«, ringt der Kleine um Aufmerksamkeit.

Klaus windet sich.

Der Große stürmt plötzlich auf ihn zu und verpasst ihm einen Tritt in die Magengrube. »Ob du verstanden hast, wollen wir wissen!«, brüllt er.

Klaus schreit auf, krümmt sich, ringt nach Luft. Er spuckt Blut und bringt schließlich ein »Ja, verdammt noch mal« heraus.

»Gut.« Der Kleine tritt noch einmal zu.

Klaus schreit wieder auf, geht ganz zu Boden. »Ihr kriegt das Geld. Ich schwör's.« Er windet sich.

»Das ist schön«, sagt der Große. »Weißt du, wir wollen das doch auch nicht.«

Klaus presst die Augen zusammen. Sein ganzer Körper schmerzt. Alles dreht sich und ihm wird übel. Er hofft nur noch, so schnell wie möglich das Bewusstsein zu verlieren.

Doch da schießt ihm auf einmal ein Gedanke in den Kopf. Er muss es wissen. »Habt ihr Christine …«

Plötzlich hört er, wie die Tür aufgerissen wird. Ein Mann stürmt herein und brüllt herum.

13

Nicht nur Mücks Rückenschmerzen, sondern auch seine Laune ist mittlerweile schlechter geworden. Das Versprechen, das ihm Gerlinde abgerungen hat, liegt ihm wie ein Stein im Magen.

Das Radio hat genervt, weshalb er es abgeschaltet hat. Die Autos der Einkaufswütigen, die an ihm vorbeiziehen, und das metallische Klappern von Einkaufswägen, die am Parkplatz des Baumarktes hinter ihm zurück zu den anderen geschoben werden, bilden die monotone Geräuschkulisse.

Es ist bald halb zwei, und er hat das Gefühl, noch überhaupt nichts getan zu haben – vom Verzehr der mittlerweile bereits zwei Packungen Manner-Schnitten einmal abgesehen. Er macht seinen Gürtel um ein Loch lockerer. *Wenn das so weitergeht, kann ich mir bald größere Hosen besorgen.*

Die Müdigkeit lässt ihn immer wieder die Augen schließen. Einmal war er sogar kurz eingenickt. Er hatte von seiner neuen Kollegin, Stefanie, geträumt. Als er aufwachte, packte ihn jedoch sofort wieder die Angst vor dem bevorstehenden Treffen mit seinem Vater.

Vor einer halben Stunde dann berichtete er seinem Einsatzleiter, dass sich bei ihm absolut nichts tat. Er fragte nach, ob er sich am Gelände umsehen dürfe oder ob er die Taktik ändern sollte. Doch der wies nur an, dass er weiter ausharren solle.

Mück fragt sich, was er hier überhaupt macht. Was soll das für einen Sinn haben, diesen Richter zu beobachten? Haben der Sautrottel und der Schleifer, sein neuer Chef, ihn etwa auf dem Abstellgleis geparkt? Ist das ihre Art, mit einem Polizisten, der nicht zu allem »Ja« und »Amen« sagt, umzugehen? Ist das ihr Versuch, ihn los zu werden?

Er beschließt, zur nächstgelegenen Tankstelle zu fahren und sich einen Kaffee zu holen. Er braucht ganz, ganz dringend eine ordentliche Ladung Koffein. Doch gerade, als Mück den Wagen startet, sieht er, wie ein schwarzer Dreier-BMW mit getönten Scheiben direkt vor den Eingang von *RICHTER AUTOMOBILE* fährt und dort hält. Zwei ganz in Schwarz gekleidete Typen steigen aus dem Wagen, greifen sich unter ihr Jackett und blicken sich so betont unauffällig auf dem Gelände um, dass es auffälliger kaum sein könnte.

»Ich weiß zwar nicht, was ihr zwei Blues Brothers wollt. Aber ganz sicher kein Auto kaufen«, murmelt Mück.

Die zwei Typen verschwinden durch die elektrische Schiebetür des Autohauses.

Na Halleluja, jetzt gibt's ja vielleicht doch noch ein wenig Action. Mück stellt den Motor ab, wartet kurz und schleicht dann den Männern nach. *Keine Frage, dass die beiden zu Als Männern gehören.*

Er wirft einen Blick in den BMW der Blues Brothers, kann jedoch nichts entdecken. Im trüben Tageslicht spiegelt sich die Umgebung in den Auslagenscheiben des Geschäfts. Mück kann nicht gut erkennen, was darin vor sich geht. Er schleicht ins Autohaus.

Mück gibt sich unauffällig, schlendert zwischen den Gebrauchtwagen hindurch. Eine Frau und ein junger Mann stehen vor einer verschlossenen Tür. Richters Angestellte. Sie haben ihm den Rücken zugewandt und bemerken ihn nicht.

»Sollen wir die Polizei rufen?«, fragt die Mitarbeiterin ihren Kollegen.

Er zuckt mit den Schultern. »Ich glaube, besser nicht.«

Mück tritt auf einen Kieselstein, der nun auf den Bodenfliesen kratzt. *Scheiße!*

Die beiden Angestellten reißen ihre Köpfe herum.

Der junge Mann kommt auf ihn zu. »Guten Tag. Kann ich … kann ich Ihnen vielleicht behilflich sein?«, stammelt er nervös und reicht Robert die Hand. Er dürfte kaum älter als 20 sein und gibt eine hagere Erscheinung ab. Sein blondes Haar trägt er zu einem Seitenscheitel gegelt, auf seiner zierlichen Nase thront eine Brille mit dickem Gestell.

Während Mück sich eine Geschichte von dem Wunsch nach einem zuverlässigen Mittelklassewagen aus dem Ärmel zaubert, schweift der Blick des jungen Verkäufers immer wieder zu der geschlossenen Tür.

Stimmen sind von dort zu hören.

Mück ist klar, dass die Blues Brothers mit Richter darin verschwunden sind. »Wie wär's denn mit dem?«, fragt er und zeigt auf den Renault Scenic, der nur wenige Meter von der Tür entfernt steht.

»Der … der … ja, der ist natürlich ein sehr guter Wagen. Vielleicht wollen Sie ja …«

Plötzlich ertönt ein dumpfer Knall. Irgendetwas Schweres ist umgefallen. Schreie sind zu hören.

»Was ist denn da los?«, fragt Mück und geht auf die Tür zu.

Der junge Mann versucht, sich Mück in den Weg zu stellen, stammelt unzusammenhängende Worte.

Mück schiebt ihn zur Seite.

»… das Geld. Ich schwör's«, ist von drinnen zu hören.

Dann eine andere Stimme. Zu leise, um zu verstehen, was sie sagt.

»… habt ihr Christine …«

Mück reißt die Tür auf. »Kriminalpolizei! Keiner rührt sich von der Stelle!« Er richtet die gezogene Glock 19 abwechselnd auf die zwei Blues Brothers.

Die beiden erstarren für einen Augenblick, sehen einander hilfesuchend an und reißen dann unschuldig die Hände hoch.

»Nix verstehen, Chefe«, sagt der Größere.

»Ist hingefallen«, sagt der Kleine und deutet hinter den Schreibtisch.

»Ja, ist hingefallen«, stimmt ihm sein Kollege eifrig zu.

In diesem Moment kommen hinter dem Schreibtisch zwei Hände zum Vorschein. Klaus Richter hält sich an der Kante fest und zieht sich daran hoch.

Der kleine Blues Brother, der gleich neben ihm steht, greift ihm unter die Arme und zieht ihn auf den Bürostuhl.

Richters Gesicht ist schmerzverzerrt. Blut läuft aus Nase

und Mund. Seine Stirn scheint auch etwas abbekommen zu haben.

»Bist du hingefallen. Hab ich dir geholfen«, legt ihm der Kleine die Worte in den Mund.

Richter seufzt und hält sich die Stirn. »Verfluchte …«

Mück starrt ihn voller Erwartung an, die Waffe immer noch abwechselnd auf die beiden in Schwarz gerichtet.

»Verflucht, ja … ich bin … ich bin hingefallen.« Richter zückt ein Taschentuch und stopft sich einen Zipfel ins blutende Nasenloch.

Was soll denn das jetzt? Mück versteht gar nichts mehr.

»Hat er sich Kopf geschlagen.« Der Kleine klatscht zur Demonstration in die Hände und gibt Richter einen kurzen Schlag auf die Schulter.

»Ja doch … ich bin ausgerutscht, verflucht noch mal«, knurrt Richter. Seine Wangen sind knallrot.

»Wollts ihr mich verarschen?« Mück verliert die Geduld.

Die Blues Brothers heben unschuldig die Hände. »Nix arschen, Chefe.«

»Glaubts ihr etwa, ich bin vollkommen deppert?«

»Nix deppert«, sagt der eine.

»Ist hingefallen«, der andere.

Mück starrt Richter an. Wartet auf eine Erklärung. »Die zwei haben Sie doch verprügelt, oder?«

»Nix prügelt.«

»Und ihr zwei haltets jetzt einmal den Mund!«, fährt Mück sie an.

»Verdammt noch mal, ich hab doch gesagt, ich bin hingefallen!«, schreit Richter und schlägt mit der Faust auf den Tisch. »Und jetzt raus hier!«

Das ist ja wirklich nicht zu glauben.

14

Als Martin kurz nach halb elf in die Kanzlei in der Herrengasse im 1. Bezirk kam, empfing ihn seine neue Assistentin ganz aufgeregt. »Da sind Sie ja, Herr Fink. Herr Kovacic ist vorhin ganz aufgebracht gewesen. Er hat Sie gesucht und wollte wissen, wo Sie sind.«

»Danke, Katrin.« Martin ließ sich in seinen Ledersessel fallen und war mit den Gedanken ganz woanders. Wie konnte er Maria finden? Wo sollte er weitersuchen? Und sollte er vielleicht doch die Polizei einschalten? Nein, damit würde er ihr Leben riskieren.

»Herr Fink?«, riss ihn Katrin aus seinen Gedanken.

Martin sah zu ihr hoch. »Ja?«

»Herr Kovacic. Er sucht Sie dringend.«

»Ja. Wo ist er denn?«

»Im großen Besprechungszimmer. Es läuft wohl gerade eine spontane Videokonferenz. Ich weiß es nicht genau, aber ich glaube, es geht um die Fusion in der Schweiz.«

Martin sprang auf. »Was? Seit wann läuft die?«

»Seit etwa einer halben Stunde.«

Martin kratzte alle Unterlagen zusammen, die er auf die Schnelle finden konnte, und stürmte in den Meetingraum. Rudi empfing ihn mit einem Lächeln. Es war eiskalt.

»Und vielen Dank noch einmal für das spontane Update. Und einen schönen Tag noch«, verabschieden sich Martin und Rudi von den Schweizern, als die Videokonferenz, die eine gefühlte Ewigkeit gedauert hat, endlich vorbei ist. Martin war währenddessen völlig durch den Wind und konnte sich einfach nicht konzentrieren. Immer wieder musste er seine Gesprächspartner bitten, ihre Fragen zu wiederholen, weil er nicht aufgepasst hatte.

»Martin, hast du fünf Minuten.« Es ist keine Frage. Rudi schaut mit seinen fast zwei Metern auf ihn herab und bittet ihn in sein Büro.

Als Rudi die schwere Holztür hinter sich schließt, schwant Martin Böses. Er ist auf eine Standpauke oder einen von Rudis berühmt-berüchtigten cholerischen Anfällen eingestellt. Doch sein Kanzleipartner überrascht ihn.

»Wie geht es dir, Martin?« Rudi klingt völlig ruhig. Er zündet sich einen Zigarillo an und fährt sich durch sein schneeweißes Haar.

Martins Hüfte schmerzt noch immer vom Sturz im Stiegenhaus. »Ach, es geht gerade drunter und drüber bei mir.« Martin hofft, mit dieser Antwort davonzukommen. »Aber es passt schon.«

Rudi streicht sich über seinen ebenso weißen Schnauzbart und zieht genüsslich an dem braunen Tabakstängel. »Das tut mir leid für dich, Martin. Kann ich dir vielleicht irgendwie helfen?« Er streift ein unsichtbares Staubkorn von seiner gelben Seidenkrawatte. »Kann ich dir irgendetwas abnehmen?«

Martin ist irritiert, so hilfsbereit kennt er ihn gar nicht.

Rudi und er hatten sich damals an der Uni kennengelernt. Sie hatten sich blendend verstanden und schon bald Pläne für eine gemeinsame Kanzlei entwickelt. Erst Jahre später, als diese bereits eröffnet war, veränderte sich Rudi. Immer mehr ließ er den Tyrannen und Kontrollfreak heraushängen und drängte Martin immer weiter in die Defensive. Nicht nur einmal gerieten sie deshalb bereits aneinander.

»Naja, du könntest vielleicht …«, beginnt Martin.

»Sag einmal, du spinnst wohl?«, brüllt Rudi plötzlich und

schlägt mit der flachen Hand auf seinen massiven Schreibtisch.

Asche fällt von seinem Zigarillo.

Rudis Kopf läuft rot an. »Wo bist du die ganze Zeit gewesen, verdammt noch mal? Ich habe seit acht Uhr auf dich gewartet! Und wann kommst du?«

»Rudi, es …«

»Zu Mittag!«

»Rudi, es war halb elf.«

»Zweieinhalb Stunden zu spät!«

»Es … es tut mir leid.«

»Es tut dir leid? Was denkst du denn, wie du eben bei der Videokonferenz rübergekommen bist? Glaubst du, dass du da einen kompetenten Eindruck hinterlassen hast?«

Martin weiß, dass sein Partner recht hat. »Mir geht es nicht so gut zurzeit, weißt du. Ich …« Er geht zur Minibar, die in den rustikalen Wandverbau integriert ist, und gießt sich geistesabwesend ein Glas Gin ein.

»Was heißt, es geht dir nicht gut? Willst du mich etwa verarschen?« Rudi beobachtet ihn skeptisch. »Und wieso trinkst du jetzt? Bist du von allen guten Geistern verlassen?«

Martin hält erschrocken inne. Führt das Glas wieder von seinen Lippen weg. Er begreift erst jetzt, dass er im Begriff war, Gin zu trinken. Er trinkt nie Gin. »Ich … ich hab nur …« Er lässt sich auf die dunkelgrüne Ledercouch fallen, vergräbt das Gesicht in seinen Händen.

Rudi ist wieder in seiner Alphatier-Rolle. Wie ein Dozent geht er vor Martin auf und ab und schüttelt dabei den Kopf. »Martin, Martin, Martin.«

»Bitte verschone mich.«

Rudi ignoriert ihn. »Wo ist dein Biss? Wo ist dein Ehrgeiz?« Er geht zwei Schritte näher an ihn heran und starrt Martin tief in die Augen. »Wo ist der Martin Fink, den ich einmal gekannt habe?« Rudi macht eine ausladende Geste. »Mit dem ich diese wunderbare Kanzlei eröffnet habe?«

»Rudi, du verstehst das nicht. Ich … ich muss … Maria ist …« Martin weiß nicht, was er sagen soll.

»Du bist ein Weichei!«, brüllt ihn Rudi plötzlich an.

Martin bekommt ein paar Speicheltropfen ab. Er zuckt zurück.

»Hat Maria das aus dir gemacht?« Das Wort *Maria* klingt wie eine Krankheit aus Rudis Mund.

Martin reißt die Augen weit auf. »Ich kann nicht glauben, dass du so etwas sagst.«

»Es ist mir egal, was du glaubst und was nicht.«

Martin ist fassungslos.

»Mir reicht es jetzt langsam mit dir und deinen Ausreden! Ich sehe da nicht mehr länger zu!« Rudi gerät immer mehr in Rage. »Nur, falls ich dich daran erinnern muss: Bei diesem Deal stehen fast zwei Millionen auf dem Spiel. Der Ruf von *KOVACIC & FINK* steht auf dem Spiel.«

Martin öffnet und schließt seinen Mund. Aber es wollen ihm einfach keine Worte entkommen.

»Ist dir das etwa egal?«

Martins Kopf fängt an zu schmerzen. Er greift nach der Beule, die er sich beim Sturz im Stiegenhaus zugezogen hat. Er weiß, dass Rudi recht hat. Sie haben zwar den Grundstein in Zürich gelegt. Doch es ist noch nichts unterschrieben.

Aber wenn er an Maria denkt und sich vorstellt, dass sie gerade irgendwo eingesperrt ist und Todesängste leidet, dann ist ihm dieser verdammte Deal egal. Völlig egal.

15

Die Sonne ist längst untergegangen und das Quecksilber in den Thermometern fällt gerade zum ersten Mal in diesem Winter unter die Null-Grad-Grenze. Ein eisiger Wind pfeift über die österreichische Hauptstadt hinweg.

Klaus sitzt alleine in seinem Büro, das durch die verstaubte Schreibtischlampe nur spärlich beleuchtet wird. Johannes hat er bereits vor über zwei Stunden nach Hause geschickt. Emma war schon eine halbe Stunde davor gegangen. Ohne ihn um Erlaubnis zu bitten. *Diese Vogelscheuche nimmt sich in letzter Zeit immer mehr heraus. Die hat überhaupt keinen Respekt vor mir …* Doch Klaus' Ärger hält sich in Grenzen. Er hat gerade andere Probleme. Und zwar mehr als genug.

Er wählt noch einmal Christines Nummer, kommt aber wieder nur in ihre Mobilbox.

Klaus lässt den Blick durch sein Büro schweifen, und es kommt ihm der Gedanke, dass es genauso leer ist wie sein Leben. Keine Bilder, keine Auszeichnungen und keine Pokale. Die Wanduhr hängt schief, und auf dem Schreibtisch türmen sich Rechnungen und noch mehr Mahnungen. Dazwischen zwei Aschenbecher, die zum Bersten mit Stummeln gefüllt sind. Die Yuccapalme in der Ecke wirkt irgendwie fremd.

Klaus leert sein Glas *Johnny Walker* in einem Zug und füllt es rasch wieder auf. Er genießt das warme Kribbeln in der Kehle und die Betäubung, die langsam einsetzt. Die Kopfschmerzen lassen allmählich nach, und auch das Stechen in seinen Rippen klingt ein wenig ab.

»Scheiß Leben«, murmelt er und zündet sich eine Zigarette an. Ein grässlicher Hustenanfall überkommt ihn, Spucke schießt über den Schreibtisch.

Die Sorgen nagen an ihm. An allen Ecken und Enden seines Lebens türmen sich die Probleme. Wie zum Geier soll er bis morgen Abend nur diese verfluchten 30.000 auftreiben? Die Geschäftskasse ist leerer als die Gehirne von Als Lackaffen, und die Bank würde ihn höchstens auslachen, wenn er sie nach einem weiteren Kredit fragte. Bei der steht er jetzt schon viel zu hoch in der Kreide, und die letzten Raten konnte er gerade noch so bezahlen.

Soll er vielleicht gar den Charlie um Geld bitten? Sicher wird der immer noch nicht besonders gut auf ihn zu sprechen sein. Aber wegen so einer Lappalie kann der ja nicht ewig auf ihn angefressen sein. Der Mistkerl ist auch um nichts besser. Klaus wählt seine Nummer.

Es läutet.

Er wartet.

Schließlich ertönt die Mobilbox.

Klaus wählt noch einmal seine Nummer. Dieses Mal kommt er sofort in die Mobilbox. *Dieser Drecksack hat sein Handy abgeschaltet. Der scheint doch noch ein wenig angerührt zu sein.*

Irgendetwas Anderes muss ihm einfallen, sonst wird er beim nächsten Besuch von Als minderbemittelten Schlägertypen nicht bloß mit ein paar geprellten Rippen davonkommen. Und sicher wird er auch kein zweites Mal das Glück haben, dass ein Kiberer ganz plötzlich aus dem Nichts hereinschneit und diese Proleten vertreibt.

Wie kleinlaut die auf einmal gewesen sind. Ein Lächeln huscht Klaus über die Lippen. Er nimmt einen tiefen Zug von seiner Zigarette und lässt den blauen Dunst in seinen Lungen.

Ein Glück nur, dass er diesen Mück auch gleich wieder abwimmeln hat können. Die Frage ist allerdings, ob der wirklich zufällig hier gewesen ist und sich nach einem Wagen umgeschaut hat. Klaus denkt an den Brief. *Ich bin ganz in deiner Nähe.* Klaus wird plötzlich heiß. Er öffnet einen weiteren Knopf seines Hawaiihemds. Bei dieser Bewegung strömt ihm sein eigener Schweißgeruch in die Nase. Er hebt seinen Arm und schnuppert zur Kontrolle, zieht eine Grimasse. *Wäh, widerlich!*

Wieder kippt er den Whiskey in einem Zug hinunter, nimmt einen letzten, tiefen Zug von seiner Zigarette, und für einen kurzen Augenblick verspürt er tiefste Zufriedenheit. Er ist sich auf einmal sicher: Dieser Mück ist kein Entführer. Der ist durch und durch ein Kiberer.

Seine Schwester kommt ihm wieder in den Kopf. Irgendwie wird er nicht schlau aus dieser Sache. Er hofft ja immer noch, dass sich irgend so ein Arschloch bloß einen beschissenen Scherz mit ihm erlaubt. Aber was, wenn Christine wirklich entführt wurde? Was, wenn ihr Leben wirklich auf dem Spiel steht? Und weshalb verlangt der Entführer nicht einfach Geld wie jeder normale Entführer auch? Jeder will doch Geld!

Klaus beschließt, es noch einmal zu versuchen und wählt Christines Nummer.

Mobilbox.

»Verfluchte Scheiße!« Klaus knallt sein Handy auf den Tisch.

Sollte er nicht besser doch zur Polizei gehen? Vielleicht blufft der Typ ja nur. *Ich bin ganz in deiner Nähe.* Wie kann der Typ ihn die ganze Zeit über beobachten? *Soll ich vielleicht mit diesem Mück reden?*

Klaus verwirft diesen absurden Gedanken wieder. Er gönnt sich noch ein weiteres Glas und träumt davon, irgendwo ganz weit weg zu sein. Vielleicht sogar an einem Strand, bei Sonnenuntergang und mit einem starken Cocktail in der Hand. Hawaii. Ja, das wär's jetzt. *Hawaii, Baby!*

Kurze Zeit später hat Klaus die Flasche *Johnny Walker* geleert und wankt, inklusive mehrerer Ausfallschritte, durch sein Büro. Umständlich hebt er die eineinhalb Meter hohe Yuccapalme aus ihrem viel zu großen Übertopf und holt daraus eine kleine Flasche hervor. Es ist sein zweiter Freund, *Jack Daniels*.

Schön, wenn man nicht nur einen einzigen Freund hat.

16

Mück kämpft sich durch das abendliche Gewühl von Menschen, versucht, den riesigen Einkaufssackerln und ihren Besitzern auszuweichen. Überall blinken hektisch Lichter. *Die Weihnachtsbeleuchtung kann mir gestohlen bleiben.*

Mücks Laune hat einen neuen Tiefpunkt erreicht.

Die Kälte hat ihn überrascht. Er ist viel zu leicht bekleidet, friert und denkt darüber nach, wie er seinen neuen Kollegen morgen bloß erklären soll, dass er gleich seinen ersten Job so richtig vermasselt hat. Warum hat er sich auch wie der größte Idiot aufgeführt und in bester Clint Eastwood-Manier in den Streit zwischen Richter und Als Typen hineinplatzen müssen? Jetzt haben die sicher übernasert, dass sie beschattet werden.

So ein Scheiß!

Lange Zeit steht Mück wie angewachsen im eiskalten Flur des Altbaus in der Ungargasse im 3. Bezirk und starrt auf die verschlossene Wohnungstür seines Vaters. Ein junges Mädchen hatte zuvor gerade das Haus verlassen und Mück herein gelassen. Im ganzen Haus riecht es nach Schweinsbraten. Aus irgendeiner anderen Wohnung hört er ein kleines Kind brüllen.

Einige Male hat er schon seinen Finger zur Türklingel geführt, es jedoch nicht geschafft, sie zu drücken. Wie lange war er schon nicht mehr hier? Er versucht, sich zu erinnern.

Familie Mück steht in geschwungenen Lettern auf dem Türschild aus Messing. Es versucht, der Realität zu trotzen. Mück erinnert sich wehmütig an die Zeit zurück, in der dieses Schild noch seine Berechtigung hatte. Wunderschöne Kinder- und Jugendjahre hatte er hier verbracht – mit Mama, Papa und Gerlinde.

Nichts ist mehr wie damals. Nichts.

Ein Pärchen, beide Mitte 20, kommt kichernd und Händchen haltend das Treppenhaus herunter und reißen Mück aus seinen Gedanken.

»Das stimmt überhaupt nicht! Ich schnarche nicht«, beschwert sich der junge Mann. »Dafür redest du im Schlaf«, neckt er seine Freundin.

»Das ist doch eine unverschämte Lüge.« Sie boxt ihn zärtlich in die Seite.

Die beiden verschwinden durch die Haustür und lassen Mück alleine zurück.

Das kleine Kind brüllt immer noch.

Sein Herz schlägt wie wild, als er langsam den Finger zur Türklingel hebt. Er hält kurz inne, atmet kraftvoll durch und drückt auf den roten Knopf. Das Klingeln dringt zu ihm ins Stiegenhaus, doch sonst keinerlei Geräusch. Er versucht es noch einmal. Wieder nichts. Am liebsten wäre er einfach wieder gegangen, hätte sich im nächsten Beisl ein Bier gegönnt und die Angelegenheit auf einen späteren Zeitpunkt verschoben. Doch er weiß, er muss es nun endlich hinter sich bringen, und fischt seinen Zweitschlüssel aus der Tasche.

Als er die Tür aufschließt und in die Wohnung eintritt, empfangen ihn Kälte und ein muffiger Gestank. Es ist dunkel, die Fenster sind geschlossen und die Gardinen zugezogen. Die Tür fällt hinter ihm ins Schloss.

»Papa?«

Es kommt keine Antwort. Nur ein leises Knirschen von Leder ist aus dem Wohnzimmer zu hören.

»Papa, ich bin's, Robert.«

Wieder kommt keine Antwort.

Mück reibt sich das Gesicht und durchquert das Vorzimmer. Der uralte Parkettboden knarrt laut unter seinen Schritten.

Als Mück die Wohnzimmertür aufstößt, bietet sich ihm ein Anblick, bei dem er am liebsten sofort zu heulen anfangen würde. Josef Mück, der stets ein großer, starker und stolzer Mann und der sein Leben lang ein glühendes Vorbild für seinen Sohn gewesen ist, sitzt zusammengesunken in seinem abgewetzten Lieblingsfauteuil.

Josef Mück ist immer der Starke in der Familie gewesen – der, der sagte, wo es langging, und der hart schuftete, damit es allen gut ging. Für seinen Sohn verkörperte er immer das blühende Leben und die pure Lebenslust. Momente der Ruhe gab es für ihn kaum – wenn es nichts in seiner KFZ-Werkstatt zu arbeiten gab, dann schraubte er an seinen eigenen Autos und Motorrädern herum. Er konnte niemals nur ruhig herumsitzen.

Bis zu jenem Tag, der alles veränderte. An jenem Tag starb sein Vater. Und ein klein wenig auch Mück. Seither ist sein Vater ein Häufchen Elend, das sich aufgegeben und jeglichen Lebenswillen verloren hat. Er ist ein Schatten seiner selbst.

»Hallo, Papa.«

Sein Vater antwortet nicht, sondern sieht nur langsam zu ihm auf. Die Standuhr tickt leise und monoton vor sich hin.

»Wie geht's dir?«

»Was machst du hier?« Die Frage klingt so neutral, dass Mück nicht errät, ob sie einen Vorwurf oder Freude ausdrücken soll. Er nimmt Ersteres an.

Mück zieht die Gardinen ein Stück weit auf, und das fahle Licht der Straßenlaternen fällt herein. Er kann erkennen, dass die Augen seines Vaters glasig und rot unterlaufen sind. Die Falten in seinem Gesicht scheinen sich vervielfacht zu haben, und sein schneeweißer Haarkranz steht ungekämmt in alle Richtungen. Die Mundwinkel hängen herab.

»Ich … ich hab' mir einfach gedacht, ich … ich besuch' dich spontan.«

»Hat Gerlinde dich geschickt?« Nun ist es definitiv ein Vorwurf. »Sag' ihr, sie braucht sich keine Sorgen zu machen.«

Mück bekommt feuchte Augen. »Gott, wie hältst du diese Luft hier aus. Ich muss kurz durchlüften.«

Er reißt die beiden Flügel des Fensters im Wohnzimmer auf. Dann geht er ins benachbarte Büro sowie in alle anderen Räume der Vierzimmerwohnung und tut dort das gleiche. Eiskalte Winterluft strömt herein.

Nachdem Mück die Heizung angemacht hat und wieder ins Wohnzimmer tritt, bleibt er vor Schreck stehen. In der Dunkelheit hat er es nicht bemerkt, doch nun sieht er den leeren Wohnzimmerverbau vor sich.

Die Modellautos!

Es waren Hunderte. Jedes von ihnen hatte eine eigene Geschichte. Jedes von ihnen hatte eine Bedeutung. Über

Jahrzehnte hinweg hatte Josef Mück sie gesammelt, gehegt und gepflegt. Unzählige Stunden hatte er sie einfach nur voller Begeisterung bewundert, abgestaubt und zurechtgerückt. Doch nun sind sie weg. Aus den Regalen entfernt und lieblos in herumstehende Umzugskartons geworfen.

»Papa, warum hast du das gemacht?«

Eine abfällige Handbewegung. »Ach, die ... die brauche ich nicht mehr. Ich bin ja kein Kind mehr.«

Plötzlich beginnt alles um Mück herum zusammenzubrechen und einzustürzen. Sein Vater, dieses Häufchen Elend, das sich längst aufgegeben hat. Er möchte ihn packen, mit aller Kraft rütteln, ihn anschreien und zum Aufwachen bringen. Doch noch lieber würde er einfach nur weglaufen. Weit, weit weglaufen. Vor diesem Fremden, der sein Vater ist.

»Kannst du dir nicht die Schuhe ausziehen?«, fährt sein Vater ihn an, und Mück ist ihm unglaublich dankbar dafür. Dankbar, dass er ihm einen Grund gibt, die Wohnung so schnell wie möglich wieder zu verlassen.

Von der Straße dröhnt ein Sirenengeräusch zu ihnen herein.

»Was soll ich denn hier noch dreckig machen? Hier ist doch ohnehin alles verstaubt.«

»Weil du alles versaust mit deinen Latschen!«

Mück will nicht weiter streiten. Aber es ist leichter so. Er hasst sich selbst dafür, seinem Vater keine Stütze sein zu können. Er hasst seine eigene Schwäche. »Es ist wohl besser, wenn ich gehe.«

Josef Mück nickt traurig. »Das ist es wohl.«

Mück reibt sich das Gesicht. Er ist froh und unglaublich wütend zugleich.

Sein Vater starrt auf den Parkettboden.

Mück schließt schweigend wieder die Fenster, als Letztes das im Wohnzimmer. Er bringt es nicht über sich, seinen Vater noch einmal anzusehen. Im Vorbeigehen lässt er jedoch seine Hand sanft über seine Schulter streifen.

Als Mück auf die Straße tritt, saugt er die kalte Dezemberluft tief in seine Lungen. Er hat das Gefühl, zum ersten Mal seit Jahren wieder richtig atmen zu können. Tränen fließen seine Wangen hinab. Irgendwann gibt er es auf, sie mit seinem Ärmel abzuwischen.

17

Er fühlt sich so alleine.

Nichts ist um ihn herum. Bis auf diese unendliche Leere. Und ein leises Atmen.

Die Wut kocht in ihm, diese unbändige Wut. Seine Kieferknochen mahlen, und er starrt verbissen ins Leere. Seine Hände hat er zu Fäusten geballt. So fest, dass sie zittern, und die Knöchel ganz weiß hervorspringen.

So hat er sich das nicht vorgestellt. Wo ist ihre Motivation? Wo ist ihr Ehrgeiz, wo ihre Angst? Nehmen sie ihn etwa nicht ernst? Glauben sie ihm nicht? Haben sie immer noch nicht begriffen, wozu er fähig ist?

Dieser widerliche Fettsack ist mehr mit seinem Alkohol und Schlägereien mit irgendwelchen Zuhältertypen beschäftigt als mit der Suche nach Christine. Und dieser verdammte Schnösel fährt doch tatsächlich ins Büro. Er geht zur Arbeit, anstatt jede Sekunde dazu zu nutzen, Maria zu retten.

Lange wird er sich das nicht mehr mit ansehen. Er wird

ihnen beweisen, dass er es ernst meint. Beweisen, dass er es nun ist, der über Leben und Tod entscheidet und dass das Spiel ihre einzige Chance ist.

Sie sollen endlich die Angst spüren. Die Angst, die auch er gespürt hat. Sie sollen endlich das Leid erfahren. Das Leid, das auch er erfahren hat. Sie sollen Tränen vergießen, Schweiß und Blut. So, wie er es all die Jahre getan hat.

Sie sollen sterben!

18

Es ist kurz vor acht.

Martin sitzt auf der weißen Ledercouch in seinem Wohnzimmer und ist so erschöpft, dass er kaum noch die Augen offen halten kann. Sie brennen bei jedem einzelnen Wimpernschlag. In seinen Schläfen sitzt ein stechender Schmerz, er schwitzt, und sein Herz rast.

Er kann an nichts anderes denken: In vier Stunden wird sein Handy klingeln. Marias Entführer wird ihn anrufen. Und Martin muss bis dahin herausgefunden haben, warum dieser Psychopath Maria entführt hat. Die Hoffnung, bis dahin auf die Lösung zu kommen, hat Martin längst verloren. Er hat nicht den geringsten Anhaltspunkt, keine Idee, ganz einfach nichts. Maria hat keine Verwandten, die er anrufen könnte, keine Freunde, von denen er weiß. Bis auf ihre Arbeit hat sie kein soziales Leben.

Er fühlt sich so machtlos. So schuldig, weil er Maria nicht helfen kann. Und er hat Angst. Angst, dass er dem Drang nicht widerstehen kann, den Anruf anzunehmen und dieses verdammte Arschloch anzubrüllen, ihm zu drohen oder anzuflehen, Maria nichts zu tun. Angst vor dem, was dieser Mistkerl Maria antun wird, wenn er in vier Stunden die Lösung nicht herausgefunden hat. *Jeder unbeantwortete Anruf wird Maria große Schmerzen bereiten.*

Seine Gedanken treiben ihn fast in den Wahnsinn. Immer wieder blitzt ihr Gesicht vor seinem inneren Auge auf. Er würde alles tun, um Maria zu retten. Doch er weiß ganz einfach nicht, was dieses *alles* ist.

Eine einsame Träne läuft seine Wange hinunter. Für mehr reicht seine Kraft einfach nicht mehr.

Gerade, als Martin langsam wegdöst, reißt ihn ein Läuten aus seinem Dämmerzustand. Er schreckt von der Couch hoch, mit ihm sein Puls. Alles dreht sich. Ein Schwindelgefühl überkommt ihn, er muss sich wieder setzen.

Ein Stich fährt durch seinen Kopf. Er hat noch nicht begriffen, was los ist.

Dann läutet es noch einmal.

Das Dröhnen der Glocke fährt Martin durch Mark und Bein. Er zuckt zusammen.

Die Tür!

Ein kalter Schauer läuft ihm über den Rücken. Er stemmt sich hoch, versucht, die Benommenheit abzuschütteln.

Wer kann das sein?

Auf Zehenspitzen tappt er in Richtung Eingangstür. Immer wieder sucht er Halt an der Wand. Der dunkle Parkettboden knarrt verräterisch unter ihm. Martin flucht in Gedanken. Das Herz schlägt ihm bis zum Hals. *Reiß dich gefälligst zusammen, das ist doch nur die Türglocke!*

Er erreicht die Tür. Ein Gedanke schießt ihm durch den Kopf: *Was, wenn es der Entführer ist?* Panik überkommt ihn.

Es läutet noch einmal.

Martin fährt erschrocken zusammen.

Er späht durch den Spion, und eine Welle der Erleichterung durchflutet seinen Körper. Er legt seinen Kopf in den Nacken, atmet tief durch und muss kurz lachen. Dabei ist ihm überhaupt nicht zum Lachen zumute. Er reibt sich das Gesicht, dann öffnet er die Tür.

»Oh Gott, verzeih! Hab' ich dich etwa geweckt?«, fragt Jonas und sieht verwirrt dabei aus.

»Ach nein … ich bin nur kurz eingedöst«, versucht Martin zu beschwichtigen.

»Mmh«, macht Jonas. Er scheint Martin nicht zu glauben.

»Was gibt's?« Martin ringt sich ein Lächeln ab.

Jonas wirkt irritiert. »Wie versprochen, eine Lieferung Kalorienbomben.« Er streckt Martin ein Tablett entgegen, auf dem sich köstlich aussehende Süßigkeiten türmen. »Hab' ein paar neue Rezepte ausprobiert.« Nun grinst er stolz.

»Oh, danke.« Martin nimmt Jonas das Tablett ab und lagert es auf der Vorzimmerkommode. »Danke, ich …« Martin bricht den Satz ab.

»Ist alles in Ordnung mit dir?«

»Ja, sicher.« Martin versucht sich in einer beschwichtigenden Grimasse.

»Ich hoff', du bist mir nicht böse, wenn ich dir das sage, aber … aber du siehst schrecklich aus.«

Martin läuft rot an. »Ach, ich hatte nur einen … einen harten Tag, weißt du«, stottert er und schließt dabei die Tür ein kleines Stück weit. »Ich glaub, ich muss einfach ganz schnell ins Bett.« Martin wird nervös. Er hat das Gefühl, dass Jonas seine Lügen durchschaut.

»Ist Maria auch hier?« Jonas versucht, über Martins Schulter hinweg in die Wohnung zu sehen.

Martin schließt die Tür noch weiter. Sein Körper füllt nun den gesamten offenen Spalt aus. »Ja, sie duscht gerade.«

Jonas legt die Stirn in Falten.

»Danke noch mal für die Kostproben.« Martin verzieht sein Gesicht und hofft, dass es einem Lächeln gleichkommt. Dann schmeißt er die Tür zu.

Der Knall dröhnt durch die Wohnung.

Martin verharrt an die Tür gelehnt. Lauscht. Es scheint ihm eine Ewigkeit zu dauern, bis er Jonas endlich die Stufen nach unten gehen hört.

Martin atmet erleichtert aus. Er schließt seine Augen und reibt sich das Gesicht.

Seit über einer Stunde kann Martin nicht mehr ruhig sitzen. Rastlos geht er in der Wohnung auf und ab. Sein Körper spielt verrückt. Seine Hand umschließt krampfhaft das Telefon. Immer wieder blickt er abwechselnd auf seine Armbanduhr und die Uhr auf dem zersprungenen Display seines Handys.

23:57

Noch zwei Minuten.

Die Zeit rast. Die Minuten scheinen wie Sekunden.

Tausende Gedanken schießen Martin durch den Kopf. Sie überschlagen sich. Bilder und Stimmen aus glücklichen Zeiten. Marias traurige Augen. Ihre Angst. Ihre Schmerzen. Martin kann sie spüren.

Denk' nach. Denk' verflucht noch einmal nach! Warum hat dieses Arschloch Maria entführt?

Er hetzt durchs Vorzimmer, läuft gegen die fragile Kommode. Ein Bilderrahmen kippt, fällt zu Boden. Glasscherben verstreuen sich auf dem Parkett. Martin kümmert sich nicht darum.

Er blickt auf seine Armbanduhr.

23:58

Denk' nach!

Er läuft zum Fenster, starrt über die dunklen Dächer. Hofft auf eine Eingebung. Er sucht die Fenster der gegenüberliegenden Wohnungen ab. Die meisten sind finster. In einigen gedämpfte Lichter, Menschen schauen fern. Eine Frau liest auf der Couch. Nichts Besonderes.

Komm schon, denk' nach! Er schlägt gegen die Wand.

Sein Herz schlägt ihm bis zum Hals. Martin hat das Gefühl, dass es ihm jeden Moment seinen Brustkorb sprengt. Er kann das Blut in seinem Kopf rauschen hören. Ein Schwindelgefühl überkommt ihn, er stützt sich an der Wand ab.

Wieder blickt er auf die Uhr.

23:58

Bitte nicht!

Sein T-Shirt ist ganz durchgeschwitzt. Gleichzeitig friert er.

Sein Blick hetzt durchs Wohnzimmer. Dann wieder auf die Uhr.

23:58

Er kann die Augen nicht mehr von seinem Handy lassen. Alles um ihn herum verschwindet. Nur mehr das leuchtende Display und er. Sonst nichts.

Die Uhr springt um.

23:59

Nein!

Das Gefühl des Versagens übermannt ihn. Es ist niederschmetternd. Er hat es nicht geschafft. Er hat versagt. Er kann Maria nicht retten.

Plötzlich beginnt das Handy in seiner Hand zu vibrieren. Der *Flohwalzer* dröhnt aus dem Lautsprecher, schneidet sich wie eine Motorsäge durch Martins Verstand.

Martins Herzschlag setzt für einen kurzen Moment aus. Er stirbt. In diesem Augenblick.

Das Vibrieren holt ihn zurück.

»Du feiges Arschloch!« Martin schreit. Er geht auf und ab. Rauft sich die Haare.

Die Melodie will nicht aufhören.

Martin hält den Daumen über der Taste mit dem grünen Hörer. Der Finger zittert. Die Verlockung, abzuheben, ist teuflisch.

Martins Kopf glüht. Er möchte schreien. Laufen. Schlagen. Treten. Töten. Doch er ist dazu verdammt, den Flohwalzer über sich ergehen lassen zu müssen. Er hat versagt.

Endlich. Endlich verstummt das Telefon. Und Martin überrollen die Gefühle. Verzweiflung, Trauer, Hass, Ohnmacht, Liebe. Sie schießen durch seinen ganzen Körper und überwältigen ihn.

Er zittert am ganzen Körper, hört seine Zähne klappern. Das Handy gleitet ihm aus der Hand und fällt auf den Teppich.

Eine Träne löst sich aus einem Auge, läuft ihm über die Wange hinab. Dann eine zweite. Und noch eine. Es werden immer mehr. Martin vergräbt sein Gesicht in seinen Händen und weint. Er weint, wie er noch nie zuvor in seinem Leben geweint hat.

19

Al, dieser Drecksack, war da, seine Schwester und dieser scheiß Bulle. Und Batman.

Mit geschlossenen Augen tastet er nach dem Wecker, doch er kann ihn einfach nicht finden.

Scheiß Dreckswecker.

Klaus will heute nicht zur Schule gehen. Er hat es satt, von seinen Mitschülern gehänselt zu werden. »Fetter Klaus«, sagen sie zu ihm, »Fetti« und manchmal auch »Pickelmonster«. Jeden Tag lachen sie ihn aus. Jeden verdammten Tag. Am schlimmsten ist es immer in der großen Pause, wenn sie ihn im Schulhof beim Fußball nicht mitspielen lassen. Er sei zu dick dafür, spotten sie. Er solle lieber mal die Schokolade weglegen. Oder sie ihnen geben. Den Teufel wird er!

Wo, verflucht noch mal, ist dieser verdammte Wecker?

Wenn sie alleine sind oder zu zweit, dann kann er sie ja noch verprügeln. Aber gegen mehr hat er alleine auch keine Chance mehr. Wie gerne hätte er Batman zum Freund. Dann könnte er es ihnen allen zeigen.

Aber Sarah mag keine Prügeleien.

Sarah.

Was zum Teufel kümmert ihn eigentlich diese blöde Sarah. Die glaubt auch, nur weil sie das hübscheste Mädchen der ganzen Schule ist, kann sie sich einfach so über ihn lustig machen. Dabei hat er sie nur gefragt, ob er auch auf ihre Geburtstagsparty kommen dürfe. Sie hat nur gelacht, und jetzt glaubt sie, sie wäre etwas Besseres.

Diese blöde Kuh!

Dieser verfluchte Wecker treibt mich noch in den Wahnsinn.

Seine Hand sucht danach, fährt aber immer wieder ins Leere.

Moment mal. Das ist ja gar nicht der Wecker. Das ist die Schulglocke, die da läutet. Aber klingelt sie nun zur Pause oder fängt schon wieder die nächste Stunde an? Pause, bitte Pause! Dabei weiß er gar nicht, wovor er sich mehr fürchten soll.

Das Läuten verstummt.

Endlich!

Klaus seufzt. Er ist todmüde und noch immer ganz durcheinander. Doch jetzt ist er wach, also kann er auch gleich frühstücken gehen. *Hoffentlich gibt's noch Nutella!*

Klaus schafft es endlich, seine Augen einen Spaltbreit zu öffnen. Das Licht der kleinen Schreibtischlampe blendet ihn. Es fühlt sich an, als wäre ein riesiger Scheinwerfer direkt auf ihn gerichtet. Er blinzelt hektisch, versucht, einen klaren Kopf zu bekommen.

Nur ganz langsam schwindet die Benommenheit, und Klaus begreift, wo er ist. Weder zu Hause in seinem Bett noch in der verfluchten Schule. Doch die Erleichterung darüber will sich nicht einstellen. Ihm graut vor dem Anblick, der sich ihm bietet. Zwei Flaschen Whiskey stehen direkt vor ihm – eine zur Gänze geleert, von der anderen fehlt gut ein Drittel.

Verflucht noch mal, bin ich etwa schon wieder im Büro eingeschlafen?

Klaus vergisst den Gedanken gleich wieder. Er stemmt sich von dem Tisch hoch und lässt sich in den abgenutzten Kunstledersessel zurückfallen. Nach dieser ungeheuren Kraftanstrengung ist er völlig erschöpft, und er ist schweißgebadet. Stechende Kopfschmerzen. Ein Zimmermannsnagel wird in seinen Schädel gehämmert. Er stöhnt.

Heftiges Schwindelgefühl. Dann ein tiefer und übel riechender Rülpser. Er presst sich die Hand vor den Mund. Erst, als er sich sicher ist, sich nicht übergeben zu müssen, löst er sie wieder.

»Scheiß, verdammte …«

Ein weiterer heftiger Stich durchfährt ihn, und er muss wieder laut aufstöhnen. Sein ganzer Körper schmerzt.

Allmählich keimen Erinnerungsfetzen auf: Jack Daniels. Johnny Walker. Er ist in seinem Büro eingeschlafen.

Mit einem Ruck will er aufstehen, doch diese rasche Bewegung lässt einen unglaublichen Brechreiz in ihm hochkommen. Er presst sich beide Hände auf den Mund – fester als zuvor – und hält inne. Er glaubt schon, die Gefahr gebannt zu haben. Doch dann schießt ihm plötzlich sein Mageninhalt die Speiseröhre empor. Es gibt keinen Halt mehr. Die Masse bahnt sich ihren Weg zwischen seinen Lippen hindurch. Klaus übergibt sich direkt auf seinen Schreibtisch.

Gottverdammte Sauerei!

Klaus würgt. Dann schießt noch ein Strahl aus ihm heraus.

Sein Geschmack gleicht dem einer verwesten Ratte. Klaus versucht, die restlichen Bröckchen auszuspucken. Doch sein Mund ist trocken wie die Sahara.

Wasser!

Er braucht ganz dringend Wasser. Aber er weiß, dass er es unmöglich bis zum Automaten draußen im Verkaufsraum schafft.

Ein verdammtes Königreich für einen Schluck Wasser!

Erst jetzt bemerkt Klaus, dass auch sein Handy in Mitleidenschaft gezogen worden ist. Es liegt vor ihm, überzogen mit einer Masse aus Erbrochenem.

»Scheiß Handy!«

Mit zitternden Fingern fischt er es aus der übel riechenden Brühe. In den kleinen Bröckchen erkennt er die beiden Extrawurstsemmeln des Vorabends wieder. Verzweifelt sucht er nach einem Taschentuch. Vergeblich. Schließlich säubert er das Handy an seiner schmutzigen Hose.

Erst jetzt fällt ihm das blau blinkende Lämpchen auf – ein Anruf in Abwesenheit. Klaus kneift seine Augen zusammen. Ein unbeantworteter Anruf. Von einem unbekannten Teilnehmer. Zeit des Anrufs 23:58.

Das muss ER gewesen sein!

DER 2. SPIELTAG

DONNERSTAG, 3. DEZEMBER

20

Alles blitzt rot.

Die Hitze bahnt sich ihren Weg, verschlingt alles, das sich ihr in den Weg stellt. Sie greift nach ihm.

Kein Weg zurück.

Hitze. Kälte. Tod.

Eine letzte Chance? Eine letzte Entscheidung? Ein letzter Weg?

Los! Jetzt!

Die Muskeln ziehen sich zusammen. Ein leichter Widerstand. Glas, das bricht. Abertausende Splitter um ihn herum. Sie tanzen, funkeln in unzähligen Rottönen.

Eiskalte Luft. Unendliche Freiheit.

Ein Aufprall. Ein Schmerz. Dann noch einer.

Rote Blitze. Glänzende Scherben.

Schatten hetzen. Gesichter kommen zum Vorschein. Augen. Große Augen. Sie starren ihn an. Dann verschwinden sie in der Dunkelheit.

Dunkelheit.

Leicht gebückt geht er Treppen hinunter und durch das kalte Kellergewölbe. Er weicht der nackten verdreckten Glühbirne aus, die auf Kopfhöhe von der Decke hängt. Der Faden leuchtet in einem kräftigen Orange und wirft nur wenig Licht ab. Erde und kleine Steine knirschen unter seinen Stiefeln. Die Geräusche hallen den Gang entlang.

Ein Wimmern ist zu hören.

Er hält inne und genießt es.

Unweit vor ihm quert eine Ratte seinen Weg.

Er geht weiter zu Christines Zelle. Presst sein Ohr ganz fest gegen das kalte Metall der Tür. Lauscht.

Leises Wimmern, Selbstgespräche.

Zu leise.

21

Oh Gott, diese Schreie! Maria presst sich mit all ihrer Kraft gegen die kalte Wand. Mit den Händen fährt sie durch die Dunkelheit. Hofft, auf etwas zu stoßen. Auf irgendetwas, das ihr als Waffe dienen könnte. Vielleicht hat sie nur noch nicht richtig gesucht.

»Mach keine Dummheiten oder du wirst es bereuen!«, sagt er ruhig. Beiläufig. Bestimmt.

»Es … es tut mir leid.« Marias Stimme zittert. »Bitte … bitte glaub' mir. Es tut mir leid.«

Er antwortet nicht. Dreht den Schlüssel. Öffnet die Tür.

Schreie und beißendes Licht drängen zu ihr herein.

Maria gefriert dabei das Blut in den Adern. Sie hält sich die Hände vor die Augen. Versucht, zwischen ihren Fingern hindurchzusehen. Kann ihn nur als schwarze Gestalt erkennen. »Was … was hast du mit ihr gemacht?«

»Hinlegen.«

Oh, Gott! Was hat er vor? »Bitte …«

»Auf den Bauch.«

Maria kann schemenhaft seine Pistole erkennen. Sie ist auf sie gerichtet.

Christines Schreie. Wie kreischende Sägeblätter dringen sie in ihr Gehirn.

Panik.

»Bitte … bitte lass mich gehen. Ich werde auch niemandem davon erzählen … bitte ich …« Marias Lippen beben, ihre Stimme bricht. Tränen schießen ihr aus den Augen.

Er lacht.

Martin, bitte hilf mir!

Seine Stimme wird laut und völlig ernst. »Hinlegen. Gesicht auf den Boden.«

Maria presst sich in die Ecke. Ihr Herz rast. Ihre Gedanken überschlagen sich. Alles um sie herum stürzt auf sie ein. Tausende Ängste. »Bitte …«

Plötzlich ein Schuss.

Ein ohrenbetäubender Knall.

Maria schreit. Reißt die Hände vors Gesicht.

Auf einmal ist er neben ihr. Packt sie an den Haaren. Schleudert ihren Kopf gegen die Wand. Schreit: »Hinlegen!« Er schlägt ihr ins Gesicht. »Du beschissene Schlampe!«

Sie sinkt auf die Knie. Warmer Urin läuft ihre Innenschenkel entlang. Maria hat die Kontrolle über ihren Körper verloren, lässt sich zu Boden fallen.

Er tritt gegen ihre Hüfte. »Auf den Bauch, habe ich gesagt!« Er tritt noch einmal zu. Fester als zuvor.

Maria rollt sich auf den Bauch. Sie ist gebrochen. Sie presst ihre Augen zusammen. Hofft nur noch, dass es schnell vorbei ist.

Plötzlich ergreift er ihre linke Hand und steigt mit vollem Gewicht in ihren Rücken.

Oh Gott, was hat er nur vor? »Bitte …« Maria bringt nicht mehr hervor.

Er hält mit beiden Händen ihren Arm fest. »Gratuliere, du darfst weiterspielen.« Dann stemmt er sich mit voller Kraft gegen Marias Arm.

Ein grauenvolles Krachen ist zu hören, und in Marias Schulter entspringt ein höllischer Schmerz!

Sie schreit. Hysterisch.

Er lässt ihre Hand los. Sie fällt schlaff zu Boden.

22

Martin schläft unruhig, schlägt um sich und landet schließlich unsanft auf dem weißen Teppich, der vor der Wohnzimmercouch liegt. Er ist auf seinen Arm gefallen und schreit im Halbschlaf auf, als der Schmerz ihn erreicht. Er hält sich den Unterarm, schüttelt ihn immer wieder und wartet, bis die Schmerzen abklingen.

Es ist noch dunkel.

Immer noch benommen reibt er sich die Augen und strengt sich an, die Uhrzeit lesen zu können. Die Digitalanzeige des Blu-Ray Players, der unter dem 52-Zoll-Flachbildfernseher steht, zeigt 05:57. Etwas mehr als drei Stunden hat er also geschlafen.

Martin kämpft sich zurück auf die Couch und starrt ins Leere. Er fühlt sich, als wäre er von einer Dampfwalze überfahren worden. Mehrmals.

Er versucht, sich an seinen Traum von eben zu erinnern. Er hat das Gefühl, dass es wichtig ist. Bilder tauchen vor seinem inneren Auge auf, jedoch zu kurz, als dass er sie greifen könnte. Fragmente, unsinnig und unzusammenhängend.

Er seufzt und beschließt, sich Kaffee zu machen.

Während die Kaffeemaschine arbeitet, starrt Martin gedankenverloren aus dem Fenster über die Dächer der Wiener Innenstadt. Er erinnert sich daran, als Maria und er damals gemeinsam die Wohnung besichtigten. Er war sofort Feuer und Flamme. Die Lage, die Ausstattung, die Größe – sie war einfach perfekt.

»Schatz, und was ist mit deiner Höhenangst?«, fragte ihn Maria.

Er wusste, dass es idiotisch war, hier oben eine Wohnung mit einer überdimensionalen Terrasse zu nehmen. Er würde sie wohl niemals betreten.

»Und brauchen wir wirklich eine so große Wohnung? Wir sind doch nur zu zweit? Hier könnten locker auch fünf bis sechs Leute wohnen«, waren Marias nächste Bedenken.

»Platz für jede Menge Kinder«, mischte sich der Makler ein und setzte ein gekünsteltes Lächeln auf, das stark an einen Politiker erinnerte. Es klebte mindestens eine halbe Tube Gel in seinem Haar, er hatte gezupfte Augenbrauen und eine aalglatte Erscheinung. Schnell war ihm klar geworden, dass er Maria nicht würde überzeugen können, weshalb er seine ganzen Bemühungen auf Martin konzentrierte. »Die erlesenen Flaschen im Weinregal sind natürlich im Kaufpreis enthalten«, fügte er noch hinzu.

Maria konnte ihn nicht leiden und zerrte an Martins Jackett. »Vielleicht sollten wir uns ja noch etwas anderes anschauen. Vielleicht eine Spur kleiner.«

Doch Martin hatte sich längst entschieden gehabt. Das sollte ihre gemeinsame Wohnung werden. Und das, obwohl ihm völlig klar gewesen war, dass Maria mit ihren Argumenten absolut recht gehabt hatte. Es gab jedoch gewichtige Gründe, die dafür sprachen: Als Partner einer erfolgreichen Kanzlei muss man einen gewissen Lebensstandard vorweisen können, wenn man Partner und sogenannte *Freunde* einlädt. Das gelingt wohl kaum mit einer 40-Quadratmeter-Gemeindebauwohnung. Außerdem konnte er sie sich ohne Probleme leisten. Wieso sollte er also darauf verzichten? Ewig wollte er ohnehin nicht hier wohnen bleiben. Der Plan war es, früher oder später ein Haus in Hietzing zu kaufen – wenn er Marias Sympathien für diesen Bezirk bis dahin würde wecken können …

Martin schüttelt den Kopf. Wie idiotisch ihm seine Prioritäten von damals gerade vorkommen. Wie blind er für sein wahres Glück gewesen ist.

Dann lächelt er versonnen. Maria ist das Beste, das ihm jemals passiert ist. Bei niemandem zuvor hat er sich jemals so geborgen, geliebt und gebraucht gefühlt. Niemand sonst hat ihn jemals so geprägt. Durch sie hat er die vegetarische Küche lieben gelernt, er hat damit begonnen, sich um die Umwelt zu sorgen, und bei den letzten Wahlen hat er seine Stimme sogar den Grünen gegeben – auch wenn er das Maria gegenüber niemals zugeben würde.

Martin hat noch immer eine Andeutung eines Lächelns auf den Lippen, als er sich eine Tasse Kaffee eingießt und dabei an ihr erstes Date in einem Restaurant im 3. Bezirk namens *Veganeria* zurückdenkt. Maria schlug damals das Lokal vor, und Martin war extrem skeptisch.

»Dort gibt es wirklich kein Fleisch? Auch keinen Fisch?«, fragte er.

»Ja, weder noch.«

»Und was isst man dann dort?«

»Du wirst schon sehen – es ist echt köstlich. Und du wirst es überleben, vertrau mir.« Maria lächelte ihn an, und das Funkeln ihrer Augen erstickte jeden Willen zum Protest im Keim.

Martin schlürft vorsichtig an seinem brühend heißen Kaffee, als er sich plötzlich an seinen Traum erinnern kann. Er hatte von ihrem ersten Date geträumt – deshalb hat er auch gerade eben daran denken müssen. Und jetzt ist er sich auch völlig sicher, das Passwort für Marias Notebook zu wissen. *Das muss es sein!*

Er verschüttet Kaffee, als er in Marias Büro hetzt. Verbrennt sich die Finger, flucht.

Er klappt den Bildschirm hoch und startet den Computer.

Das Gerät beginnt zu arbeiten, scheint jedoch ebenfalls noch verschlafen zu sein. Es dauert eine gefühlte Ewigkeit, bis es endlich hochgefahren ist und Martin das Passwort eintippen kann: *Veganeria.*

Falsches Kennwort.

Martin versucht es mit ausschließlicher Großschreibung.

Falsches Kennwort.

Dann nur kleine Buchstaben.

Falsches Kennwort.

»Scheiße!« Er schlägt mit voller Wucht auf die Schreibtischplatte und stößt dabei die Kaffeetasse um.

Die brühend heiße Flüssigkeit ergießt sich über den Schreibtischrand und verbrennt Martin den rechten Oberschenkel.

Er schreit erschrocken auf, springt hoch. Versucht, den heißen Stoff der Hose von seinen Beinen fernzuhalten. Er zieht sie aus.

Als der Schmerz nachlässt, überkommt ihn eine ungeheure Wut. Er schlägt und tritt immer wieder gegen die Wand und den Türstock, bis seine Füße und Hände schmerzen, und er noch wütender ist. Er brüllt den Frust aus sich heraus.

Schließlich lässt er sich an der Wand entlang zu Boden sinken und verfolgt die dunkelbraunen Tropfen, die von der Kante des Schreibtischs auf den hellen Parkettboden fallen.

Nachdem er sich wieder gefangen hat, versucht Martin wie besessen Hunderte von Passwortkombinationen. Er merkt nicht, dass seine Augen brennen. Er vergisst die Zeit, alles um ihn herum. Bis ihn das Läuten seines Handys aus seinem Zwang reißt.

23

»Ja?« Mück ist wieder einmal seiner alten Angewohnheit erlegen und hat einen Anruf angenommen, ohne zuvor auf das Display zu schauen.

»Bist du gestern bei Papa gewesen?«, fragt Gerlinde.

Ein Stich in Mücks Brust.

Er grunzt und reibt sich den Schlaf aus den Augen. Alles ist verschwommen. Nur langsam werden die roten digitalen Ziffern des Radioweckers auf seinem Nachtkästchen lesbar.

6:46.

»Hast du etwa noch geschlafen?«

»Schläfst du eigentlich nie?« Er muss gähnen.

»Hast du vielleicht eine Ahnung, was es heißt, einen mürrischen Teenager jeden Morgen aus den Federn zu bekommen? Und einen Ehemann, der, wenn er gerade einmal nicht geschäftlich auf Reisen ist, es einfach nicht schafft, seine Hemden rechtzeitig zu bügeln.«

Nein. Wehmut überfällt Mück. Nicht aufgrund des Fehlens eines Ehemanns, aber aufgrund der Leere in seinem Leben.

Er stemmt sich hoch und setzt sich an den Bettrand. Sein Kreuz schmerzt, und Knochen knacksen. Sein Schädel brummt. Er muss sich räuspern, dann noch einmal, bis das Ganze schließlich in einen unappetitlichen Hustenanfall ausartet. Mück wischt sich Speichel aus den Mundecken.

»Na, du hörst dich ja wie das blühende Leben an. Geht's dir nicht gut?«

»Doch, doch. Hab' gestern Abend nur ein bisserl zu viel geraucht.«

»Ich dachte, du hast aufgehört?«

»Hab' ich ja. Gestern war eine Ausnahme.«

Mück schweift mit seinen Gedanken ab und erinnert sich an den Vorabend: Nachdem er aus der Wohnung seines Vaters gestürmt war, hatte er auf einmal das Gefühl gehabt, dass alles um ihn herum einzustürzen drohte. Er hatte Schwierigkeiten beim Atmen gehabt, hatte eine zentnerschwere Last auf seinem Brustkorb gespürt. An Schlafen oder auch nur ans nach Hause gehen war nicht zu denken gewesen. Deshalb irrte er in Richtung Innenstadt. Er brauchte Ablenkung. Der übermächtige Drang nach einer Zigarette führte ihn schließlich zu einem Würstelstand, wo er sich spontan einen Spritzer gönnte. Es folgten einige weitere Zwischenstopps bei anderen Würstelständen. Und einige weitere Spritzer und Biere. Um die Punschstände machte er einen großen Bogen. Er hat dieses picksüße, klebrige Zeugs noch nie gemocht.

Mück versucht sich zu erinnern, wie viele Spritzer und Bier er hatte. *Waren es sechs? Oder sieben?* Er glaubt sich auf einmal daran erinnern zu können, dass auch ein paar *Jägermeister* dabei waren.

»Bist du noch da?«, fragt Gerlinde.

»Jaja.« Mück überfällt eine neuerliche Hustenattacke. »Was gibt's?«, fragt er, als er sich wieder beruhigt hat.

»Das hab ich dir schon gesagt. Ich will wissen, ob du gestern bei Papa gewesen bist?«

Wieder dieser Stich in der Brust.

»Ja.«

»Und?«

»Was und?«

»Wie ist es gelaufen?«

»Nicht so gut.«

»Was soll das heißen, Robert? Du machst mich noch verrückt. Lass' dir nicht immer alles aus der Nase ziehen!«

Mück zögert einen Augenblick, verlagert sein Gewicht. Die Federn der Matratze knirschen.

»Wir … wir haben uns ein wenig …«

»Ein wenig was?«

Mück schnauft. »Wir haben uns gestritten.«

»Was?«, brüllt Gerlinde ins Telefon. »Wieso das?«

Seine Zehen suchen Zuflucht in den tiefen Fasern des Teppichvorlegers. »Ich weiß auch nicht … ich …« Mück spricht nicht weiter. Was soll er Gerlinde auch sagen? Dass sie beide es einfach nicht übers Herz bringen, darüber zu sprechen, was passiert ist? Darüber, dass sie einander völlig fremd geworden sind? Darüber, dass sein Vater einen Streit provoziert hat und er ihn dankend angenommen hat? Oder vielleicht darüber, dass er immer schon lieber weggelaufen ist, als sich seinen eigenen Problemen zu stellen?

»Wie lange bist du da gewesen?«

Fünf Minuten … »Keine Ahnung, du fragst Sachen.«

Gerlinde betont jede Silbe. »Wie lan-ge?«

»Vielleicht eine viertel Stunde.«

Gerlinde schnauft. »Robert, so kann das nicht weitergehen. Ihr müsst endlich wieder miteinander reden.«

Stille, nur ein leises Knistern in der Leitung.

»Er braucht dich, begreifst du das denn nicht?«

Natürlich weiß ich das! Mück reibt sich das Gesicht.

»Robert, wir alle leiden darunter. Aber du machst mit deinem Verhalten alles nur noch schlimmer.«

Mück fragt sich, ob Gerlinde wirklich auch so sehr darunter leidet wie er. Ob sie auch Antidepressiva schluckt. Wohl kaum. Sie hat wenigstens ihre Familie. Sie hat Toni, ihren Mann. Auch wenn der ein Kotzbrocken und so gut wie nie zu Hause ist. Und sie hat Ines. *Ich muss ein Weihnachtsgeschenk für Ines besorgen!*

»Robert?«

»Ja, ich bin eh noch dran.«

»Bitte versuch' es noch einmal. Besuch' ihn heute wieder.«

Mück zögert.

»Bitte.«

Er sagt nichts, Sekunden verstreichen.

»Tu's mir zuliebe.«

Er seufzt. »Ist ja gut, okay.«

»Danke.« Gerlinde klingt erleichtert. »Du wirst sehen, dass es euch beiden gut tut.«

»Mmh.« Er reibt sich mit Daumen und Zeigefinger die Augen.

Einen Moment lang sagen beide nichts.

Gerlinde bricht schließlich das Schweigen zwischen ihnen. »Und wie geht's dir sonst so? Was macht der Job?«

»Geht so. Bin versetzt worden.«

»Was? Wieso das denn?« Seine Schwester klingt ehrlich überrascht.

»Erzähl' ich dir ein anderes Mal.«

Gerlinde will protestieren, doch sie kennt ihren Bruder viel zu gut – es hätte keinen Sinn. Eines muss sie aber noch loswerden: »Ines fragt oft nach dir.«

Der Anflug eines Lächelns huscht über sein Gesicht. Es wirkt traurig. »Wie geht es ihr?«

»Sie vermisst ihren Onkel.«

Ein weiterer heftiger Stich.

»Sag' ihr, ich vermisse sie auch.«

»Robert, warum sagst du ihr es nicht selbst? Komm doch wieder einmal zum Abendessen vorbei! Wie wär's gleich morgen? Ich mach' ein Backhenderl, das magst du doch so gern.«

»Morgen kann ich nicht.«

»Und am Wochenende?«

»Ich geb' dir Bescheid.«

Mück kann seine Schwester am anderen Ende der Leitung seufzen hören.

»Gerlinde, ich muss jetzt …«

»Okay.« Sie hat resigniert. »Aber meld' dich wirklich, Robert!«

»Mach's gut. Grüß' Ines von mir.«

»Mach ich. Servus.«

Mück legt auf. Er stemmt sich vom Bett hoch. Alles beginnt sich zu drehen, und er muss sich für einen Moment an der Wand abstützen. Erst jetzt merkt er, wie kalt es wieder ist.

Kaffee!

Er schlurft durchs Schlafzimmer, schiebt die Vorhänge zur Seite und öffnet das Fenster. Noch kältere Luft strömt herein, und Mück kann seinen Atem sehen. *Verdammte Kälte.*

Er schleppt sich weiter in die Küche und macht das Radio an. *Robbie Williams. Auch das noch!* Mück schaltet das Radio wieder ab. Er hat keine Lust, einen anderen Sender zu suchen.

Die folgenden Minuten verharrt er neben der Filterkaffeemaschine und sieht ihr ungeduldig bei der Arbeit zu. Sie kommt ihm heute besonders langsam vor.

Er seufzt, und es beschleicht ihn das leise Gefühl, dass ein Tag, der so schlecht begonnen hat, wohl kaum noch ein guter werden wird. *Obwohl …* Er öffnet die oberste Lade rechts von ihm – seine Schatzlade – und holt eine Packung Manner-Schnitten hervor. Gierig reißt er die rosa Verpackung auf, bricht sich eine Schnitte ab und stopft sie sich als ganzes in den Mund. *Herrlich!*

Vielleicht sollte er besser doch niemandem von seiner gestrigen Aktion erzählen. Er wäre wohl ziemlich sicher sofort der Obertrottel der ganzen Truppe. Und seinem Ex-Chef, dem Havraniz, würde die Neuigkeit, dass er gleich seinen ersten Auftrag in der neuen Abteilung so richtig vermasselt hat, auch ganz schnell zu Ohren kommen. Dem würde vor lauter Schadenfreude dann sicher gleich einer abgehen.

Mück wird das Gefühl nicht los, dass der Sautrottel und der Schleifer nur auf so einen Patzer von ihm warten. Irgendetwas führen die mit ihm im Schilde.

Während er die ganze Packung Manner-Schnitten verdrückt und sich die Kanne langsam mit den schwarzen Tropfen füllt, fasst Mück einen Entschluss: Nein, er wird ihnen diesen Gefallen nicht tun. Er wird einfach gar nichts sagen und weitermachen, als wäre nichts geschehen. Wenn sie ihn loswerden wollen, dann sollen sie sich schon selbst die Mühe machen und einen Grund finden.

Und dieser Richter wirkt doch ohnehin dümmer als ein abgewetzter Medizinball. Der hat vielleicht gar nichts gecheckt.

Diese blöde Kaffeemaschine. Wie lange braucht die denn noch?

24

Eine Kreatur packt ihn an der Schulter, reißt an ihm.

Batman, wo willst du hin? Er kann ihn doch nicht einfach so im Stich lassen!

Die Figur zerrt weiter.

Klaus windet sich. Er will nicht kampflos aufgeben. Wenn sie ihn schon gepackt hat, dann wird er es ihr wenigstens noch besonders schwer machen.

Eine vertraute Stimme dringt zu ihm durch: »Chef!«

Klaus grunzt unverständliche Laute. Er möchte einfach nur seine Ruhe haben.

»Chef, wach auf!«

Wieso kennt diese Figur meinen Namen?

»Ist er tot?«, will eine andere Stimme aus dem Hintergrund wissen.

»Nein, er lebt.« Eine kurze Pause. »Der ist einfach nur stockbesoffen.«

»Soll ich einen Arzt rufen?«

»Nein, warte. Das haben wir gleich.«

Für einen ganz kurzen Moment fragt sich Klaus, was hier eigentlich los ist. Aber im Grunde ist es ihm eh vollkommen wurscht. Rasch gleitet er in seine absurde Traumwelt zurück. Aber nicht für lange …

Kälte. Wasser. Eine Sintflut. Er springt hoch, ringt nach Luft. Reflexartig reißt er seine Arme herum. Der linke trifft etwas. Es klatscht.

»Aua, Chef!« Johannes macht einen schnellen Schritt zurück und hält sich die rechte Backe.

Emma schreit erschrocken auf und hält sich die Hände vor den Mund. Die beiden starren Klaus an.

Der braucht einige Augenblicke, um zu sich zu kommen. Er wischt sich das Wasser aus den Augen. »Seid ihr verrückt geworden? Und was zum Teufel macht ihr schon hier?«

»Schon?«, fragt Johannes. Er zeigt auf die schief hängende Wanduhr. »Es ist kurz vor zehn. Wir sollten eigentlich schon geöffnet haben.«

Scheiße! »Glaubst du etwa, das weiß ich nicht?«, fährt er seinen Assistenten an. »Ich … ich wollte ja nur … ich …« Klaus wankt auf die beiden zu.

Emmas Augen sind panisch aufgerissen. »Komm mir nicht zu nahe!«, kreischt sie.

»Was ist denn los?« Klaus versteht ihre Reaktion nicht.

»Chef, ich glaube, du solltest dich mal im Spiegel anschauen.«

Klaus murmelt etwas Unverständliches und stolpert an seinen beiden Mitarbeitern vorbei in den Flur. Emma starrt ihm nach, als wäre er ein wandelndes Geschwür. Am Gang tastet er sich an der Wand entlang zu der Toilette. Hinter sich kann er Emma und Johannes tuscheln hören. Es ist ihm scheißegal.

Wasser!

Als er das Licht anmacht und sich am Waschbecken abstützt, brauchen seine Augen ein paar Sekunden, um das wahre Ausmaß der Katastrophe in seinem Gesicht erkennen zu können: Das Weiß seiner Augen ist blutunterlaufen. An einer Seite thront ein Veilchen – eine bunte Mischung aus Blau, Violett und einem seltsamen Gelb.

Als verdammte Scheißtypen!

Seine Lippen sind spröde, und sein schwarzer Haarkranz benötigt auch dringend mal wieder eine friseurtechnische Zurechtweisung. Alles halb so schlimm. Wirklich schlimm jedoch ist diese grau-bräunliche Schicht, die weite Teile von Klaus' Gesicht überzieht und durch das Wasser an einigen Stellen ganz klebrig geworden ist. Kleine Bröckchen hängen in seinem Kinnbart, in den Haaren und an den Schläfen. Sogar die Palme seines geliebten Hawaiihemds schimmert grau-bräunlich.

Fragmente einer Erinnerung überfallen ihn. Er ist in seiner eigenen Kotze eingeschlafen!

Klaus zieht eine angewiderte Grimasse. Ihm ekelt vor sich selbst. »Wäh!«

Er dreht den Hahn auf und wartet, bis das Wasser eiskalt wird. Umständlich beugt er sich nach unten und hält seinen Mund unter den Strahl. Dabei verliert er fast das Gleichgewicht. Er spürt, wie das Wasser seine Mundhöhle befeuchtet und die Kehle entlang in seinen Körper fließt. Was für eine unbeschreibliche Wohltat. Klaus trinkt gierig. Als bekäme er zum ersten Mal seit Jahren wieder etwas zu trinken.

Dann formt er mit beiden Händen eine Schale, lässt sie volllaufen, und spritzt sich das kalte Nass ins Gesicht. Immer und immer wieder. Es bringt ihn zurück zu den Lebenden und reißt ihn aus seiner Betäubung.

Die Schmerzen kommen nun schleichend zurück. Überall – in seinem Kopf, in den Armen und Beinen, in der Brust und vor allem seinen gesamten Rücken entlang. Es fühlt sich an, als hätte eine übergewichtige Cheerleader-Truppe ein dreistündiges Training auf seinem Kreuz abgehalten. Klaus streckt es, versucht sich in einer Dehnung und schreit vor Schmerzen auf.

Wie soll ich diesen scheiß Tag nur überstehen?

»Ist alles in Ordnung, Chef?«, hört er Johannes von draußen rufen.

»Schleich dich!«

»Brauchst du irgendetwas?«

»Nein! Verdammt noch mal! Rutsch mir den Buckel runter!« Das Brüllen kostet Klaus zu viel Anstrengung, und alles um ihn herum beginnt sich wieder zu drehen.

Minutenlang steht er wie angewurzelt vor dem Waschbecken, hält sich daran fest und starrt ungläubig in den Spiegel. *Ich muss endlich mit dem verdammten Saufen aufhören! Oder würd' mir ein kleines Glaserl vielleicht sogar gut tun?* Er verwirft den Gedanken und versucht, seine nächsten Schritte zu planen. *Ich muss nach Haus'! Ins Bett!*

Klaus taumelt zurück in sein Büro. Auf dem Schreibtisch, dem Sessel und am Boden – überall klebt seine Kotze. Es stinkt bestialisch. Ein stilloses Stillleben aus rausgespiebenen Semmel- und Extrawurstbröckchen. Klaus muss erneut gegen die hochkommende Übelkeit ankämpfen und presst sich die Hand vor den Mund.

Johannes und Emma stehen in der Tür und starren ihn fassungslos an. Johannes wirkt besorgt, Emma angewidert und entsetzt.

Mit Daumen und Zeigefinger fischt Klaus sein Handy aus dem eingetrockneten Brei und greift nach seiner Jacke. Eine zu rasche Bewegung – alles beginnt sich wieder zu drehen. Klaus muss sich am Schreibtisch abstützen. Wartet. Versucht, ruhig zu atmen. Dann reißt er sich zusammen, wankt zu seinem Assistenten und klopft ihm auf die Schulter: »Du übernimmst heute den Laden. Ich hab' einen Termin, ich muss fahren.«

Johannes starrt seinen Chef entgeistert an. »Was? Aber … aber das kannst du doch nicht machen!«

»Ich bin der Chef. Ich kann machen, was ich will«, brummt Klaus.

»Aber … aber was ist, wenn ein Kunde kommt?« Johannes wirkt völlig verängstigt.

Trottel! Du bist verflucht noch mal mein Verkaufsassistent! Also verkauf' einfach einmal was! »Werden schon keine Kunden kommen …«

Emma mischt sich ein: »Aber das geht doch nicht!«

Klaus sieht sie nicht an. Er murmelt etwas Unverständliches.

Emma glaubt, *blöde Funsn* gehört zu haben, und zieht eine empörte Grimasse.

»Aber Chef, du wirst doch wohl nicht selbst fahren wollen, oder?«, schreit ihm Johannes nach. »Du bist ja immer noch voll fett!«

»So a Schas.« Klaus macht eine abfällige Handbewegung. »Ich bin nicht fett. Ich hab' nur eine leichte Verkühlung.«

25

»Lieber Martin, wie geht es dir?« Rudi betont das *lieber* ausgesprochen freundlich und lang gezogen.

»Weißt du, ich … ich fühle mich ein wenig krank.« Martin versucht, besonders heiser und leidend zu sprechen, und obwohl er Rudi nur am Telefon hat, verzieht er sein Gesicht zu einer Grimasse.

»Oje, oje. Kann ich dir vielleicht irgendwie helfen?« Rudi redet mit Martin wie mit einem Kleinkind.

»Nein, es geht schon. Ich … ich muss wohl nur ein wenig kürzertreten, denke ich.« Martin ist auf der Lauer. Nervös tastet er immer wieder die grobe Struktur seines naturweißen Strickpullovers ab, den ihm Maria letzte Weihnachten geschenkt hat. Damals hat er ihm nicht gefallen. Heute wirkt er wunderschön und fühlt sich an, als wäre er alles, was von ihr übrig geblieben ist.

»Mmh, das verstehe ich natürlich«, sagt Rudi.

Martin reißt die Augen auf. *Was ist denn in den gefahren? Hat er etwa ein schlechtes Gewissen wegen gestern?*

»Soll ich dir vielleicht auch noch ein Stofftier vorbeibringen und dir einen Grießbrei kochen?«

Erst jetzt begreift Martin, was sein Partner im Schilde führt – zu abgelenkt war er vorher noch gewesen, um den Zynismus in der Stimme seines Partners herauszuhören. »Rudi, was willst du damit errei …«

»Willst du mich etwa verarschen?«, brüllt Rudi plötzlich ins Mikrofon. »Ich dachte, ich hätte dir gestern die Augen geöffnet. Aber du spinnst ja immer noch herum!«

Martin zuckt zusammen.

Noch bevor er etwas sagen kann, brüllt sein Partner weiter: »Bist du etwa der Meinung, dass du überhaupt nichts mehr machen brauchst? Glaubst du etwa, ich bin der Trottel, der die ganze Arbeit schon irgendwie erledigen wird?«

Martin ist mittlerweile aufgestanden und geht nervös in der Wohnung auf und ab, während er Rudis Ausraster über sich ergehen lässt. »Nein, Rudi. Ich …«

»Wir sind kurz davor, diesen scheiß Auftrag zu verlieren. Wie du sicherlich noch weißt, sollten wir heute eigentlich den Großteil fertig haben und in die Schweiz schicken. Aber dank dir stehen wir jetzt wie die größten Idioten da.«

»Rudi, ich …«

»Nichts *Rudi*! Es hat sich ausgerudit!«

»Aber …«

»Weißt du eigentlich, wie spät es ist?«

Martin bleibt keine Zeit, auf das Display seines Handys zu schauen.

»Fast zehn. Und weißt du, wer bereits seit Stunden in der Kanzlei ist, um diese verdammten Verträge vorzubereiten?«

Wieder lässt Rudi Martin keine Zeit, um zu antworten.

»Alle! Bis auf dich natürlich!«

Martin hält das Telefon weiter von seinem Ohr weg. Er kann Rudi ja verstehen. Doch in diesem Moment versteht er Maria noch viel mehr, die Rudi niemals hat leiden können. Martin hat seinen Partner immer verteidigt und versucht, seine guten Seiten herauszustreichen. Aber Maria hat sich niemals umstimmen lassen.

»Der ist kein Freund, Martin. Dem geht es einzig und alleine ums Geld. Der lässt dich bei der erstbesten Gelegenheit im Regen stehen«, warf sie ihm einmal an den Kopf. »Warum nimmst du dir nicht eine kleine Auszeit? Wir brauchen das Geld doch gar nicht.«

»Ich habe deinen Part heute dem Mayer gegeben. Dem MAYER! Verstehst du jetzt, wie verzweifelt ich bin?«, brüllt Rudi weiter. Seine Stimme überschlägt sich.

Martin geht im Wohnzimmer auf und ab und rauft sich mit der freien Hand die Haare. Verzweiflung hat ihn ergriffen, Schuldgefühle peitschen ihn – gegenüber Rudi, aber noch viel mehr gegenüber Maria. Völlig abwesend läuft er um den niedrigen Wohnzimmertisch herum, hinaus in den Flur und geht diesen mehrmals auf und ab, während sein Kanzleipartner weiter auf ihn einschimpft.

»Rudi, ich verstehe dich ja. Aber ich … ich …« Weiter kommt er nicht. Rudi hört ihm einfach nicht zu, sondern schreit hysterisch weiter.

Martin ist wieder in Marias Büro gelandet und lässt sich mit einem leisen Seufzer in den Sessel fallen. Rudi brüllt weiter seinen Monolog ins Telefon, und Martin plagen zunehmend stechende Kopfschmerzen. Unruhig fährt er mit der flachen Hand über die glatte Oberfläche des Schreibtischs, öffnet und schließt geistesabwesend Marias Notebook und tut Gleiches mit den Laden an beiden Seiten des Tischs.

»Also, wann bist du hier?«, will Rudi wissen.

»Warte mal …«, murmelt Martin vor sich hin.

»Was? Auf was zum Teufel soll ich denn noch warten?«

»Nicht du …«

»Bist du jetzt vollkommen verrückt geworden? Was zur Hölle ist los mit dir?«

Doch Martin hat Rudi bereits ausgeblendet. Ein Detail hat ihn stutzig gemacht und seine volle Aufmerksamkeit auf sich gezogen. Er betrachtet die oberste der drei Laden an der rechten Seite des Schreibtischs. Öffnet sie. Betrachtet die Unterseite. Schließt sie wieder. Dann geht er zur zweiten Lade über und wiederholt die Prozedur. Dann zur dritten und schließlich auch noch zu den beiden Laden an der linken Seite des Tischs.

»Hättest du vielleicht die verfluchte Güte, mir zu antworten?« Rudis Stimme ist vor Wut um mindestens eine Oktave nach oben gegangen.

»Ich muss jetzt Schluss machen«, murmelt Martin in Gedanken versunken und legt auf.

Er legt das Handy zur Seite, das augenblicklich wieder wild zu läuten und vibrieren beginnt.

Martin öffnet noch einmal die oberste Lade und betrachtet den Inhalt. Unzählige Stifte – so viele, dass sie wohl mindestens für ein ganzes Leben reichen. Mehrere Post-it-Blöcke, ein Lineal, ein Locher, eine Klammermaschine und unzählige Büroklammern liegen kreuz und quer darin. Er räumt den Inhalt heraus und legt ihn auf die Schreibtischplatte. Dann inspiziert er die leere Lade und blickt zur Sicherheit noch einmal direkt von vorne drauf.

Kann das möglich sein?

Das Handy läutet Sturm. Der Flohwalzer.

Martin klopft gegen den Boden der Lade und ist sich nun ganz sicher. Er versucht, mit dem Lineal in den Spalt einzudringen, doch er ist zu schmal. Hektisch läuft er in die Küche, holt ein Filetiermesser und hebelt den dünnen Holzboden aus der Lade heraus. Seine Augen werden plötzlich ganz groß.

26

Es ist kurz vor elf.

Klaus ist in seiner völlig verdreckten Dreizimmerwohnung in der Hasengasse im 10. Bezirk. Überall türmen sich Pizzaschachteln, völlig überforderte Aschenbecher, leere Zigarettenschachteln, Gläser mit eingetrockneten Rückständen, Werbeprospekte und Pornoheftchen. Der miserable Gestank fällt ihm gar nicht auf. Eine Fliege surrt um ihn herum und treibt ihn in den Wahnsinn.

In der Wohnung unter ihm fliegen mal wieder die Fetzen. Schreie sind zu hören, Geschirr wird zerschmettert.

Verfluchtes G'sindel!

Klaus steht am Fenster, knöpft sich ein mehr oder weniger sauberes Hawaiihemd zu und starrt gedankenverloren aus dem Fenster. Die kalte Dusche war eine Wohltat und hat seine Benommenheit fast weggewaschen. Die Schmerzmittel fangen langsam an zu wirken, und das Schwindelgefühl überfällt ihn immer seltener.

Hoffentlich wird Al darauf einsteigen!

Unten auf der Straße versucht ein weißer Golf zum dritten Mal, in eine viel zu kleine Lücke einzuparken. Dahinter reihen sich bereits fünf weitere Wagen. Einer beginnt zu hupen. Schnell setzen die anderen mit ein. Der Golf gibt auf und rast davon.

In der Wohnung unter ihm wird eine Tür zugeschmissen. Dann kehrt Ruhe ein.

Klaus hat sein Handy mittlerweile von den Rückständen seines Erbrochenen gereinigt. Es klingelt. Hoffnungsvoll starrt er auf das Display. Er kennt die Nummer nicht, aber er weiß, dass es Al ist. *Dieser Drecksack hat schon wieder eine neue Nummer.*

»Hey, Al! Danke für deinen Rückruf.« Klaus bemüht sich, besonders locker und freundlich zu klingen.

»Was willst du?«

Die Charmeoffensive kann ich mir also sparen! »Hör mal, Al. Ich hab' gute Neuigkeiten.«

Al sagt nichts, wartet ab.

»Ich kann das Geld wahrscheinlich bis Montag auftreiben«, lügt Klaus.

Immer noch herrscht Schweigen am anderen Ende der Leitung.

Klaus beißt sich gespannt auf die Lippen. »Al? Bist du noch da?«

Al seufzt. »Glaubst du, ich bin blöd?« Er klingt völlig emotionslos.

Ja! »Was? Nein, ich … ich …«

»Hältst du mich für blöd?« Al brüllt plötzlich aus voller Kehle.

Klaus zuckt zusammen. Diese Reaktion hat er befürchtet. »Al, es tut mir …«

»Ich mag es überhaupt nicht, wenn man mich verarscht!«, schreit Al weiter. »Ich hab' eigentlich gedacht, dass dir das meine beiden Mitarbeiter gestern bereits klar gemacht haben.«

Klaus greift nach der Schwellung in seinem Gesicht. *Ja, das haben mir deine verfluchten Wichser klar gemacht.*

»Heute Abend um sechs will ich mein Geld haben.«

»Aber …«

»Wir kommen bei dir im Autohaus vorbei. Hast du das kapiert?«

»Jaja«, murmelt Klaus trotzig.

»Ob du das kapiert hast, will ich wissen!«

»Ja, tut mir leid, Al!« *Du Arsch!*

»Und wenn du mich noch einmal wegen so einem Scheiß anrufst, schlag ich dir persönlich die Fresse ein, du fettes Arschloch!«

Klaus sagt nichts. Er schneidet eine Grimasse, als hätte er bereits jetzt einen heftigen Schlag ins Gesicht bekommen.

»Hast du mich verstanden?«

»Ja, Al.«

»Gut. Und jetzt sieh zu, dass du mein Geld auftreibst!« Al hat aufgelegt.

»Fuck!« Klaus tritt gegen die Wand. Seine Hände zittern, als er sich eine Zigarette aus der Schachtel fischt und sie anzündet. Er macht einen kräftigen Zug, hält den Rauch in seinen Lungen und spürt, wie die beruhigende Wirkung des Nikotins einsetzt.

In der Wohnung unter ihm kommt auf einmal wieder das Geschrei auf. Irgendetwas Schweres wird umgeworfen.

Klaus reicht es. »Jetzt haltet's endlich eure verdammte Goschn!«, brüllt er und stampft mehrmals mit dem Fuß auf. »Oder ich komm' runter!« Als er glaubt, sich wieder beruhigt zu haben, überkommt ihn plötzlich noch einmal der Zorn. Immer und immer wieder stampft er mit beiden Füßen abwechselnd auf und schreit.

Klaus beruhigt sich langsam und lauscht.

Stille ist eingekehrt.

»Na bitte, geht doch«, murmelt er und lässt sich auf das Sofa fallen. Unter seinem Hintern fischt er ein Pornoheftchen hervor und betrachtet es skeptisch. Er überlegt, sich einen runterzuholen, verwirft den Gedanken jedoch schnell wieder. *Viel zu anstrengend jetzt!* Außerdem kennt er die Bilder schon in- und auswendig …

Klaus grübelt. Wie, zum Teufel, soll er innerhalb der nächsten sieben Stunden 30.000 auftreiben? In seiner Verzweiflung versucht er es sogar noch einmal bei seinem alten Spezi, dem Charlie.

Es läutet. Dann meldet sich seine Mobilbox.

Wichser! »Hör mal, Charlie, ich bin's, Klausi. Ich hab mir gedacht, dass wir unseren Streit doch vielleicht wieder begraben sollten. Lust auf ein Bier? Vielleicht jetzt gleich? Ruf mich bitte zurück!« Klaus legt auf. *Diese Ratte wird mich nie zurückrufen! Und das alles wegen dieser Lappalie!*

Er überlegt weiter. Aber wie Klaus es auch dreht und wendet – er hat keine Chance, bis zum Abend das Geld für Al aufzutreiben.

Das ist dann wohl sein Todesurteil.

Soll er vielleicht eine Tankstelle überfallen? Oder eine Trafik? Schwachsinn! Mit seiner Kondition könnte er nicht einmal vor einer Vierjährigen davonlaufen. Außerdem wäre seine Statur wohl nicht besonders schwer wiederzuerkennen.

Klaus seufzt. Nein, er sollte sich besser damit abfinden, dass er keine Chance hat. *Selber schuld, du Trottel! Das hast du jetzt davon …*

Mit Daumen und Zeigefinger massiert er seine Schläfen. Da fällt ihm plötzlich wieder seine Schwester ein, und er wählt ihre Nummer. Vielleicht kann sie ihm ja auch das Geld borgen. Vielleicht kann sie ja einen Kredit aufnehmen oder so. Er kommt jedoch sofort in Christines Mobilbox.

Mist!

Das Ganze kommt Klaus schön langsam komisch vor. Was, wenn ihr wirklich etwas passiert ist? Was, wenn doch nicht Al dahinter steckt? Er würde ihn ja gerne anrufen, aber er hat ihm gerade unmissverständlich klargemacht, ihn nicht mehr zu belästigen. Ist Christine am Ende vielleicht wirklich von irgendso einem Verrückten entführt worden?

Klaus macht einen letzten Zug, bläst den graublauen Dunst in Richtung Decke und drückt die Zigarette in einem Meer aus alten Stummeln aus. Dann zündet er sich die nächste an.

Scheiß auf Al! Ich muss Christine finden!

27

Nachdem Martin die doppelten Böden aus den Laden von Marias Schreibtisch herausgebrochen hatte, saß er minutenlang wie versteinert davor und starrte auf den Inhalt. Er wagte es nicht, die liebevoll verzierten Tagebücher und Fotografien herauszunehmen. Er hatte Angst. Angst vor dem, was er gerade entdeckt hatte. Und noch mehr Angst davor, was er dadurch erfahren würde. Schließlich schaffte er es, sich zu überwinden und die Fotografien herauszunehmen.

Die erste zeigte Maria, wie sie vor dem Haupteingang der Universität Wien posierte, dabei in die Kamera strahlte und ein *Peace*-Zeichen machte. Maria trug ausgewaschene Röhrenjeans, eine braune Strickweste, und ihre braunen Haare waren rot gefärbt. Auf den ersten Blick wirkte das Bild, als wäre es in den 60ern oder 70ern gemacht worden. Martin war jedoch klar, dass es höchstens sieben Jahre alt sein konnte – denn da hatte Maria zu studieren begonnen.

Das zweite Foto zeigte Maria gemeinsam mit einer jungen Frau, die Martin nicht kannte. Sie saßen auf einer Decke in einer Wiese, umarmten einander und strahlten in die Kamera. Maria trug auch hier ihre Haare rot gefärbt – die beiden Aufnahmen mussten also ungefähr aus der gleichen Zeit stammen. Aber wer war diese Frau? Martin war sich sicher, sie nie zuvor gesehen zu haben. Er hatte sich schon lange gewundert und mit Maria darüber zu reden versucht, weshalb sie keine Freundschaften pflegte. Doch sie hatte immer gleich abgeblockt. Auf dieser Fotografie sah Martin aber Freundinnen. Ihr Lächeln, ihr Gesichtsausdruck und ihre ganze Haltung wirkten sehr vertraut.

Das dritte Foto zeigte Maria mit derselben jungen Frau. Die beiden standen dicht nebeneinander, jeweils ein Arm über die Schulter der anderen geschlagen. Auch auf diesem Bild wirkten die beiden sehr miteinander vertraut.

Je mehr Martin darüber nachdachte, desto mehr Fragen taten sich in ihm auf. Weshalb hatte Maria diese Fotos vor ihm versteckt? Wieso hatte sie diese Frau nie erwähnt? Hatten sie vielleicht immer noch Kontakt? War er vielleicht auf etwas Wichtiges gestoßen? Oder interpretierte er bloß zu viel in diese Fotos hinein?

In Martin regte sich ein mulmiges Gefühl. Zögernd nahm er das erste Tagebuch heraus und schlug es auf. Ein feiner Schweißfilm hatte sich auf seiner Stirn gebildet, und ihm war plötzlich ganz heiß geworden. Er fürchtete sich vor dem, was er nun lesen würde. Davor, dass Maria vielleicht gar nicht der Mensch war, den er seit Jahren zu kennen glaubte.

In den folgenden Stunden las Martin von Marias Volksschulzeit, ihrer Zeit im Gymnasium, ihren ersten Liebeleien, ihrer Schwärmerei für die *New Kids On The Block* und *East 17*, ihren ersten Partys und Berührungen mit Alkohol, ihren Wünschen, einmal mit Delfinen zu schwimmen und eine Weltreise zu unternehmen, über die harte Zeit im Heim und über den Schmerz darüber, dass sie niemals die Chance bekommen hatte, ihre Eltern kennenzulernen. Martin war gar nicht klar gewesen, wie sehr Maria darunter gelitten hatte. Nie hatte sie mit ihm darüber sprechen wollen.

Einige Stunden später ist Martin beim letzten Tagebuch angekommen. Er schämt sich dafür, derart in Marias Privatsphäre einzudringen, doch er hat keine andere Wahl.

Er bewundert die Detailliertheit, mit der Maria ihre Erlebnisse vom Volksschulalter an aufgezeichnet hat. Es wundert ihn allerdings, keine weiteren Tagebücher mehr zu finden, denn Maria ist erst 22, als das letzte Buch beginnt. Ihr sechstes Semester hat gerade begonnen, und sie schreibt davon, in einem Seminar für Politikwissenschaften eine gewisse Christine kennengelernt zu haben. Maria schwärmt regelrecht von ihr, sie bewundert ihre Überzeugungen und ihren Enthusiasmus. Bald notiert Maria, dass Christine der einzige Mensch ist, der sie zu verstehen scheint und dem sie sich anvertrauen kann.

Vielleicht war die Frau auf den Fotos diese Christine?

Plötzlich reißt Martin das Klingeln seines Handys aus seinen Gedanken. Er schaut auf das Display. Die Handynummer sagt ihm nichts.

»Fink«, meldet er sich.

»Ja, hallo. Ähm, Herr Fink, ähm, hier spricht Michael.«

Michael?

»Ich glaube, wir beide haben gestern miteinander gesprochen.«

Martin sagt die Stimme nichts.

»Ähm, ich bin ein Arbeitskollege von Maria. Sie sind gestern bei mir gewesen.«

Martin springt vom Sessel hoch. »Ja natürlich.« *Der dürre Rasta-Man.*

»Ich kann Maria leider nicht erreichen, und sie hat Ihre Nummer als Notfallnummer angegeben.«

Martin rutscht das Herz in die Hose. *Notfallnummer?* Er bringt kein Wort heraus. Seine Gedanken spielen verrückt, und ihm wird ganz heiß.

»Wie geht es ihr denn«, fragt ihr Arbeitskollege schließlich.

»Wie meinen Sie das?«

»Ich meine, ist sie … ist sie vielleicht krank?«

»Warum?« Martin begreift nichts.

»Nun, sie … sie ist nun schon zum zweiten Mal nicht zum Dienst erschienen. Wir machen uns Sorgen. Wir können sie nicht erreichen und wir … wir haben schon überlegt, die Polizei zu verständigen.«

Bei dem Wort *Polizei* klingeln bei Martin alle Alarmglocken. »Und, haben Sie sie schon verständigt?« Er klingt hektisch und eine Spur zu laut.

»Nein, ich … ich wollte zuerst einmal Sie fragen. Sie haben sie ja auch gesucht.«

Martin fällt ein Stein vom Herzen. Seine Muskeln entspannen sich ein wenig. Würde der Entführer die Polizei bei ihm zu Hause sehen, würde er Maria wahrscheinlich auf der Stelle töten.

»Haben Sie Maria schon gefunden?«

»Ähm, ja«, antwortet Martin wenig überzeugend. Er fügt kurzerhand noch ein klares »Ja!«, hinzu.

»Oh.«

»Sie war bei ihren Eltern. Wie vermutet.«

»Gut, kann ich sie vielleicht kurz sprechen?«

»Nein. Ihr … ihr geht es leider nicht so gut. Sie hat …«, Martin sucht verzweifelt nach einer Ausrede. »Sie hat gestern Abend ziemlich hohes Fieber bekommen und … und liegt die ganze Zeit im Bett, wissen Sie.«

»Oje, was hat sie denn? Ich meine, wenn ich fragen darf.«

»Ach, äh …« Martin überlegt angestrengt und schießt seine erstbeste Idee heraus: »Angina!«

»Ah, die Arme.«

Kurze Stille.

»Und wissen Sie, ob sie bis zu ihrem nächsten Dienst wieder gesund sein wird?«

»Wann wäre der? Maria … sie schläft gerade, ich kann sie nicht fragen.«

»Am Samstag, ab halb sieben. Wir müssten nämlich die Dienstpläne …«

»Ja, das wird sich ausgehen«, fällt ihm Martin ins Wort.

»Wirklich? Ich meine, wenn sie Fieber hat, dann … dann …«

»Nein, das wird sich ausgehen.«

»Ah, okay. Wenn doch nicht, dann melden Sie sich vorher bitte einfach.«

»Natürlich. Machen wir.«

»Okay, dann … dann sagen Sie Maria bitte liebe Grüße von mir.«

»Mach ich.« Martin legt auf. Ein Seufzer der Erleichterung entkommt ihm. Er rauft sich die Haare. *Das war knapp! Wenn der Typ die Polizei gerufen hätte, wäre alles vorbei gewesen …*

Er lässt sich in den Sessel fallen und liest weiter in Marias Tagebuch. Er muss etwas finden, er darf keine Zeit mehr verlieren. Doch Martin kommt nicht weit, denn schon nach ein paar Seiten greift er plötzlich ins Leere.

Was zum Teufel …?

Unzählige Seiten fehlen. 20, 30 oder mehr. Herausgerissen. Schlampig, aber konsequent.

Fieberhaft blättert Martin zu den nächsten intakten Seiten, doch die sind alle leer.

Ein ungutes Gefühl beschleicht ihn, ein eiskalter Schauer läuft ihm über den Rücken, und er ist davon überzeugt, dass er auf etwas Wichtiges gestoßen ist.

28

Voller Vorfreude reißt Mück das Papiersackerl auf und wickelt die warme Leberkässemmel aus. Der Duft steigt ihm in die Nase und zaubert ein Lächeln in sein müdes Gesicht. Semmelbrösel rieseln auf seine Kleidung hinab, als er den ersten kräftigen Bissen macht.

In diesem Moment läutet sein Handy.

Ausgerechnet jetzt …

»Ja?«, meldet er sich und würgt den Bissen hinunter. Er hat wieder einmal nicht geschaut, wer es ist, bevor er abgehoben hat.

Ein Weinen und Schluchzen dringt durch die Leitung zu ihm.

Er runzelt die Stirn, schaut auf das Display. *Gerlinde?* »Hallo? Gerlinde?«

Sie zieht durch die Nase hoch, atmet schwer, versucht, sich zu beruhigen. Doch dann beginnt sie erneut zu weinen.

»Gerlinde, was ist denn los?« Mück begreift nicht. Panik überfällt ihn. Traurigkeit dringt in ihn ein wie eine rostige Lanze, die sein Herz durchbohrt.

»Robert …« Sie verschluckt die restlichen Worte, weint bitterlich.

»Ja? Sag schon.« Mücks Augen werden wässrig, seine Wangen zucken, und er hat keine Ahnung, warum. Immer wieder fährt er sich über seine Bartstoppeln.

»Robert …«

»Gerlinde, bitte beruhig' dich. Was ist denn los? Ist was mit Ines?«

»Nein … er … er hat …«

Oh Gott! Was ist denn nur passiert? Mück hat das Gefühl, als würge ihn eine unsichtbare Gewalt. Als sauge sie alle Luft aus seinen Lungen. Er geht auf und ab, lässt seinen Blick in die Ferne schweifen, als hoffte er, dort eine Antwort zu finden.

Auf der anderen Straßenseite zerrt ein brüllendes Kind an der Hand seiner Mutter. Eine alte Frau mit Buckel und Stock geht kopfschüttelnd an ihnen vorbei. Ein Autofahrer flucht, weil die Ampel unmittelbar vor ihm auf Rot schaltet. Alle scheinen es eilig zu haben.

»Papa … hat …« Gerlinde presst die Worte zwischen ihren Schluchzern hervor.

»Was? Was ist mit Papa?« Mück hält die Anspannung nicht mehr aus. Er schreit. »Was ist mit ihm?«

»Er … er hat versucht … er hat versucht, sich umzubringen.«

29

Das ungute Gefühl in Klaus' Magengegend hat heute ausnahmsweise nicht ausschließlich mit seinem überdurchschnittlichen Genuss von Alkohol und ungesunder fettiger Nahrung zu tun. Nein, vielmehr liegt es an der Tatsache, dass er Christine immer noch nicht erreichen oder finden hat können.

Wie zum Teufel soll er auch wissen, wo sich seine feine Frau Schwester so herumtreibt? Sie kümmert sich doch auch nur einen feuchten Dreck um ihn. *Tu' dies, tu' das, … Nimm endlich ab! Hör auf zu trinken! Leb' gesünder. Verschiedene Pizzas sind keine abwechslungsreiche Ernährung und: Eine Gemüsepizza ist kein Gemüse.* Wie er diese ständige Nörgelei satt hat!

Aber vielleicht steckt sie ja wirklich in Problemen?

Christines Hundesalon war geschlossen – und das, obwohl er laut den Öffnungszeiten am Türschild eigentlich geöffnet haben musste. In ihrer Wohnung war sie auch nicht. Klaus war überrascht, dass sein Zweitschlüssel noch passte. Und er war sogar ein wenig angetan von der Sauberkeit und dem guten Duft darin. *Sobald ich wieder Zeit hab', bring' ich meine Wohnung auch wieder in Schuss!*

Da Klaus weiß, dass seine Schwester gerne trainieren geht – oder zumindest irgendwann vor Jahren mal gegangen ist –, versucht er bei dem Fitnesscenter gleich gegenüber ihrer Wohnung sein Glück. Es ist Klaus' vorläufig letzte Idee.

Fit 4 Life leuchtet in rosa Lettern über dem Eingang. Klaus wird mit jedem Meter, dem er sich dem feindlichen Gebiet nähert, nervöser. Er fühlt die Hitze förmlich in sich aufsteigen und kann die rasch wachsende Anzahl an

Schweißtropfen auf seiner Stirn spüren. Er schluckt und bleibt vor dem Eingang stehen.

»'tschuldigung«, hört er eine Stimme hinter sich.

Klaus reißt seinen Körper herum. Ein muskelbepackter Typ in einem hellgrauen Jogginganzug und mit einer überdimensionalen schwarzen Sporttasche drängt sich an ihm vorbei und verschwindet durch den Eingang. Klaus ist sich sicher, dass neben dem Kerl sogar Arnold Schwarzenegger wie ein kleiner Schuljunge wirken würde.

Im nächsten Moment kommt eine junge Frau – blond, schlank und wohl kaum älter als 25 – aus der elektrischen Schiebetür geschossen. Sie trägt Ohrstöpsel und hantiert an ihrem MP3-Player herum. Im letzten Moment sieht sie auf und erblickt den Eisberg mit Kinnbart vor sich. Sie drängt sich an Klaus vorbei und verschwindet flotten Schrittes. Ihr cremiger Duft verharrt noch einige Augenblicke bei Klaus. Verzaubert sieht er dem jungen Ding in ihren schwarzen Leggings hinterher.

Was für 'n Arsch!

Klaus fährt sich mit dem Handrücken über den Mund und starrt der Frau so lange nach, bis sie um die nächste Ecke verschwunden ist. Er muss sich zwingen, seine Fantasie zu bremsen, und sich wieder auf sein Vorhaben zu konzentrieren.

Na gut, bringen wir's hinter uns!

Er atmet tief durch und wagt sich schließlich durch die elektronische Schiebetür.

Als er eintritt, fühlt sich Klaus auf einmal, als wäre er in einer völlig anderen Welt. Die Kälte ist draußen auf der Straße geblieben. Warme Farben schmeicheln seinen Augen, aus Boxen dringt sanfte Musik, und die vielen durchtrainierten Menschen wirken wie fremde Wesen auf ihn.

Unsicher steuert Klaus auf den Empfang zu und wischt

sich mit dem Jackenärmel den Schweiß aus dem Gesicht. *Scheiße, wie viel Grad hat es hier eigentlich?* Obwohl sich niemand auch nur im Entferntesten um ihn zu kümmern scheint, hat er das Gefühl, dass alle Augen auf ihn gerichtet sind. *Zum Teufel mit euch!*

Da der Mitarbeiter hinter dem Empfang gerade eine Kundin berät, studiert Klaus die zahlreichen Poster von durchtrainierten Körpern und die ausgehängten Mitgliedschaftsvarianten und Preise. *50 Euro für einen Monat Mitgliedschaft?* Klaus ist schockiert und versucht gerade im Kopf auszurechnen, wie viele Bier er dafür bekommt, als er dabei jäh unterbrochen wird.

»Na, wollen wir's angeh'n?« Der sonnenstudiogebräunte Adonis hinter dem Empfang grinst ihn bis über beide Ohren an.

»Hä?« Klaus wirft ihm einen fragenden Blick zu.

Der Adonis lässt seinen Blick an Klaus' Körper entlang nach unten bis zu seiner prächtigen Wampe gleiten.

»Oh!«, dämmert es Klaus. »Nein, nein! Ich bin nicht hier, um zu trainieren.« Nun schießt ihm förmlich der Schweiß aus den Poren. Er zupft an seiner Kleidung. Klaus fühlt sich fett. Unglaublich fett.

»Sind Sie sich da sicher?«

Klaus' Gesicht ist knallrot.

»Die nächste Badesaison ist schneller da, als Sie glauben möchten«, hakt der Adonis nach.

Klaus bemüht sich, seine Fassung wieder zu finden.

»Wir haben wirklich tolle Angebote …«

Jetzt reicht es Klaus. Er hat sich wieder gefangen. »Ich hab' Nein gesagt, verdammt noch mal!«

Der Adonis schreckt zurück und hält beschwichtigend die Hände vor seine Brust. »Ist ja gut. Kein Grund, gleich laut zu werden.«

»Alles in Ordnung? Kann ich Ihnen vielleicht helfen?«, hört Klaus eine Frauenstimme hinter sich.

Als er sich umdreht, ist er augenblicklich verliebt. Die junge Frau vor ihm ist Mitte 20 und eine Spur größer als er. Ihr dunkelbraunes Haar hat sie zu einem strengen Zopf nach hinten gebunden, und ihre haselnussbraunen Augen sind, so wie ihre vollen Lippen, ungeschminkt. Sie trägt Laufschuhe, eine eng anliegende schwarze Trainingshose und ein weißes Top, das an ihr klebt, als wäre es ihre zweite Haut. Eine zarte Schweißschicht überzieht ihren Körper. Ihre steifen Brustwarzen fesseln Klaus' Blick.

Heilige Scheiße!

»Kann ich Ihnen vielleicht helfen?«, wiederholt sie ihre Frage und starrt auf sein blaues Auge.

Klaus zwingt sich, seinen Blick von ihren Brüsten loszureißen. »Ja, ich … ich bin auf der Suche nach Christine Richter und wollte fragen, ob sie vielleicht in Ihrem Studio trainiert.«

Ein kurzes, kaum merkbares Zucken in ihrem Gesicht sagt Klaus, dass der Name seiner Schwester ihr etwas sagt. »Kennen Sie sie vielleicht?«, hakt er nach.

»Darf ich fragen, wer Sie sind und wieso Sie das wissen wollen?« Ihre Stimmlage liegt irgendwo zwischen bemühter Freundlichkeit und Bestimmtheit.

»Nun, ich … ich bin ihr Bruder und … und sie hat sich schon länger nicht mehr bei mir gemeldet. Ich mache mir Sorgen um sie.«

Die Halbgöttin vor ihm scheint zu überlegen. Klaus ist sich nun sicher, dass sie Christine kennt. Blitzschnell huscht sein Blick wieder zu ihren steifen Brustwarzen und dann zurück zu ihren Augen. Die Frau zieht eine kurze Grimasse und legt ihre Hand auf ihr Dekolleté.

Scheiße, sie hat es bemerkt!

»Und wie soll ich wissen, dass Sie wirklich ihr Bruder sind?«

Klaus überlegt kurz. *Natürlich!* Er fischt in seiner Jackentasche nach seiner Geldbörse und holt seinen Führerschein heraus. Er hält ihn ihr unter die Nase und schämt sich für das uralte Passfoto, auf dem ein riesengroßer Pickel auf seiner Nasenspitze thront.

»Sehen Sie meinen Namen? Richter – ich bin ihr Bruder.«

Die Frau überlegt, verzieht den Mund. Bis sie schließlich zu der Erkenntnis kommt, dass es ihr wichtiger ist, diesen ungustiösen Fettsack so schnell wie möglich wieder loszuwerden, als noch lange mit ihm zu diskutieren.

Sie seufzt. »Ja, ich kenne sie. Sie trainiert zweimal die Woche bei mir im Abendkurs.«

Hey, na, wer sagt's denn! Klaus fühlt sich auf einmal wie *Columbo*.

»Und wann ist sie zum letzten Mal hier gewesen?«

»Montag. Gestern ist sie nicht gekommen.«

»Lässt sie öfters Stunden sausen?«

»Gestern zum ersten Mal. Sie hat auch nicht angerufen oder sich entschuldigen lassen.«

»Und das hat sie wirklich vorher noch nie gemacht?«

»Das sage ich Ihnen doch!«

Klaus gehen die Fragen aus. Er überlegt. »Und haben Sie eine Ahnung, wo sie sein könnte?«

Die Halbgöttin sieht ihn skeptisch an. »Ich habe gedacht, Sie sind ihr Bruder.«

Klaus' Blick huscht wieder auf ihre Brustwarzen, verharrt dort einen Moment zu lange. Sie merkt es und zieht eine genervte Grimasse. Klaus' Backen laufen wieder knallrot an.

»Lassen Sie Christine lieb von mir grüßen, wenn Sie sie wieder sehen.«

Klaus ist klar, dass sie damit soviel meint wie *und jetzt verpiss' dich gefälligst*!

»Auf Wiedersehen.« Die Halbgöttin wendet sich ab und geht.

Es grenzt an ein kleines Wunder, dass Klaus bei dem Anblick ihres Knackarschs noch einen klaren Gedanken fassen kann. »Warten Sie bitte noch einen Augenblick!«, ruft er ihr nach und fischt eine abgewetzte Visitenkarte aus seiner Geldbörse. »Ich wäre Ihnen sehr dankbar, wenn Sie mich kurz anrufen könnten, falls Sie Christine sehen sollten.«

Sie greift mit zwei Fingern nach der Karte, als würde es sich dabei um einen hoch ansteckenden Virus handeln. »Werde ich machen«, sagt sie wenig glaubwürdig und ringt sich ein kurzes Lächeln ab. Dann verschwindet sie irgendwo in dem Labyrinth aus Foltergeräten.

Klaus fällt ein Stein vom Herzen, als er das überhitzte Fitnessstudio wieder verlässt und hinaus auf die Straße tritt. Mit den Gedanken immer noch bei den Brüsten und dem Knackarsch der Halbgöttin, setzt er sich in Bewegung. Das Beisl, an dem er kurze Zeit später vorbeikommt, preist sein Fiakergulasch an. Klaus' Magen setzt alle Hebel in Bewegung, um seinen Verstand auszublenden. Klaus blickt auf die Uhr – fast halb drei.

Warum eigentlich nicht?

30

»Wenn dieser verdammte Deal unter Dach und Fach ist, sind wir beide geschiedene Leute, hörst du mich!«, schallt Rudis Stimme lautstark aus dem Lautsprecher von Martins Handy.

»Rudi, komm schon, ich …«

Weiter kommt er nicht, denn Rudi fällt ihm ins Wort: »Und wo ist Maria? Steht die etwa gerade neben dir und lacht sich ins Fäustchen, dass sie dich jetzt endlich ganz für sich hat?«

In Martin steigt schlagartig die Wut hoch. Wie kommt Rudi nur dazu, derart über Maria herzuziehen? Er will protestieren, seinem Partner einmal so richtig die Meinung sagen.

Doch gerade in diesem Moment läutet es an der Tür.

Martin legt einfach auf. *Das ärgert ihn ohnehin am meisten!*

Das erste Klingeln ist noch gar nicht zur Gänze verhallt, als die Glocke schon wieder betätigt wird. Irgendjemand läutet Sturm.

Martin schleicht durch den Flur und versucht, dabei möglichst kein Geräusch von sich zu geben. Er späht durch den Spion und weiß nicht, ob er genervt oder erleichtert sein soll.

Herr Leopold steht vor der Tür und schreit: »Herr Fink! Machen S' auf, ich weiß ganz genau, dass Sie z' Haus sind! Ich hab' Sie doch reden g'hört!«

Verdammt! Martin reibt sich mit beiden Händen das Gesicht, schnauft tief durch. Wie soll er so nur Maria finden? Er hat in den letzten Tagen kaum geschlafen, und die Kopfschmerztabletten gehen ihm auch bald aus.

»Hallo? Machen S' g'fälligst auf!«

Martin öffnet die Tür.

»Ha! Hab' ich's doch g'wusst, dass Sie daheim sind!« Er hält Martin seinen Zeigefinger direkt vor die Nase. Mit der anderen Hand umklammert Herr Leopold einen abgenutzten Besen. Er trägt wie immer seinen grauen Arbeitskittel, der dringend wieder einmal das Innere einer Waschmaschine sehen sollte, weiße Tennissocken und darüber Badeschlapfen. Er hat eine Frisur, als wäre er gerade erst aufgestanden. Die beiden goldenen Kreuze, die zum einen von seiner Halskette, zum anderen von seinem rechten Ohrläppchen baumeln, runden das äußerst gewöhnungsbedürftige Erscheinungsbild des Hausmeisters ab. Wer keine Klischees mag, sollte diesen Mann tunlichst meiden.

»Was kann ich für Sie tun?«, fragt Martin ohne jede Bemühung, seine Genervtheit zu verbergen.

»Was Sie für mich tun können? Wolln S' mich etwa pflanzen?«

Martin sieht den Mann fragend an.

»Wie würd's Ihnen g'fallen, wenn ich einen Kübel Wasser bei Ihnen in der Wohnung umschütt' und dann einfach verschwind'? Ohne muh und mäh?«

Am liebsten würde Martin Herrn Leopold an den Kopf werfen, dass der Eimer dort nicht zu stehen hat, weil es gefährlich ist. Doch er beschließt, einen versöhnlichen Ton anzuschlagen, in der Hoffnung, den lästigen Mann so schnell wieder loszuwerden. »Hören Sie …«

»Na, nix *hören Sie*.«

Ein Speicheltröpfchen trifft Martin im Gesicht.

»Wie hält das denn Ihre Frau mit Ihnen aus? Sind S' zu Hause etwa auch so ein Dreckspatz?«

Martin ballt seine Hand zu einer Faust, seine Kiefermuskeln zucken. »Ich würde Ihnen raten …«

»Ja, nicht einmal das Hundsviech vom Engel-Buam unter Ihnen macht so viel Dreck wie Sie!«

Plötzlich trifft Martin die Erkenntnis. Er erstarrt. *Das ist es!* Er hört nicht mehr auf den Hausmeister, der weiter seinen Monolog hält und jetzt sogar mit dem Zeigefinger auf Martins Brust tippt. Selbst die Speicheltröpfchen, die ihn gerade wieder im Gesicht treffen, nimmt Martin nicht mehr wahr. *Aber natürlich! Wieso hab' ich bloß nicht schon früher daran gedacht?*

»Hallo? Hören Sie mir überhaupt noch zu?«, empört sich Herr Leopold.

Martin schmeißt ihm die Tür vor der Nase zu. Während der Hausmeister im Treppenhaus einem Herzinfarkt nahe ist und Sturm läutet, hetzt Martin in Marias Büro und klappt ihr Notebook auf.

Als es hochfährt, fragt er sich vorwurfsvoll, weshalb er nicht früher darauf gekommen ist. Dabei ist die Lösung doch so naheliegend gewesen: Jonas' Hund! Martin selbst bekommt schon Schweißausbrüche, wenn er ihn nur bellen hört. Aber Maria ist regelrecht vernarrt in den Hund und schwärmt ständig von ihm. Ein Beweis ihrer Liebe ist schon die Tatsache, dass in ihrer gesamten Wohnung nur zwei gerahmte Fotos an den Wänden hängen. Ihr Hochzeitsfoto und unmittelbar daneben, fast genauso groß, ein Schnappschuss mit Selbstauslöser von Maria, Jonas und Idefix. Maria hat die Hände um den Hund geschlungen und strahlt übers ganze Gesicht.

Martin tippt das Kennwort ein: *Idefix*

Falsches Kennwort.

»Scheiße!«

Martin versucht es erneut, diesmal mit ausschließlicher Kleinschreibung: idefix

Falsches Kennwort.

Martin schreit, schlägt auf die Schreibtischplatte.

Jetzt versucht er es ausschließlich mit Großbuchstaben: IDEFIX

Martin kann gar nicht glauben, was er auf einmal auf dem Bildschirm liest: *Willkommen!*

31

Maria liegt in einer Lache und nimmt den Gestank fast gar nicht mehr wahr. Vorhin hat die Mischung aus ihrem Urin, ihrem Kot und ihrem Erbrochenen noch einen ständigen Würgereiz in ihr hervorgerufen. Aber jetzt riecht sie gar nichts mehr.

Die Kälte hat sich mittlerweile in jede Faser von Marias Körper gefressen, bis in den letzten Winkel ist sie vorgedrungen.

Maria zittert nicht mehr, zumindest bekommt sie es nicht mehr mit. Ihre Zehen schmerzen nicht mehr, sie hat kaum noch Durst, ihr Hunger ist ihr egal.

Die Kälte betäubt ihren Verstand. In dieser ewigen Dunkelheit hat sie jegliches Zeitgefühl verloren. Sie weiß nicht, ob sie erst zwei Tage oder schon zwei Wochen hier ist. Es ist auch egal, denn sie weiß, dass er sie nicht mehr gehen lassen wird. Er wird sie hier drinnen sterben und verrotten lassen. Wie ein Stück Fleisch, das es nicht wert ist, genossen zu werden. Wie ein unliebsam gewordenes Haustier, das zu viel Dreck macht und sein Herrchen gebissen hat.

Das Komische ist nur, dass Maria ihn sogar ein wenig verstehen kann. In den dunkelsten Momenten hofft sie nur, dass er es schnell erledigen wird. Dass er sie bald erlöst, und sie nicht mehr lange hier drinnen bleiben muss.

Ob er mit ihr das Gleiche macht?

Zum Glück folgen auf diese dunklen Momente ab und zu noch solche der Hoffnung. Dann streicht Maria immer wieder über ihren Bauch, spricht sich Mut zu und stellt sich Martins strahlendes Gesicht vor, wenn sie ihm sagt, dass sie bald zu dritt sein werden. Sie fühlt den Druck seiner Umarmung, die Wärme seiner Freudentränen und die kaum sichtbaren Bartstoppeln, die an ihrer Wange kratzen. Sie kann seine Stimme hören, wie er sagt, dass er sie liebt und immer für sie da sein wird.

Wie gerne nur hätte sie diesen einen kurzen gemeinsamen Augenblick mit Martin. Die Möglichkeit, es ihm zu sagen.

Maria schließt die Augen, fällt in einen Zustand irgendwo zwischen schlafen und wach sein. Für einen kurzen Moment vergisst sie, wo sie ist, vergisst alles um sich herum. Sie dämmert dahin. Doch als sie sich zur Seite dreht, durchfährt sie schlagartig wieder dieser ungeheure Stich in der Schulter. Sie schreit laut auf. Ihre Atmung wird hektischer, Tränen schießen ihr in die Augen, Schweißperlen stehen ihr auf der Stirn.

»Hilf mir, Martin«, schluchzt sie.

Maria liegt lange auf dem Rücken und wagt sich nicht zu bewegen. Sie versucht, ihre Atmung zu beruhigen und die Kälte ihre Arbeit verrichten zu lassen – die Betäubung. Die linke Hand liegt schlaff am Boden. Die Schmerzen treiben sie bald in den Wahnsinn.

»Ich werde uns beide retten. Ich werde uns beide wieder hier rausbekommen. Ich verspreche es dir!« Maria streicht sich behutsam über den Bauch und wiederholt die Sätze immer und immer wieder. Wie ein Mantra, durch das sie am Leben bleibt.

Doch kurze Zeit später überwältigt sie wieder die Verzweiflung, und Maria begreift, dass sie in diesem finsteren Gefängnis sterben wird. Dass sie niemals wieder die Sonne sehen wird, dass sie niemals wieder Wärme spüren wird. Sie vergießt bittere Tränen.

»Bitte hilf mir, Martin. Bitte hilf mir«, flüstert sie, obwohl sie ganz genau weiß, dass es keinen Zweck hat. Und dennoch hilft es ihr über diese dunkelsten Momente hinweg.

Wenn ich nur noch einmal die Möglichkeit hätte, ihm zu sagen, wie sehr ich ihn liebe.

Dieser Gedanke weckt auf einmal eine Hoffnung in ihr, wie sie Maria nicht verspürt hat, seit sie in diesem dunklen Gefängnis gelandet ist. Eine Hoffnung, die stärker ist als all die Schmerzen, als all die Zweifel. Ja, selbst stärker, als er es ist.

32

Mück lenkt seinen Wagen in eine viel zu kleine Parklücke gegenüber dem Arenbergpark im 3. Bezirk. Er springt aus dem Auto und wirft einen skeptischen Blick auf das Heck, das gut einen Meter weit auf die Straße hinaus steht.

Passt schon.

Zwei mächtige Flaktürme, die aus dem Zweiten Weltkrieg stammen, bauen sich vor ihm auf. Der Größere der beiden dient mittlerweile als Kunstdepot für das Museum der angewandten Kunst, kurz MAK. Er strahlt eine unerschütterliche Ruhe aus, die jedoch nicht auf Mück überspringen möchte. Er schmeißt die Fahrertür zu und sprintet los.

Eine dicke Wolkenschicht ist aufgezogen und lässt der Sonne keine Chance. Es herrscht ein seltsam düsteres Licht. Kein Lachen ist in den Gesichtern der Menschen zu sehen, keine Heiterkeit. Ein leichter Wind ist aufgekommen.

Der Winter ist da. In Wien und in Mücks Herzen.

Mück läuft parallel zum Park den Dannebergplatz entlang und ist schnell außer Atem. Die kalte Luft schmerzt in seinen Lungen. Die dünne Schweißschicht auf seiner Haut lässt sie noch kälter erscheinen.

Mück läuft weiter in die Arenberggasse. Vor ihm erhebt sich die fragwürdig schöne Fassade der Rudolfstiftung. Das von Kaiser Franz Joseph I. anlässlich der Geburt seines Sohnes Kronprinz Rudolf 1858 gestiftete und in den 1970er Jahren neu erbaute Krankenhaus hat den zweifelhaften Charme eines Ostblock-Baus. Es wirkt einsam und fremd.

Mück hetzt an ein paar Rauchern vorbei, die sich vor dem Eingang versammelt haben. Die meisten tragen nur ihren Bademantel und zittern heftig. Mück stürmt durch die erste Schiebetür, dann durch die zweite. Schlagartig wird er vom sterilen Geruch und den vielen weißen Kitteln überwältigt. Ist er zuvor noch in einer Art Schockzustand gewesen, so hat seine Stimmung nun in Richtung Panik umgeschlagen. Sein Herz rast, irgendetwas drückt ihm auf die Brust. Ein eiskalter Schauer läuft ihm den Rücken hinunter. Wie sehr er Krankenhäuser nur hasst!

Mück ist völlig außer Atem, stemmt die Hände auf die Knie und versucht, sich in dem Chaos, das in der Eingangshalle herrscht, zu orientieren. Menschen werden umarmt, verabschiedet und begrüßt. Blumensträuße werden getragen, Zigaretten werden auf dem Weg nach draußen gierig aus den Packungen gefischt, unleserliche Befunde werden im Gehen studiert, Kinder werden ungeduldig, Erwachsene auch, Tränen werden aus den Augen gewischt.

»Robert!« Gerlindes Stimme dringt zu Mück durch.

Er reißt den Kopf herum, versucht, im Menschengewühl seine Schwester zu entdecken.

»Robert! Hier!« Gerlinde streckt die Arme in die Höhe. Blutunterlaufene Augen, dunkle und schwere Ringe darunter, verwischte Schminke – sie sieht schrecklich aus. Mit offenen Armen läuft sie auf ihren Bruder zu, als wäre er ihr Anker. Als wäre er eine Hilfe. Als wäre das alles gar nicht seine Schuld.

Sie drückt sich an ihn. Lange. Schluchzt. Ihr zarter Körper bebt.

Mücks Augen werden wässrig. Er versucht, sich abzulenken, lässt seinen Blick durch die Halle schweifen. Er fragt sich, wann er seine Schwester wohl zum letzten Mal umarmt hat.

Plötzlich löst sich Gerlinde aus der Umarmung, tritt einen Schritt zurück und sieht ihm entschlossen in die Augen. Sie holt aus und schlägt ihm mit der flachen Hand ins Gesicht. Wuchtig. »Und ab jetzt reißt du dich gefälligst zusammen!«

Mück sagt nichts, versucht, ihrem Blick standzuhalten. Seine linke Wange brennt, und er reibt sich das Gesicht, um den Schmerz zu betäuben.

»Hast du mich verstanden.« Es ist keine Frage. Gerlinde will nur seine Bestätigung.

Mück nickt.

»Du kannst nicht ewig vor dem davonlaufen, was geschehen ist!«

Er nickt noch einmal.

Sie sehen einander schweigend an.

»Was ist passiert? Wie geht es ihm?«, fragt Mück schließlich.

Gerlinde wischt sich mit den Handballen die letzten Tränen aus den Augen. Sie wirkt nun gefasst. »Er ist noch auf der Intensivstation. Er hat versucht, sich umzubringen.«

Ein Stich in Mücks Brust. Er muss ein paar Mal schlucken. »Ja, das hast du schon gesagt. Aber wie?« Eigentlich will er es gar nicht wissen. Denn egal, was Gerlinde nun sagt, es wird unglaublich wehtun.

»Er … er hat sich in sein Auto gesetzt und hat die Abgase hineingeleitet. Er war schon bewusstlos, als … als …« Gerlinde hält sich den Handrücken vor den Mund. Schluckt.

Mück greift ihr auf die Schulter, streichelt sie mit seinen Daumen. »Gerlinde, als was?«

»Irgendwer hat ihn gefunden. Er … er war schon eingeschlafen.«

Sie schweigen einen Moment, versuchen, zu verstehen.

»Und wird er … ich meine … wird er?«

»Durchkommen?«

Mück nickt.

»Er schläft noch und wird künstlich beatmet. Die Ärzte sind zuversichtlich, dass er keine bleibenden Schäden davontragen wird. Aber sicher können sie es erst sagen, wenn er wieder aufwacht.«

Mück spürt, wie die Erleichterung seinen Körper erfasst. Die Muskeln entspannen sich. Am liebsten würde er alle um sich herum umarmen, pfeifen, singen und tanzen. Aber stattdessen nickt er nur.

»Was, um Himmels willen, ist denn gestern zwischen euch beiden gewesen?«

Er schüttelt den Kopf. »Ich hätt' es merken müssen. Aber … aber ich wollt' einfach nur wieder raus.«

Gerlinde versteht nicht. »Was hättest du merken müssen?« Nun fasst sie seine Schulter.

»Die Modellautos …« Er hält kurz inne, muss schlucken. »Er hatte sie aus den Regalen geräumt und … und in Kisten verpackt. Sie sind alle weg gewesen.«

Gerlinde reißt die Augen auf, hält sich die Hand vor den Mund. Sie fragt nicht weiter nach, das muss sie nicht. Jeder, der ihren Vater kennt, weiß, dass die Modellautos immer die Welt für ihn bedeutet haben.

Eine Träne löst sich aus ihrem Auge und läuft ihr die Wange hinunter. Mück wischt sie ihr aus dem Gesicht.

33

Klaus rülpst genüsslich, als er von den Toiletten zurückkommt und sich auf die gepolsterte Holzbank niederfallen lässt. Der Teller mit den letzten Gulaschspuren ist noch immer nicht abgeräumt worden, und überall auf dem Tisch liegen Semmelbrösel verteilt. Er entdeckt ein besonders großes Stück, steckt es sich in den Mund und drückt es mit der Zunge gegen den Gaumen, bis es vom Speichel ganz aufgeweicht ist.

»Noch ein Krügerl bitte!«, ruft er der Kellnerin zu.

Die verdreht die Augen, dämpft genervt ihre Zigarette aus und begibt sich mit hängenden Schultern hinter die Schank.

Auf dem Klo eben hat Klaus sich nicht nur so einiges durch den Darm, sondern auch durch den Kopf gehen lassen. Und er ist dabei zu der endgültigen Überzeugung gelangt, dass er die Entführung seiner Schwester ernst nehmen muss. Aber wenn Al dahinter stecken würde, hätte er das doch längst als Druckmittel gegen ihn verwendet. Außerdem passt es so gar nicht zu dessen Arbeitsweise – der zieht keine Fremden mit hinein, wenn es nicht unbedingt notwendig ist. Der hat viel zu viel Dreck am Stecken, als dass er so ein unnötiges Risiko eingehen würde. Nein, hinter der Entführung muss jemand anderer stecken. Aber wer, zum Teufel?

Die Kellnerin knallt Klaus wortlos ein Krügerl auf den Tisch und verschwindet wieder, ohne den Teller abzuservieren. Das wäre dann wohl doch zu viel Arbeit auf einmal gewesen.

Arrogantes Miststück! »Zahlen bitte!«, ruft Klaus. *Ich freu' mich schon auf der ihr G'sicht, wenn sie kein Trinkgeld bekommt!*

Klaus blickt auf die Uhr, und ihm wird zum ersten Mal so richtig die Ernsthaftigkeit seiner Situation bewusst. Es ist kurz vor vier. Bald wird es dunkel sein, und schnurstracks wird auch der Tag vorüber sein. Er versucht sich an die genauen Zeilen des Briefes zu erinnern und ärgert sich darüber, ihn nicht dabei zu haben.

Als Klaus aufblickt, steht die Kellnerin vor seinem Tisch und hält ihm wortlos die Rechnung unter die Nase. Klaus reicht ihr ebenso wortlos einen 20-Euro-Schein und verfolgt mit einer gewissen Genugtuung, wie ihr Gesicht aufgrund des ausbleibenden Trinkgelds verfällt. Doch dann steigt schnell die Wut in ihr hoch. Wenn es Blicke gäbe, die töten könnten, dann wäre jener, den die Kellnerin Klaus nun zuwirft, mit Sicherheit ein solcher. Sie durchbohrt ihn förmlich mit ihren Augen, sucht schließlich umständlich das Kleingeld aus ihrer Geldbörse und knallt es ihm auf den

Tisch. Als sie sich stampfend entfernt, ist sich Klaus sicher, in ihrem Gemurmel *blader Trottel* herausgehört zu haben.

Klaus grinst und gönnt sich einen kräftigen Schluck.

Doch seine gute Laune ist schnell wieder verflogen, als ihm wieder der Brief des Entführers einfällt. Jeden Tag, an dem er nicht herausfindet, warum dieses Arschloch Christine entführt hat, wird er ihr Schmerzen zufügen. Und er hat nur mehr bis morgen Mitternacht Zeit, um sie zu finden. Allerdings nur, wenn ihn Al nicht schon vorher in die Finger bekommt.

Wieder schaut Klaus auf die Uhr. Nur noch etwas mehr als zwei Stunden, bis Als Typen bei ihm im Geschäft aufkreuzen und das Geld haben wollen. Wenn er es bis dahin nicht auftreibt, sollte er sich besser nicht dort sehen lassen.

Das geht sich nie aus!

In seiner Verzweiflung holt Klaus das Handy aus der Tasche und wählt noch einmal Charlies Nummer. Der kann sich ja nicht ewig vor ihm drücken!

Es läutet. Ein paar Mal. Dann erklingt Charlies Mobilbox.

Na warte nur … schlauer als du bin ich noch allemal!

Klaus raucht sich eine Zigarette an, macht einen genüsslichen Schluck von seinem Bier und wartet einige Minuten. Dann aktiviert er die Rufnummernunterdrückung und wählt noch einmal Charlies Nummer.

Es läutet. Dann noch einmal.

Klaus hat seine Hoffnung schon aufgegeben, als Charlie sich meldet. »Wer stört?«, zuzelt er durch seine Zahnlücke.

Du mieses Arschloch! »Charlie, ich bin's, Klausi!« Klaus bemüht sich, freundlich zu bleiben. Immerhin braucht er seine Hilfe. Oder besser gesagt, sein Geld.

Am anderen Ende der Leitung bleibt es kurz still. Nur ein leises Räuspern ist zu hören.

»Bist du noch da?«

»Jaja. Klausi, na das ist ja eine Überraschung. Du, i wollt' di gerade zurückrufen. Du weißt ja, Meetings.«

Verlogener Drecksack! Die einzigen Meetings, die du hast, sind die auf dem Häusel! »Ja natürlich – versteh' ich ja. Du, ich …«

»Klaus, es geht grod gaunz schlecht.«

»Es dauert nur ganz kurz. Ich wollte dich fragen …«

»I muss jetzt aufhör'n!«

»Warte kurz, Charlie. Diese Sache neulich tut mir wirklich leid, hörst du.«

»Ja, ist ja guat.«

»Du, können wir uns vielleicht treffen? Am besten gleich jetzt irgendwo?«

Stille.

»Charlie? Hallo?«

»Du, es geht in den nächsten Togn gaunz schlecht. I muss jetzt wirkli weiter.«

»Warte …«

Doch in diesem Moment hat Charlie bereits aufgelegt.

Was zum Teufel war denn das, verflucht noch mal? Klaus ist völlig verdutzt und schlägt mit der Faust auf den Tisch. *Ist das Weichei etwa immer noch angefressen?*

Er fischt sich eine weitere Zigarette aus der zerknitterten Packung, zündet sie sich an und macht einen gierigen Zug. Während er den blauen Dunst in Richtung Decke bläst und ihm auf seinem Weg zusieht, versucht er nachzudenken.

Da ist doch irgendetwas faul! Der ist doch sonst nicht so.

Plötzlich kommt ihm ein ganz neuer Gedanke: *Kann das wirklich sein? Kann wirklich Charlie hinter der Entführung stecken? Will er sich etwa so an mir rächen? Wegen dieser lächerlichen Lappalie?*

Klaus' Kieferknochen mahlen, seine Zähne knirschen. »Diese verfluchte Ratte!«

Umständlich zwängt er sich aus seinem Platz und stürmt grußlos aus dem Beisl. Auf dem Tisch bleibt ein halb volles Krügerl zurück, im Aschenbecher eine brennende Zigarette.

34

Martin durchströmt ein unglaubliches Glücksgefühl. Endlich hat er das Passwort für Marias Notebook herausgefunden. Doch rasch steigt auch die Nervosität. Was wird er wohl finden?

Er überfliegt die wenigen Icons auf dem Desktop und klickt das E-Mail-Programm an. Drei E-Mails laden sich. Martin geht alles viel zu langsam, und er klopft nervös mit den Fingerspitzen auf den Schreibtisch.

Herr Leopold hat mittlerweile aufgegeben und läutet nicht mehr Sturm. Mit Sicherheit schäumt er geradezu vor Wut.

Ein dumpfes Klingeln meldet, dass die erste Mail eingelangt ist. Ein Newsletter einer Frauenzeitschrift. Wintermodetrends, Weihnachtsgeschenkideen und ein Top-Angebot für die Verlängerung des Abos um ein weiteres Jahr. Martin schließt sie wieder. Dann sind auch die beiden anderen geladen. Die zweite E-Mail ist eine Versandbestätigung eines Online-Warenhauses. Maria hat dort ein Buch bestellt, das morgen eintreffen soll: *Nachhaltigkeit in einer globalisierten Gesellschaft – Eine Anleitung für einen Notfallplan*.

Martin wundert sich schon lange nicht mehr über Marias Interessen. Die dritte E-Mail kommt von einem Online-Reiseportal. Skandinavien sei vor allem auch in den kalten Wintermonaten eine Reise wert.

Martin überfliegt auch ältere gespeicherte Mails. Doch das hilft ihm nicht weiter.

Als Nächstes durchforstet er Marias *Eigene Dateien*. Ein Ordner mit Musik. Darin wenige mp3s, die nicht wirklich einen homogenen Musikgeschmack erkennen lassen: *Kings Of Leon, Creedence Clearwater Revival, Beatles, Die Söhne Mannheims* und einige mehr. Keine Überraschung für Martin.

Dann noch ein Ordner mit Filmen. Er ist leer. Und ein Ordner mit Gedichten.

Maria schreibt Gedichte?

Darin finden sich 21 Text-Dokumente. Martin öffnet einige davon und überfliegt sie. Er ist viel zu aufgeregt, um ihren Sinn zu verstehen, und kann nichts erkennen, das ihn im Moment weiterbringen könnte.

Der Ordner *Fotos* enthält einige Unterordner. Martin erkennt schon an den Beschriftungen der Ordner, dass es sich ausschließlich um Fotos aus ihrer gemeinsamen Zeit handelt. Keine alten Fotos. Keine Einblicke in Marias Vergangenheit. Maria hat Martin gegenüber einmal erwähnt, dass bei einem Einbruch in ihre alte Studentenwohnung alle ihre Fotos und auch ihr damaliger Laptop gestohlen worden sind. Ihre Vergangenheit ist weg, gestohlen, ausgelöscht.

Der Ordner *Sonstiges* enthält Kopien von Dokumenten wie Marias Reisepass. Außerdem noch Unterlagen zur Wohnung – Kaufvertrag, ein maßstabsgetreuer Grundrissplan, eine Übersicht der Umzugs- und Umbaukosten, einige Kochrezepte und noch ein paar weitere Dokumente. Auch hier findet Martin nichts, das ihn weiterbringen könnte. Enttäuschung beginnt sich breitzumachen.

Als Nächstes durchsucht Martin den Verlauf des Internet-Browsers. Maria hat ihn offensichtlich seit Monaten nicht mehr geleert. Was den Verlauf wohl besonders einzigartig macht, ist eine Tatsache, die Martin bereits gewusst hat: Maria hat keinerlei Social-Media-Konten, und sie hat entsprechende Seiten deshalb auch nicht besucht. Kein *Facebook*, kein *Twitter*, kein *ICQ*, kein *Xing* und auch kein *Flickr*.

Auffällig oft findet er Seiten von Non-Profit-Organisationen wie *Greenpeace* oder *Fair Trade*. Das passt für Martin zu Marias Einstellung. Umweltschutz, Tierschutz und karitative Angelegenheiten jeglicher Art sind Maria extrem wichtig. Immerhin arbeitet sie ja auch aus Überzeugung in der *WIENER KAFFEEKÜCHE*, da dort ausschließlich *Fair Trade* Produkte angeboten werden. Aber die Häufigkeit der Besuche überrascht Martin doch ein wenig. Auch die nahezu täglichen Besuche auf Seiten von Tierschutzorganisationen wie *Fuck Fur* oder *Animal Liberation Union* verwundern ihn. Martin ist ja klar, dass Maria sich aus Überzeugung vegan ernährt und auch ihn bereits zum halben Vegetarier werden ließ. Doch Maria nimmt diese Sache anscheinend noch ernster, als ihm bisher bewusst war.

Martin vergisst alles um sich herum und durchforstet weiter den Browser-Verlauf. Akribisch arbeitet er sich von Tag zu Tag in der Zeit zurück.

Bis ihm schließlich die Homepage eines Hundesalons bereits zum zweiten Mal ins Auge sticht. Mit einem Klick ist er auf der Internetseite und wundert sich darüber, weshalb Maria sie gleich zwei Mal alleine in der letzten Woche besucht hat. Immerhin haben sie keine Haustiere, und Maria weiß, dass ein Hund für ihn nicht zur Diskussion steht.

Aber vielleicht hatte Maria ja mit Jonas besprochen, mit Idefix einen Hundesalon zu besuchen? Allerdings hatte sie nichts in diese Richtung erwähnt.

Martin klickt sich weiter durch die Homepage. *AUS LIEBE ZU IHREM BESTEN FREUND!* steht in großen Lettern geschrieben. Martin sucht nach der Adresse. Der Hundesalon liegt im 6. Bezirk.

Er will die Sache eigentlich schon wieder abhaken. *Was soll ein kleiner Hundesalon schon mit der Entführung von Maria zu tun haben? Das ist ja lächerlich. Ich verschwende nur Zeit.*

Doch gerade in dem Moment, als er die Seite wieder schließen möchte, sticht ihm plötzlich der Name der Inhaberin ins Auge. Er klickt auf die Sektion *ÜBER MICH* und starrt auf das Foto der Besitzerin. Schlagartig steigt Martins Puls, und er rutscht nervös auf seinem Sessel hin und her.

So sieht man sich wieder …

35

Klaus sitzt am verdreckten Fenster eines schäbigen Kaffeehauses in der Meidlinger Hauptstraße und schlürft den Schaum von seinem Krügerl. Die Bezeichnung Kaffeehaus ist etwas weit hergeholt, da die einzige Espressomaschine kaputt gegangen ist. »Gerade eben«, hat ihm der Kellner beteuert, und Klaus hat ihm kein Wort geglaubt. Aber es war ihm egal, weil er ohnehin ein Bier bestellt hätte.

Kaffee am Abend? Unvorstellbar! Wäh!

Zwei junge Männer verlassen das Lokal.

»Oida, ich schwör' dir, das hab ich zu ihr gesagt«, sagt der eine und greift sich in den Schritt.

»Oida, die ist ja voll die Schlampe«, antwortet der andere und tut es seinem Kollegen gleich.

»Sag' ich doch, Oida.«

Die Tür fällt hinter ihnen zu. Jetzt sind außer Klaus nur noch der Kellner und ein grauhaariger Türke, der Zeitung liest, da.

Klaus beobachtet die Straße. Es ist bereits dunkel geworden, und die Temperatur ist gemeinsam mit der Sonne rasch ins Bodenlose gefallen. Klaus kann den Atem der Menschen draußen auf den Gehsteigen sehen. Überall blinkt, funkelt und glitzert Weihnachtsdekoration, und Einkaufswütige hetzen von einem Geschäft zum nächsten.

Bin ich froh, dass ich niemandem etwas schenken muss … Zum Teufel mit Weihnachten!

Klaus sitzt nun schon fast eine Stunde da und beobachtet das Wettcafé auf der gegenüberliegenden Straßenseite. Vor einiger Zeit noch ist es quasi sein zweites Wohnzimmer gewesen. Doch seit er dieses kleine Problem mit der fehlenden Kohle hat, bleibt ihm nur noch, in Wehmut an diese sorglose Zeit zurückzudenken.

Der Grund, weshalb Klaus das Lokal im Auge behält, ist allerdings ein völlig anderer. In dem Wettcafé geben sich nämlich bekanntermaßen seit jeher einige merkwürdige Persönlichkeiten die Klinke in die Hand und verhandeln dort ihre mehr oder (meistens) weniger legalen Geschäfte. Für das entsprechende Geld kann man dort von den verschiedensten Drogen bis hin zu Frauen oder gestohlenen Wagen alles bekommen. Man muss nur wissen, wer was in seinem Programm hat. Und da der Charlie, diese elende Ratte, immer schon versucht hat, einfach überall seine Dreckfinger im Spiel zu haben, ist er quasi ein Dauergast in dem Lokal.

Klaus kann allerdings aus zwei Gründen nicht so einfach dort hineinspazieren und Charlie an dessen Ohren herausziehen: Erstens hat Charlie mit Sicherheit einige sogenannte *Freunde* um sich versammelt, die Klaus wohl in Windeseile und im hohen Bogen wieder aus dem Lokal befördern würden (gut, zugegeben – das mit dem *hohen Bogen* würde aufgrund seiner Körperfülle wohl nicht klappen). Und zweitens ist die Gefahr sehr groß, dass auch ein paar von Als Typen da sind – und das wäre unter Garantie nicht gesund für ihn.

Und so schlürft Klaus nun schon sein drittes Bier und wartet geduldig, bis Charlie herauskommt. Und das hoffentlich alleine.

Es verstreichen einige Minuten, bis es plötzlich so weit ist. Charlie verlässt mit einem zweiten Mann das Wettcafé. Klaus kennt den Begleiter nicht. Die beiden reichen sich die Hände, klopfen sich gegenseitig auf die Schulter und gehen getrennte Wege. Während der unbekannte Begleiter hinauf, Richtung Philadelphiabrücke, zieht, marschiert Charlie die Meidlinger Hauptstraße in entgegengesetzter Richtung.

Klaus wird hektisch. Er krallt sich seine Jacke, springt hoch und knallt einen 10-Euro-Schein auf den Tresen. »Passt so.« Dann zwängt er sich zum Ausgang durch.

»He, warte, du Witzbold. Da fehlen noch 20 Cent.«

Verflucht! Klaus reißt herum und stößt gegen den Tisch des grauhaarigen Türken. Dieser wird aus dem Studium seiner Tageszeitung gerissen, erkennt die Gefahr und will noch nach seinem fast leeren Glas mit weißem Spritzer greifen. Doch zu spät. Er greift ins Leere, und das Glas fällt zu Boden.

Klirr.

»Na, sehr super!«, kommentiert der Angestellte hinterm Tresen die Szene.

»Zahlst du Neue«, sagt der Grauhaarige.

Klaus hat keine Zeit für Entschuldigungen. Mit seinen Würstelfingern fischt er nach der Geldbörse und holt einen 5-Euro-Schein hervor. Er knallt ihn auf den Tresen. »Passt so. Und einen neuen Spritzer für ihn.«

Wieder zwängt er sich in Richtung Ausgang durch.

»Bist du guter Mann«, ruft ihm der Gast nach.

Klaus schafft es ohne weitere Zwischenfälle nach draußen und versucht, in der Menschenmenge Charlie wieder zu entdecken. *Wo zum Teufel …?*

Unzählige Einkaufssackerl strömen an ihm vorbei.

Da! Da ist er! Charlie ist auf Höhe einer Bankfiliale und biegt nach rechts in die Sechtergasse ein. Klaus läuft hinterher und bemüht sich, den Abstand zu Charlie kleiner werden zu lassen. Doch er pfeift bereits nach wenigen Metern aus den letzten Löchern. Sein Puls steigt rasant, er schwitzt. Die eiskalte Luft schmerzt in seinem Gesicht.

Er erreicht endlich die Sechtergasse und sieht gerade noch, wie Charlie nach links in die Pachmüllergasse einbiegt. Da bleibt Klaus abrupt stehen, stemmt seine Hände gegen die Knie und versucht, seine Atmung wieder unter Kontrolle zu bringen. Es ist nicht mehr nötig, sich abzuhetzen, denn Klaus weiß nun ganz genau, wohin Charlie geht. Immerhin hatten sie früher so manchen erfolgreichen Deal dort gemeinsam gefeiert.

Als Klaus sich gefangen hat, schlendert er die Pachmüllergasse entlang, biegt nach rechts in die Zeleborgasse und läutet an dem mit roten LED-Streifen beleuchteten Eingang der Hausnummer 51 – dem *Studio 51*.

Keine zwei Sekunden später öffnet ihm ein vertrautes Gesicht die Tür. »Hallo, Klausi-Schatzi!«, begrüßt ihn Elena mit ihrem osteuropäischen Akzent.

Sie trägt ein kurzes schwarzes Kleid, unter dem ihre

Speckringe verzweifelt einen Weg nach draußen suchen, und falsche Wimpern, die so schief kleben, dass man vermuten könnte, sie wurden nicht im nüchternen Zustand angebracht. Klaus schüttelt es vor Grauen, und er fragt sich, wie er bei dieser Frau nur jemals einen hochbekommen konnte.

»Kann ich reinkommen.« Klaus lässt es nicht wie eine Frage klingen und drängt sich an seinem alten Notnagel vorbei.

»Na du hast ja ganz dringend nötig, Klausi-Schatzi!« Elena kneift ihm in den Hintern.

Klaus grüßt weder Lisa noch die Neue, die froh darüber ist, dass er es nicht auf sie abgesehen hat.

»Ist Charlie da drinnen?« Klaus zeigt auf Dashas Zimmer. Er kennt sich in den Räumlichkeiten aus.

Elena läuft ihm nach. »He, he, Schatzi. Ja, aber sind gerade erst rein gegangen. Komm, lass uns in Zimmer gehen.« Sie lächelt verschmitzt und deutet auf Klaus' Schritt. »Ich hab kleinen Klausi schon vermisst.«

Klaus ignoriert Elena und reißt die Tür auf.

Dasha liegt mit gespreizten Beinen auf dem Bett und sieht dabei aus wie ein gestrandeter Wal. Sie schreit erschrocken auf. Charlie steht vor ihr. Mit nacktem Oberkörper hüpft er auf einem Bein und hat das andere angewinkelt, um sich die Hose abzustreifen. Als Klaus hereinplatzt, erschrickt Charlie so sehr, dass er nach hinten stolpert und glatt auf seinem Rücken landet.

Dasha stürmt schreiend aus dem Zimmer.

Klaus stürzt sich auf Charlie. Packt ihn am Hals, würgt und schüttelt ihn. »Hast du verdammtes Arschloch Christine etwas angetan?«

Mit seiner hageren Figur hat Charlie keine Chance gegen den Fleischberg, der auf ihm sitzt. Er hat die Augen weit aufgerissen, bekommt kaum Luft und hat noch nicht begriffen, wie ihm geschieht. Er röchelt, schlägt mit beiden Händen auf Klaus ein.

Klaus lässt von seinem Hals ab, um Charlie die Möglichkeit für eine Antwort zu geben. »Sag schon!«

Elena steht in der Tür und brüllt die beiden an: »Los verschwindet, oder ruf ich Polizei!«

Charlie keucht. »Klausi, mei Freind, wos is denn in di gefahren? Wem soll ich wos 'tan haben?«, fragt er zuzelnd. Er versucht sich in einem Grinsen. Zwei Zahnlücken kommen zum Vorschein – eine unten, die andere oben.

»Meiner Schwester! Wo hast du sie versteckt?«, brüllt Klaus ihn mit erhobener Faust an.

Charlies Pupillen wandern, Falten bilden sich auf seiner Stirn. Er überlegt fieberhaft. »Heast, Klausi, mei Freind! I hob ka Ahnung, von wos du redst? Wos soll i denn mit deiner Schwester?«

Klaus kennt Charlie gut. Er weiß, dass fast jeder zweite Satz, der seine Lippen verlässt, gelogen ist. Aber er kennt ihn auch so gut, dass er nun zu wissen glaubt, dass Charlie die Wahrheit sagt.

»Heast, i hob ka Ahnung, wos der Al dir derzöhlt hot, aber …«

Bei Klaus läuten alle Alarmglocken. »Was hat der Al damit zu tun?«, schreit er ihn an.

Charlie reißt die Augen auf. Er weiß, er hat etwas Falsches gesagt.

Elena steht nun unmittelbar neben den beiden und schlägt mit beiden Fäusten auf Klaus' Rücken ein. »Los, raus hier! Verschwindet, oder rufe ich Polizei!«

Klaus packt Charlie wieder am Hals, schüttelt ihn durch. »Red g'fälligst!«

Elena schlägt weiter auf ihn ein.

Da dämmert es Klaus plötzlich. »Hast *du* mich etwa beim Al verpfiffen?«

Charlies Mimik verfällt.

Klaus schnalzt Charlie eine Verkehrte ins Gesicht. »Sag schon! Hast du mich beim Al verpfiffen?«

Charlie ächzt nach Luft. »I konn nix dafür, Klausi! Des musst du mir glaub'n!«

Klaus reibt mit der Faust auf. »Red weiter!«

»Seine Typen san zu mir 'kommen und hab'n wissen woll'n, von wem i den Stoff 'kriegt hab. Wos hätt' i denn tun soll'n?«

»Du miese Ratte! Und ich hab' glaubt, wir sind Freunde!«

Charlie lacht spöttisch. »Dass i ned lach'. Du host mich doch beschiss'n!«

»Redest' etwa immer noch von dieser Lappalie?«, schreit Klaus ihn an.

Die Zahnlücken verschwinden mit Charlies Grinsen. Er wird ernst. »Lappalie? Du fladerst dem Al sein' Stoff und verkaufst ihn mir einfach so! Und des aa no g'streckt!«

»Jetzt hau' dich endlich über die Häuser«, befiehlt Klaus Elena.

Charlie brüllt weiter: »Und das ist für dich eine Lappalie? Weißt, was ich für Probleme weg'n dir hab'?«

Wenn man's so sieht …

»Jeden Tag hab ich dem Al seine Wappler im G'nack! Außerdem: Wer kauft denn bei mir noch ein, wenn sich herumspricht, dass ich einen g'streckten Scheißdreck vercheck?«

Dasha steht in der Tür. »Habe ich Polizei gerufen! Ist gleich da!«

Scheiße!

Klaus kann es jetzt nicht riskieren, von der Polizei geschnappt zu werden. Christines Leben steht auf dem

Spiel. Er muss verschwinden. »Wir beide sind noch nicht fertig«, droht er Charlie und erhebt sich schwerfällig von ihm.

Elena schlägt noch ein letztes Mal auf ihn ein. »Brauchst du nie mehr wieder kommen!«

»Das werd' ich nicht, keine Sorge!« Klaus stürmt aus dem Studio.

36

Es ist kurz nach halb fünf, als Martin vor dem geschlossenen Hundesalon in der Webgasse im 6. Bezirk steht und durch die Scheiben der Auslage ins Innere späht. Das Glas beschlägt durch seinen Atem, und er muss die Position wechseln.

Weihnachtseinkäufer hetzen an ihm in Richtung der nahe gelegenen Mariahilfer Straße vorbei. Andere kommen gerade von dort und schleppen überdimensionale Sackerln und Schachteln nach Hause. »Wie die Depperten kaufen die ein. Das ist ja ein Wahnsinn«, berichtet eine Frau, die ihr Telefon zwischen Ohr und Schulter eingeklemmt hat und in beiden Händen unzählige Geschenke trägt.

Die Wintersonne ist längst hinter den hohen Dächern Wiens verschwunden, und die Dunkelheit beginnt sich im Eiltempo über der Stadt auszubreiten. Martin friert, er hat viel zu wenig angezogen. Vor zwei Tagen noch hatte es angenehm herbstliche 13 Grad. Jetzt konnte es kaum mehr als null Grad haben, und für morgen haben sie bereits die ersten Schneeschauer vorhergesagt. Martin flucht innerlich und reibt sich die Hände.

Vom Stand auf der gegenüberliegenden Straßenseite riecht es nach heißen Maroni und Bratkartoffeln. Martin fällt erst jetzt auf, dass er den ganzen Tag noch keinen Bissen gegessen hat.

Als er zuvor Marias Laptop durchsuchte, sprang ihm auf der Homepage des Hundesalons der Name der Inhaberin ins Auge: Christine Richter. Sofort erinnerte er sich daran, auch in Marias Tagebüchern von einer Christine gelesen zu haben. Irgendwie wusste Martin sofort, dass es sich um dieselbe Frau handeln musste. Aber wieso hatte Maria den Kontakt zu ihrer ehemaligen Freundin abgebrochen? Und weshalb hatte sie trotzdem gemeinsame Fotos mit ihr aufgehoben und vor ihm versteckt? Und warum hatte Maria immer wieder die Homepage von Christine Richters Hundesalon besucht?

Hastig tippte Martin die Telefonnummer des Geschäfts in sein Telefon und wartete gespannt, bis es die Verbindung aufgebaut hatte. Sofort meldete sich jedoch der Anrufbeantworter und gab die Öffnungszeiten durch. Martin wunderte sich. Es war Donnerstagnachmittag – laut Ansage und den Informationen auf der Homepage musste das Geschäft eigentlich geöffnet haben. Weshalb also der Anrufbeantworter? Er versuchte es noch einmal. Wieder mit gleichem Ergebnis.

Da stimmt doch etwas nicht.

Weiter unten auf der Homepage fand Martin eine Handynummer mit dem Hinweis, diese nur in Notfällen zu verwenden. Er fragte sich mit einem Kopfschütteln, was für einen Hundesalon wohl ein Notfall bedeutete, und wählte die Nummer.

Mobilbox.

Er wählte sie noch einmal. Wieder erklang die Mobilboxansage, in der Christine Richter darum bat, Anliegen und Telefonnummer zu hinterlassen. Nachdem die Inhaberin einen sofortigen Rückruf versprochen hatte, legte Martin auf, noch bevor der Piepton erklang.

Er erinnerte sich an den Brief:

Wenn du sonst irgendjemandem von diesem Spiel erzählst, werde ich Maria töten.

Wenn ich auch nur den geringsten Zweifel an deiner Ehrlichkeit habe, werde ich Maria töten.

Nur kein Risiko eingehen!

Er notierte die Adresse und stürmte Hals über Kopf aus der Wohnung.

Nun, kurze Zeit später, starrt Martin auf das Schild mit den Öffnungszeiten, das vor ihm an der Tür hängt. Das Geschäft müsste eigentlich geöffnet haben. Martin wählt noch einmal Christine Richters Festnetz- und anschließend ihre Handynummer. Wieder ohne Erfolg.

»Jetzt is' die immer noch nicht da, Kruzitürken!«

Hinter Martin ist eine alte Frau aufgetaucht. Sie trägt einen langen dunklen Pelzmantel und einen Hut, der mit Federn geschmückt ist. Auf ihrem Arm hält sie einen Hund, der kaum größer als eine ausgefressene Ratte ist.

»Warten Sie auch auf die Besitzerin?«, fragt Martin.

»Na sicher!«, antwortet die Frau schnippisch. Sie hebt ihre überdimensionale Ratte etwas an. »Der Hubsi und ich hätten schon vor einer Stunde unseren Termin g'habt. Und dieses Weibsbild kommt einfach nicht daher. Die glaubt wohl auch, wir haben nichts Besseres zu tun.«

»Sind Sie schon einmal hier gewesen?«

»Jede Woche.«

»Und hat sie das schon einmal gemacht? Ich meine, dass sie einfach nicht gekommen ist?«

»Nein, wo denken Sie denn hin?« Sie küsst ihren Hubsi. »Glauben S', dann würd' ich noch mal da her kommen?« Der Hund zuckt zusammen, als sie auf einmal schreit: »Eine Frechheit ist das!«

Martin will etwas sagen, doch die alte Frau macht ihrem Unmut weiter Luft: »Die hat wohl keine Ahnung, wie's meinem Hubsi geht! Der braucht dringend seine Pflege. Der hat schon Durchfall von dem ganzen Stress!« Motorisch beginnt sie das Tier auf ihrem Arm zu streicheln, bevor sie noch hinzufügt: »Eine Frechheit ist das!«

Martin reibt sich das Gesicht. *Was ist hier bloß los?* »Wann haben Sie denn Frau Richter zum letzten Mal gesehen?«

»Na, vor einer Woche«, kommt es wie aus der Pistole geschossen. »Aber was geht Sie das denn an?« Wieder lässt sie Martin keine Zeit, zu antworten. »Am liebsten würd' ich die z' Haus rausläuten. Aber meine Füß' trag'n mich ja nicht mehr so wie früher. Wissen S', früher, da …«

Martin wird hellhörig. Er unterbricht sie: »Wissen Sie vielleicht, wo sie wohnt?«

»Nein, sonst wär' ich doch schon dort! Das können S' mir glauben!«

Martin schnauft. Wie soll er so nur weiterkommen? Wie soll er Maria jemals retten können? Wie kann er seine Kopfschmerzen endlich zum Abklingen bringen? Die Tabletten helfen schon lange nicht mehr.

»Ich schwör' Ihnen: Wenn meine Füß' könnten, und wenn's meinem Hubsi nicht so kalt wär', würd' ich ja die ganze Gumpendorfer Straße nach dieser Trutschn absuchen«, schimpft sie und wendet sich ab.

Martin läuft ihr nach. »Ich habe gedacht, Sie wissen nicht, wo sie wohnt.«

Die Frau macht keine Anstalten, stehen zu bleiben. »Morgen such' ma uns einen neuen Salon, gell, Hubsi.«

Martin lässt nicht locker. »Wieso wollen Sie ausgerechnet die Gumpendorfer Straße nach ihr absuchen?«

»Na, weil sie dort wohnt.«

»Aber …«

»Was fragen S' denn so blöd?«

»Aber ich dachte, Sie wissen nicht, wo sie wohnt.«

»Na, eh nicht. Die Gumpendorfer Straße ist ja nicht gerade klein. Da wohnen einige Leut', wie Sie sich sicher vorstellen können.« Dann beschleunigt die alte Frau ihren Schritt. »Und jetzt auf Wiedersehen!«

Die Ratte bellt zum Abschied.

37

Es ist nicht schlimm, zu verlieren. Schlimm wäre nur, es gar nicht erst zu versuchen! An diese Worte seines Vaters erinnert sich Mück zurück, als er an dessen Krankenbett sitzt und dem kaum hörbaren Geräusch des Beatmungsgeräts lauscht.

Mück war gerade erst sechs geworden und in der ersten Klasse. Die Schule veranstaltete im Rahmen eines großen Herbstfestes ein Seifenkistenrennen, und Papa und er hatten wochenlang in jeder freien Minute gemeinsam an dem Fahrzeug herumgebastelt und trainiert. Mama hatte ihnen jeden Abend aufs Neue die Leviten gelesen, wenn sie wieder einmal viel zu spät und ungewaschen am Esstisch erschienen waren. Papa hatte die Augen verdreht und ihm zugezwinkert. Es war eine wunderschöne und völlig unbeschwerte Zeit gewesen – die schönste in seinem ganzen Leben. Papa und er waren ein Team gewesen! Das beste Team der Welt!

Am Tag des großen Rennens bekam Mück dann auf einmal Muffensausen. Er lief weg und versteckte sich draußen hinter der Turnhalle. Er wollte dort warten, bis das Rennen vorüber war.

Doch Papa fand ihn schließlich und setzte sich neben ihn in die Wiese. »Was ist denn los, Großer?«

Mück riss das Gras um sich herum aus und sagte nichts. Er mochte es, wenn sein Papa ihn *Großer* nannte.

»Wir haben doch alles gemeinsam geübt, du brauchst keine Angst zu haben.«

»Aber …«

»Was?«

»Aber der Karli ist viel größer als ich.«

»Ja und?«

»Der ist sicher viel schneller als ich.«

»Und weiter?«

»Na, der wird sicher gewinnen.«

»Und wenn schon … Was wäre so schlimm daran?«

»Na, aber …« Mück zuckte mit den Schultern. »Wir haben doch so lange gearbeitet und trainiert. Und du … du bist sicher traurig, wenn ich nicht gewinne.«

»Robert, wie kannst du denn so etwas glauben?« Papa beugte sich zu ihm hinüber, griff seinen Oberarm und sah ihm in die Augen. »Hör' mir jetzt gut zu, mein Großer! Es ist mir vollkommen egal, ob du gewinnst oder Letzter wirst. Das Wichtigste ist, dass wir beide ein Team sind, hörst du?«

Mück nickte zögerlich.

»Das beste Team der Welt, oder?« Papa klopfte ihm auf die Schulter.

Mück musste lächeln. »Und du bist wirklich nicht traurig, wenn der Karli gewinnt?«

»Auf gar keinen Fall, Großer!« Dann stand Papa auf, streckte ihm die Hand entgegen und sagte: »Es ist nicht schlimm, zu verlieren. Schlimm wäre nur, es gar nicht erst zu versuchen!«

Es ist nicht schlimm, zu verlieren. Schlimm wäre nur, es gar nicht erst zu versuchen! Die Sätze hallen in Mücks Gedanken nach, und er sieht die ausgestreckte Hand seines Vaters vor sich. Sie wartet auf ihn. Bittet ihn, mitzukommen.

Mück betrachtet ihn, wie er da liegt in diesem erbärmlichen Krankenbett. So schwach und so verletzt. Die Decke hebt und senkt sich kaum merkbar mit seiner Atmung. Ab und zu huscht ein Zucken über sein Gesicht.

Er möchte seinen Vater anschreien, ihn rütteln und mit ihm streiten. Er möchte fluchend aus dem Zimmer stürmen und sich zu Hause verkriechen. Doch er weiß, dass das zu einfach wäre, dass es falsch wäre.

Mück denkt darüber nach, warum er die ganze Zeit über so böse auf seinen Vater gewesen ist. Vielleicht, weil er ihm nicht hat helfen können, als er ihn am dringendsten gebraucht hat? Vielleicht, weil sein Vater seit Mamas Tod nicht der Starke ist, der er davor immer gewesen ist? Oder, weil er selbst nicht der Starke gewesen ist, der er verdammt noch mal hätte sein sollen? Der, der seinem Vater über seine unendliche Trauer hätte hinweghelfen müssen?

Sein Vater war niemals der Starke nur um der Stärke wegen. Auch nicht seines Egos wegen. Nein, er war der Starke, weil es von ihm verlangt wurde. *Weil wir es von ihm verlangt haben.* Er war es immer, der die Familie am Laufen gehalten hat. Er war es stets, um den sich alles gedreht hat. Aber nicht um seinetwillen, sondern um ihrer aller Willen.

Als er die abgemagerte Hand seines Vaters sieht, die unter der Bettdecke hervor schaut, begreift Mück schließlich. Er begreift, dass es nun an ihm liegt. Dass er verdammt noch mal der Starke zu sein hat. Nicht um der Stärke willen, sondern um ihrer aller.

Gerlinde hat vollkommen recht. Er ist lange genug vor seiner Vergangenheit davongelaufen.

38

Klaus sitzt in seinem Wagen. Das Heizungsgebläse läuft auf Hochtouren, langsam wird es wärmer. Er schaut noch einmal auf die Uhr. Zehn nach sechs.

Er hat Johannes, seinen Assistenten, am Telefon. »Und es ist wirklich niemand gekommen? Keine zwei Typen im Anzug? Du weißt schon, die von gestern.«

»Nein, sag' ich dir doch. Heut' ist nicht eine Menschenseele durch die Tür gekommen.« Er klingt ein wenig enttäuscht.

»Mmh«, macht Klaus. Er findet es äußerst komisch, dass Als Typen noch nicht bei ihm im Geschäft aufgekreuzt sind. Normalerweise sind die pünktlich wie die Stechuhr. Er überlegt, was er davon halten soll.

»Dafür hab' ich aber draußen gut die Hälfte der Wagen wieder mal gewaschen. Die sind schon ganz schön dreckig gewesen …«

»Mmh.« Klaus hört ihm gar nicht mehr zu. Er ist viel

zu sehr in Gedanken vertieft. *Warum, verdammt noch mal, sind die nicht aufgetaucht? Das ist doch gar nicht Als Art … Soll mich doch der Teufel holen, wenn da nicht irgendwas im Busch ist!*

»Chef?«

»Ja?«

»Ähm, brauchst du noch was? Weil … weil, ich würde dann gerne gehen. Ich hab' heut' noch …«

»Ja, ja. Schleich dich endlich nach Hause.«

»Super, danke!« Johannes klingt erleichtert.

»Du, eines noch«, sagt Klaus.

»Ja?«

»Wann ist Emma heute gegangen?«

»Sie ist noch hier. Sie packt gerade zusammen.«

Was? Die Schreckschraube ist heute einmal nicht früher gegangen?

»Wieso?«

»Nur so … vergiss es!«

»Ja, bitte warte noch kurz! Ich komm' ja schon«, schreit Johannes.

»Ah, spinnst du? Wieso brüllst du mir so ins Ohr?«, Klaus hält das Handy weiter weg und verzieht das Gesicht.

»Sorry, Chef, aber du weißt ja, wie Emma ist«, erklärt er Klaus mit gedämpfter Stimme.

Klaus hat das Bild der Schreckschraube richtig vor sich, wie sie im Eingang steht und Johannes drängt, endlich zu kommen.

»Na gut, gibt's noch was, Chef?«

»Nein, verzieh' dich endlich!«

»Super, dann bis morgen, Chef.«

Klaus legt ohne ein weiteres Wort auf und reibt sich das Gesicht. »Verfluchte Scheiße«, murmelt er vor sich hin und beißt sich auf die Lippen.

Was soll er jetzt nur machen? Er hat Als Deadline nicht eingehalten, er hat das Geld nicht auftreiben können. Das heißt, im besten Fall hat er jetzt ein scheiß großes Problem. Sein Magen verkrampft sich bei dem Gedanken daran, was Al wohl alles mit ihm anstellen wird, wenn er ihn in die Finger bekommt. Und das alles, weil dieser verdammte Charlie sein verfluchtes Maul nicht hat halten können.

Warten die vielleicht bei mir zu Hause?

Klaus holt sich die vorletzte Zigarette aus der Packung, zündet sie mit dem Zigarettenanzünder an, legt den ersten Gang ein und fährt los in Richtung Gürtel. Er glaubt nun zu wissen, wo er, zumindest für diese Nacht, vor Al und seinen minderbemittelten Lackaffen sicher ist.

So schlau wie du bin ich schon lange!

39

Es ist längst dunkel. Der Abendverkehr hat voll eingesetzt, und immer wieder hupen Wagen auf. In den Auslagen blinkt grelle Weihnachtsbeleuchtung, und rund um ihn herum stürmen Einkaufswütige von A nach B. Viele wurden, genauso wie Martin, von dem plötzlichen Kälteeinbruch überrascht und tragen viel zu dünne Kleidung. An ihren schmerzverzerrten Grimassen kann man erkennen, dass sie frieren. Von irgendwoher hört er das *Ho Ho Ho* eines Weihnachtsmanns und das Bimmeln seiner Glocke. Martin verschwendet dieses Mal keinen Gedanken daran, sich zu fragen, wohin in ferner Zukunft wohl die Tradition des Christkinds verschwinden wird.

Er hetzt die Gumpendorfer Straße in Richtung Innenstadt und sucht bei jedem Haustor auf der rechten Straßenseite nach dem Namen Richter.

Müller, Arslan, Kohl, Pfeiffer, Oberhummer, Lehner, Nikovic, Hämmerer, Unterberger, Stern, Schröder, Aktürk, Fröhlich, Wolf, Simunovic, Horak, …

»Scheiße, wieder nichts!«

Martin läuft zum nächsten Hauseingang. Und dann zum nächsten. So lange, bis er das *Café Sperl* hinter sich gelassen und den Getreidemarkt erreicht hat. Dort wechselt er die Straßenseite und kämpft sich stadtauswärts.

Als er wieder auf Höhe des *Café Sperl* ist, hält er kurz inne. Sehnsüchtig späht er über die Straße hinweg durch die großen Fenster in das Altwiener Kaffeehaus. Sieht dort Menschen lachen, den Abend genießen.

Wie lange ist er schon nicht mehr hier gewesen? Martin kann sich nicht erinnern – es muss Jahre her sein. Aber warum? Hat er durch die viele Arbeit etwa wirklich darauf vergessen, das Leben zu genießen?

Das muss sich ändern!

Wie gerne nur würde er dort jetzt mit Maria eine heiße Tasse Tee oder noch lieber einen guten Mokka genießen. Dazu ein Stück Torte oder gleich zwei. Martin glaubt, den Duft von frisch gemahlenem Kaffee förmlich zu riechen, und ihm läuft das Wasser im Mund zusammen.

Ein Auto hupt, reißt ihn aus seinen Gedanken. Martin schüttelt den Kopf und sprintet weiter zum nächsten Haus.

Weizmann, Colovic, Haslinger, Reinprecht, Cerny, Wallner, Yilmaz, Piecek, Arens, Schwarzenberger, Schneeweiß, Lichtner, Frank, …

Wieder nichts.

Er läuft zum nächsten Haus, dann zum nächsten.

Irgendwann steht er vor einem Haus mit weißer Fassade. *Weiß, Petrov, …* Und da, endlich! Er kann es nicht glauben. *Richter!*

»Ja!«, schreit Martin, klatscht und reißt die Hände in die Höhe. Er nimmt die ältere Frau in seinem Rücken gar nicht wahr, die ihn rügt.

»San S' verruckt? Mich so zu erschrecken …«

Martin läutet.

Während er auf eine Reaktion wartet, überlegt er sich zum ersten Mal, was er Christine Richter überhaupt erzählen soll. Er darf Marias Entführung auf keinen Fall erwähnen. Christine Richter darf unter keinen Umständen misstrauisch werden und die Polizei verständigen.

Martin wartet noch ein paar Augenblicke, doch die Gegensprechanlage bleibt stumm. Er klingelt noch einmal und starrt dabei den beleuchteten Namen an. Sekunden verstreichen, bevor Martin es noch ein drittes Mal versucht. Dieses Mal drückt er die Klingel gleich mehrmals hintereinander. Doch wieder kommt kein Mucks aus dem Lautsprecher.

Tür drei, das muss im Erdgeschoss oder höchstens im ersten Stock liegen.

Martin tritt einen Schritt zurück und kontrolliert die Fenster in den beiden Stockwerken. In den Wohnungen ist es finster, nur aus zwei Fenstern, die direkt nebeneinanderliegen, strömt Licht. Er wechselt die Straßenseite, um einen besseren Blickwinkel zu haben. Dabei überquert er die Straße völlig in Gedanken versunken, und ein roter Golf kann sich gerade noch rechtzeitig einbremsen.

Der Fahrer hupt, lässt die Scheibe hinunter und schimpft Martin hinterher: »Host kane Augen im Kopf? Pass doch auf, du Trottel!«

Martin nimmt den Mann gar nicht wirklich wahr. Er starrt weiter auf die Häuserfassade.

Die beiden Fenster, durch die Licht nach außen dringt, gehören zu ein und demselben Raum. Durch die dünnen, durchsichtigen Vorhänge kann Martin schemenhafte Umrisse von antiken Möbeln erkennen. Vermutlich mehrere Bücherregale.

Auf einmal taucht eine alte Frau mit ausgeprägtem Buckel vor dem Fenster auf. Sie stemmt sich auf das Fensterbrett und späht auf die Straße hinaus. Sie scheint Martin direkt anzustarren. Martin kommt erst nach einigen Augenblicken die Idee, ihr zu winken. Doch da lässt sie plötzlich die Rollos herunter, und Martin kann nichts mehr erkennen.

Das ist offensichtlich nicht Christine Richters Wohnung. Die Fenster links und rechts davon sind dunkel, die Rollos hochgezogen. Sie ist also nicht zu Hause.

Verdammt!

Es ist bereits kurz vor acht, als Martin das Treppenhaus nach oben keucht. Er läutet an Jonas' Tür.

»Hey, Martin. Wie geht's?« Er freut sich sichtlich. Martins Nachbar trägt ein grün-weißes Fußballtrikot, das ihm mindestens eine Nummer zu groß ist, eine hellgraue, viel zu weite Jogginghose und eine schwarze Kappe mit den typischen New York-Initialen. In einer Hand hält er sein Handy, die andere streckt er Martin entgegen.

Martin kommt gleich zur Sache: »Hast du vielleicht mit Maria ausgemacht, dass sie mit Idefix einen Hundesalon besucht?« Vom Treppensteigen ist er etwas außer Atem und muss zwischen den Worten immer wieder kurz nach Luft schnappen.

Jonas reißt verwundert die Augen auf. »Was? Nein, wieso?«

»Ach, vergiss es, es war nur so ein Gedanke.« Martin macht eine beschwichtigende Handbewegung.

»Aha.« Jonas betrachtet Martin skeptisch. »Und warum fragst du Maria nicht selbst?«

»Sie schläft gerade und … und ich … ich wollte sie nicht wecken.« Martin läuft rot an. Er weiß, dass er ein ganz miserabler Lügner ist, Rudi hat ihm das oft genug vorgeworfen.

»Um die Uhrzeit schon?« Jonas legt seine Stirn in Falten.

»Weißt du, … ihr geht es nicht so gut. Ich … ich glaube, sie wird krank.«

»Aha«, sagt Jonas.

Irgendwo in der Wohnung bellt auf einmal Idefix auf.

Martin weicht reflexartig einen Schritt zurück. Augenblicklich bildet er sich ein, die Narbe in seinem Gesicht pulsieren zu spüren.

Jonas lacht. »Martin, ich hab' dir doch schon so oft gesagt, dass du keine Angst vor ihm zu haben brauchst. Der tut keiner …«

»Jaja, ich weiß … der tut keiner Fliege was zuleide.«

Martin will gerade gehen, als Jonas ihn aufhält: »He, wie haben euch denn meine letzten Kreationen geschmeckt?«

Martin erinnert sich an den Teller mit Jonas' selbst gebackenen Süßigkeiten, der immer noch unangetastet in der Küche steht. »Großartig. Wir haben bereits alles verputzt!« Martin versucht sich an einem Lächeln. Er hat keine Ahnung, ob es ihm gelingt.

40

Es ist nach neun.

Klaus ist im Gewerbepark Stadlau, einem riesigen Gewerbegebiet im Osten Wiens, der Heimat seines Autohauses. Er sitzt in seinem Wagen, der Motor läuft. Skeptisch betrachtet er sein Geschäft aus einiger Entfernung.

Alles scheint ruhig zu sein.

Dennoch ist Klaus auf der Hut, denn die Nacht kann trügerisch sein. Hinter jeder Straßenlaterne, jedem Busch und in jeder dunklen Ecke fürchtet er, einen von Als Typen zu entdecken. Der leichte Wind, der im Lauf des Abends aufgekommen ist, versetzt die Landschaft in Bewegung und Klaus in zusätzliche Nervosität.

Ihm ist klar, dass Al und seine Lackaffen wahrscheinlich gerade auf der Suche nach ihm sind. Er hat keine Ahnung, weshalb sie nicht bei ihm im Geschäft aufgekreuzt sind, aber vielleicht ist das alles ja auch nur eine Falle. Nach Klaus' Logik dürfte er jedoch die Nacht über hier am sichersten sein. Al würde ihn wohl eher zu Hause oder in einer seiner Stammbars vermuten als hier in seinem Autohaus. Natürlich wäre ein Hotel eine noch bessere Lösung, aber das kann er sich einfach nicht leisten.

Zur Sicherheit dreht Klaus noch eine letzte Runde durch den Gewerbepark und sucht nach einem verdächtigen Fahrzeug – vorzugsweise einem Dreier-BMW mit getönten Scheiben und protzigen Alufelgen. Was Autos angeht, haben Als Typen alle den gleichen Geschmack.

Scheiß Proleten!

Doch es ist nichts von ihnen zu sehen. Alles scheint ruhig, alles scheint normal.

Klaus parkt seinen Wagen dennoch etwas abseits und geht das letzte Stück zu Fuß. Sollten die Lackaffen doch noch vorbeikommen, sehen sie so zumindest nicht gleich auf den ersten Blick, dass er hier ist.

Als er die Tür an der Rückseite des Geschäfts aufschließt, wirft er noch einmal einen Blick zurück. Keine Menschenseele ist zu sehen. *Jetzt reiß dich endlich zusammen, verflucht noch mal. Da ist niemand!*

Klaus tritt ein und schließt leise hinter sich die Tür. Aber er geht noch keinen Schritt, hält inne, lässt das Licht aus. Starrt in die Dunkelheit und lauscht.

Nichts.

Und dennoch überfällt Klaus ein seltsames Gefühl. Irgendetwas stimmt nicht. Er bekommt Gänsehaut und hat keine Ahnung weshalb. Sein Puls beschleunigt sich.

Er kneift die Augen zu schmalen Schlitzen, versucht, etwas zu erkennen. Von der Straßenbeleuchtung fällt kaum Licht herein, viele Winkel sind stockdunkel. Klaus kann nichts Auffälliges erkennen. Er hält den Atem an. Kann nur das Rauschen des Blutes in seinem Kopf hören.

Da ist nichts, du Feigling!

Doch er will nicht so recht daran glauben.

Klaus nimmt all seinen Mut zusammen, wagt den ersten Schritt. Die Gummisohlen seiner Schuhe quietschen, verraten ihn.

Scheiße! Dann die Erkenntnis. *Wenn jemand hier ist, dann hat er dich doch ohnehin schon längst gehört!*

Klaus zwingt sich, weiter zu gehen. Durchquert den Schauraum, vorbei an Johannes' und Emmas Schreibtischen. Er hört sein eigenes Schnaufen, hasst sich dafür. Zwischen den Wagen reißt er ständig den Kopf nach links und rechts.

Er will keinen Angreifer übersehen. Immer wieder blickt er durch die Auslage nach draußen in die Dunkelheit. Auch dort kann er niemanden entdecken.

Endlich. Klaus ist an der Tür zu seinem Büro angekommen. Er greift nach der Schnalle. Hält inne.

Stille.

Er spürt, dass etwas nicht stimmt. Seine Hände sind schweißnass. Sein Herz rast, seine Gedanken überschlagen sich.

Komm schon, du verdammtes Weichei!

Zögerlich drückt er die Klinke nach unten, bis sie anschlägt. Er presst die Augen zusammen. Drückt die Tür auf.

Sie knarrt.

Klaus bleibt an der Schwelle stehen, öffnet die Augen. Er starrt in sein Büro, versucht etwas zu erkennen.

Es ist stockdunkel. Kein Licht, das durch das Fenster fällt.

Klaus tastet nach dem Lichtschalter, findet ihn nicht.

Verflucht!

Da endlich. Er drückt ihn.

Das kalte Licht der Neonröhren zuckt hektisch. Ein. Aus. Ein. Aus. Sekundenbruchteile. Dann bleibt das Licht. Mit ihm das Grauen.

Klaus schreit auf. Panik. Er stolpert zurück, hinaus in die Verkaufshalle. Schreit wieder. Versucht, sich zu fangen, greift ins Leere, stolpert weiter und kracht zu Boden.

Schmerz durchfährt sein Steißbein.

»Verdammte … Scheiße! Was … was zum Teufel …?«

Das Bild schießt durch seinen Verstand. Er stemmt sich nach hinten, versucht, Halt zu finden. Reißt den Kopf in alle Richtungen.

Wo sind sie?

Klaus stößt mit dem Rücken gegen einen Wagen, schlägt sich den Kopf an. Schmerz. Sein Herz rast. Panik. Unsinnige Laute verlassen seinen Mund. Das Bild zuckt durch seinen Verstand. Rot.

Verfluchte Scheiße!

Er verkriecht sich hinter dem Auto. »Ha … hallo?« Seine Stimme zittert. »Ist … ist da wer?«

Stille.

»Bitte … ich … bitte …« Tränen schießen ihm aus den Augen, er bringt keinen Satz heraus. *Oh Gott!* Er reibt sich das Gesicht. »Ist da … ist da wer?« Seine Stimme ist nicht mehr als ein Flüstern.

Stille.

Klaus legt sich flach auf den Boden, späht unter dem Wagen durch. Nirgends kann er Füße sehen.

»Ist da jemand?«

Kein Geräusch, nicht die kleinste Bewegung.

Langsam kann Klaus wieder klarer denken. *Sie müssen schon weg sein! Sonst hätten sie mich doch schon längst angegriffen!* Er wartet, versucht, ruhig zu atmen. Starrt immerzu auf seine offenstehende Bürotür.

Bitte nicht!

Es dauert lange, bis Klaus sich endlich hochstemmen kann. Seine Füße fühlen sich an wie Gummi. Er setzt einen ersten zögerlichen Schritt, zittert am ganzen Körper.

Sein Büro liegt hell erleuchtet vor ihm.

Wieder blitzt das Bild vor seinem geistigen Auge auf. Alles in ihm schreit *RENN*! Doch er geht weiter.

Sein Blickwinkel ins Büro vergrößert sich. Ein schwarzer Schuh kommt zum Vorschein, dann ein Bein und bald ein zweites. Eine Hand. Dahinter zwei weitere Beine.

Bitte sag, dass das nicht wahr ist!

Klaus bleibt im Türrahmen stehen, hält sich daran fest. Das Metall ist eiskalt unter seinen verschwitzten Fingern. Er versucht, zu begreifen. Schafft es nicht.

Wer zum Teufel hat das getan?

Vor ihm liegen Als Lackaffen in unnatürlichen Stellungen. Der Große und der Kleine, gestern noch ganz hart, liegen da, als wären ihre Körper aus Gummi. Ihre Arme und Beine sind komisch verwinkelt, ihre Gesichter von ihm abgewendet. Unter beiden Köpfen haben sich dunkle Blutlachen gebildet.

Die Wanduhr tickt über ihm.

Klaus wagt sich einen kleinen Schritt näher heran. Dann noch einen. Er betrachtet sie ängstlich. Beide haben Einschusslöcher. Der eine am Hinterkopf, der andere mitten auf seiner Stirn.

Dachte, du bist Türke und kein verdammter Inder! Klaus fängt sich langsam wieder.

Erst jetzt entdeckt er den weißen Umschlag, den der Kleine in seiner linken Hand hält. Schlagartig steigt seine Anspannung wieder. Und sein Puls.

Er sieht genau gleich aus!

Mit zitternden Händen greift er danach. Reißt ihn auf und holt einen zusammengefalteten Zettel heraus. Ein Schweißtropfen läuft ihm die glühend heiße Stirn hinunter, als er ihn aufklappt und die fünf Worte liest, die darauf stehen: *KONZENTRIERE DICH AUF DAS SPIEL!*

41

Mück steht am Fenster und starrt über die funkelnden Lichter der Stadt.

Gerlinde ist gerade eben gegangen. Sie musste nach Hause

zu Ines, um ihr von Opas Selbstmordversuch zu erzählen. Sie hatte ihre Tochter tagsüber nicht aus der Schule holen wollen. Gerlinde hatte sich um sich selbst kümmern müssen. Und um ihren Bruder.

Toni, Gerlindes Mann, ist wieder einmal auf einer Geschäftsreise. Er ist in letzter Zeit so oft im Ausland unterwegs, dass Gerlinde schon ganz durcheinander kommt und sich nicht ganz sicher ist, wo er gerade ist. Sie vermutet, in Dubai. Er könnte aber genauso gut auch in Moskau oder der Schweiz sein. Wenn er im Ausland ist, kann Gerlinde Toni so gut wie nie erreichen. Er ignoriert dann auch meistens ihre Rückrufbitten. Aber Mücks Schwester hat sich mittlerweile damit abgefunden. Sie vertraut ihm, und wenn er zu Hause ist, ist er der beste Ehemann und Vater, den sie sich nur wünschen kann. Das sagt sie zumindest.

Mück hat so seine Zweifel daran. Irgendwie ist es ihm immer noch nicht gelungen, so richtig schlau aus seinem Schwager zu werden. Er kann ihn nicht leiden.

»Brauchst du etwas?«, hatte er Gerlinde gefragt. Er musste jetzt der Starke sein.

»Danke. Ich komm' schon klar.«

Mück hatte genickt. »Melde dich, wenn du zu Hause bist. Ich bleib' noch ein wenig hier.«

Sie hatte gelächelt und anerkennend genickt. Ganz so, als hätte sie seine neue Rolle bereits akzeptiert und sich darüber gefreut. »Ich komme dann morgen Früh wieder.«

Sein Vater schläft immer noch. Das Licht ist gedämpft, und die Beatmungsmaschine verrichtet weiter monoton ihre Arbeit. Vom Gang dringen leise Stimmen zu ihnen herein.

Mück denkt darüber nach, wie wunderschön die Lichter der Wagenkolonnen, die sich durch die völlig verstopften Straßen kämpfen, von hier oben aus dem neunten Stock aussehen. Und er denkt an die vielen frustrierten, wütenden und ungeduldigen Menschen, die in den Autos sitzen und einfach nur nach Hause wollen. Zu ihren Frauen, Männern, Kindern, Eltern und Freunden.

Mück hat niemanden, der zu Hause auf ihn wartet. Er hätte das Recht darauf, frustriert, wütend und ungeduldig zu sein! Nicht die da unten!

Die Tür geht hinter ihm auf, und er wird aus seinen Gedanken gerissen.

»Hallo.« Die Krankenschwester schenkt ihm ein aufmunterndes Lächeln und geht zum Bett seines Vaters.

Mück ringt sich ebenfalls ein Lächeln ab.

Liebevoll streicht sie seinem Vater über den Handrücken und kontrolliert dann die Infusionsschläuche. Sie ist um mindestens einen Kopf kleiner als Mück, hat einen feuerroten Haarschopf und fast schon weiße Haut. »Er hat Glück gehabt«, sagt sie.

»Das haben wir alle.«

Sie wendet sich Mück zu und sieht ihn traurig an. »Ihr Vater wird sicher nicht vor morgen Früh aufwachen.«

Mück nickt nur. Er hätte gerne, dass sie ihn umarmt, ihn drückt und sagt, dass alles wieder gut wird.

Sie neigt ihren Kopf leicht zur Seite. »Gehen Sie doch nach Hause und ruhen Sie sich ein wenig aus. Versuchen Sie zu schlafen.«

Wieder nickt er. »Wie heißen Sie?«

»Sarah.«

Mück zögert und er überlegt, ob er ihr sagen soll, dass er den Namen schön findet. Doch der passende Augenblick ist längst vorüber.

»Und Sie?«

»Robert.«

»Robert ist ein schöner Name.«

Mücks Wangen werden heiß. »Hätten Sie … ich meine … haben Sie vielleicht mal Lust, in der Cafeteria unten einen Kaffee trinken zu gehen?«

Sie neigt ihren Kopf noch ein Stück weiter.

Mück wird immer heißer.

Jetzt läuft die Krankenschwester rot an. »Ich glaube … das ist wohl keine so gute Idee.«

Die Antwort fühlt sich für Mück an, als hätte er soeben einen Faustschlag in die Magengrube bekommen. Alles verkrampft sich und die Hitze in seinem Kopf steigt weiter an. Er will sie fragen, wieso sie es für keine gute Idee hält, mit ihm auf einen Kaffee zu gehen. Doch wieder verstreicht der passende Augenblick.

»Gehen Sie nach Hause und versuchen Sie sich einen schönen Abend zu machen.« Sie lächelt, wirft noch einen letzten kontrollierenden Blick auf seinen Vater und geht dann zur Tür. Sie öffnet sie und dreht sich noch einmal zu Mück um. Dann verschwindet sie im Flur, und die Tür fällt ganz sachte hinter ihr ins Schloss.

Mück steht noch eine ganze Weile da und starrt auf die geschlossene Tür. Dann greift er zum Abschied die Hand seines Vaters. »Schlaf gut, Großer. Ich komm' dann morgen wieder.« Die Zeiten haben sich geändert. Und auch die Rollen.

42

Klaus reibt sich mit beiden Händen das Gesicht. Viel zu viele Gedanken schießen ihm durch den Kopf. Keinen kann er greifen. Er hat keine Ahnung, was hier eigentlich los ist. Er weiß nur eines: Er muss die Leichen hier so schnell wie möglich rausschaffen, in den Wagen laden und sie dann irgendwo loswerden.

Warum passiert so eine Scheiße immer ausgerechnet mir?

Er tritt näher an die beiden Toten heran, schaut in ihre Gesichter. Sie starren ihn aus weit aufgerissenen Augen an.

»Lebend wart ihr auch nicht schöner!«

Klaus stellt sich über den Kopf des ersten, die Beine breit gestreckt, um nicht in die Blutlache zu treten. Er geht in die Hocke, will nach den Schultern des Toten greifen, wagt es jedoch nicht. Er richtet sich wieder auf. Reibt sich erneut das Gesicht und überlegt. Dann geht er zu dessen Füßen und atmet dort tief durch. Vorsichtig greift er nach den Knöcheln wie nach einer glühend heißen Herdplatte und lässt sie sofort wieder angewidert fallen. Er schüttelt seine Hände, als würde ekeliger Schleim daran kleben. Klaus hat noch niemals zuvor eine Leiche gesehen, geschweige denn eine berühren müssen.

Verfluchte Scheiße, wieso ich?

Er kann sie so nicht rausschleppen. Er würde sich wohl auf der Stelle übergeben müssen. Verzweifelt schaut er sich in seinem Büro um. Da kommt ihm eine Idee, und er läuft nach nebenan in die Werkstatt. Gleich neben der Tür hängen sie, und er hat keine Ahnung, wie lange es her ist, dass er sie zum letzten Mal getragen hat. Er streift die Arbeitshandschuhe über und hetzt zurück ins Büro.

Lange steht Klaus vor den toten Lackaffen, bis er sich endlich wieder überwinden kann, sich zu ihnen nach unten zu beugen und nach den Beinen des Kleinen zu greifen. Die groben Arbeitshandschuhe helfen ein wenig, den Ekel auszublenden. Klaus zieht. Er bemüht sich, zur Decke zu starren und die Schleifgeräusche zu ignorieren. Nur als ein Arm des Toten am Stuhl vor seinem Schreibtisch hängen bleibt und ihn dagegen stößt, schreit Klaus erschrocken auf und lässt die Beine fallen.

Jetzt reiß dich gefälligst zusammen! Wenn dich so wer sehen würde!

In den folgenden Minuten schleppt Klaus erst den Kleinen bis zum hinteren Ausgang, durch den er vorhin hereingekommen ist, und holt dann den Großen. Überall ist Blut. Das Büro und den Schauraum muss er nachher noch gründlich säubern. Aber zuerst muss er die zwei hier wegschaffen.

»Ich hol' nur schnell den Wagen, rührt euch ja nicht von der Stelle!« Klaus ist viel zu nervös, um über seinen Witz lachen zu können. *Einen Versuch war's wert!*

Vorsichtig öffnet er die Tür und lugt in die Dunkelheit hinaus. Seinen Wagen kann er von hier aus nicht sehen – den hat er etwa 300 Meter weiter auf dem Parkplatz eines großen Elektrohandels abgestellt. Auch sonst ist niemand zu sehen. *Also los jetzt!* Klaus wagt sich hinaus und verschließt die Tür.

Ein leichter Wind fegt über das menschenleere Industriegelände. Die spärlichen Straßenlaternen werfen nur wenig Licht ab. Die kargen Baumkronen tanzen und knarren.

Klaus schleicht durchs Halbdunkel. *Wohin mit den verdammten Leichen?*

Plötzlich hinter ihm: ein Rascheln.

Klaus erstarrt. Lauscht.

Nichts ist mehr zu hören.

Er dreht sich um, ganz langsam. Späht in die Dunkelheit. Seine Atmung wird hektisch.

Ein kleiner Strauch, eine Plakatwand, ein mobiler Würstelstand. Wenn da jemand ist, dann kann er sich nur dort verstecken.

Irgendwo in der Ferne ertönt eine Autohupe.

Klaus wartet, bewegt sich keinen Millimeter. *Der Busch ist zu klein! Er muss hinter der Plakatwand oder dem Würstelstand sein.* Alles in ihm schreit *LAUF!* Doch er steht da, wie angewachsen. Nicht in der Lage, sich zu rühren.

Sekunden vergehen. Sie scheinen wie eine Ewigkeit.

Dann endlich begreift er. *Der Würstelstand! Es muss der Würstelstand sein. Unter der Plakatwand würde ich seine Füße sehen!*

Da!

Eine dunkle Gestalt lugt hinter dem Würstelstand hervor, starrt Klaus direkt in die Augen.

LAUF!

43

Er war schon auf dem Nachhauseweg gewesen, als Mück sich schließlich eingestand, dass er in dieser Nacht wohl kaum Schlaf finden würde. Ein seltsames Gefühl der Rastlosigkeit rumorte in ihm und er fühlte sich auf einmal voller Tatendrang.

So beschloss er kurzerhand, zu tun, was er ohnehin vorgehabt hatte: Er wollte sich das Gelände und das Autohaus von diesem Richter einmal ganz alleine und ungestört bei Nacht ansehen. Scheiß drauf, was Schleifer und die anderen sagten. Wenn dieser Fettsack wirklich so bescheuert war und für Al Drogen über die Grenzen schmuggelte, dann war der vielleicht auch so blöd, irgendwelche Spuren zu hinterlassen.

Bei Nacht wirkt der Gewerbepark wie ausgestorben. Finster und trügerisch still. Fast so wie in einem dieser schlechten Zombiefilme. Eine leichte Brise lässt die Äste der wenigen Bäume erzittern.

Mück fährt nun schon zum zweiten Mal mit ausgeschaltetem Licht an Richters Autohaus vorbei, denn er findet es komisch, dass der Parkplatz zwar leer ist, aus dem Inneren des Geschäfts jedoch gedämpftes Licht nach außen dringt. Für einen ganz kurzen Augenblick hat er sich sogar eingebildet, eine Person darin gesehen zu haben.

Mück glaubt, dass noch jemand hier ist. Seine Neugierde ist geweckt. *Na, das wollen wir uns doch mal genauer anschauen!*

Er parkt etwas abseits und schleicht, fern des verräterischen Lichts der Straßenlaternen, gebückt von Schatten zu Schatten. Unmittelbar vor dem leeren Parkplatz des Autohauses ist eine schmale Buschreihe angelegt, hinter der er keuchend in Stellung geht. Die wenigen Meter Laufen haben ihn bereits völlig außer Atem gebracht.

Mück friert. Er reibt sich die Hände, hält sie vor den Mund und wärmt sie mit seinem Atem. Bis jetzt hat er die Meteorologen ja für Stümper und elende Lügner gehalten. Aber nun glaubt er ihnen den für morgen prophezeiten ersten Schneefall dieses Winters. *Der Schnee kann mir gestohlen bleiben!*

Mück streckt sich, um den Schauraum besser einsehen zu können. Da taucht auf einmal Richter für wenige Sekunden auf. Gebückt geht er rückwärts zwischen den ausgestellten Autos. Ganz so, als ob er etwas Schweres schleppen würde.

Mück hat Lunte gerochen.

Er will gerade die Buschreihe entlang an die Rückseite des Autohauses schleichen, als er plötzlich von dort Geräusche hört und die Tür geöffnet wird. Er geht in Deckung. Beobachtet Richter zwischen den kahlen Ästen der Büsche hindurch.

Richter blickt sich immer wieder nervös um, schaut einmal sogar genau in Mücks Richtung.

Scheiße! Er glaubt schon, entdeckt worden zu sein, doch dann wendet sich Richter auf einmal wieder ab und verschwindet rasch in der Dunkelheit.

Was zum Teufel treibst du da?

Mück wartet einige Augenblicke, überlegt. Dann verlässt er sein Versteck und hetzt Richter gebückt hinterher. Kurz glaubt er, ihn verloren zu haben. Er reißt seinen Blick hin und her, sucht eine Bewegung in der Dunkelheit.

Da! Mück hat ihn wieder entdeckt.

Richter hat den Schutz der Dunkelheit verlassen und schleicht über den spärlich beleuchteten Parkplatz eines Baumarkts. Immer wieder blickt er sich um, sucht nach einem Verfolger.

Mück verfolgt ihn weiter. *Wo willst du nur hin, verdammt noch mal?*

Richter schleicht weiter einen schmalen Weg neben der breit angelegten Straße entlang.

Mück läuft hinterher, versteckt sich hinter einem mobilen Würstelstand und wartet. Richter ist etwa 40 Meter von ihm entfernt, als Mück sich aus seinem Versteck wagt. Er sieht das Plastiksackerl nicht, das unter einem Reifen des Würstelstands eingeklemmt ist und darunter hervorlugt. Er hört nur das Rascheln, als er dagegen tritt.

Scheiße! Blitzschnell springt er wieder hinter den Wagen, stemmt sich mit dem Rücken dagegen und zieht den Bauch ein. *Ich bin so ein Idiot!*

Sekunden vergehen.

Nichts.

Mück lauscht, hört jedoch kein Geräusch. Er beißt sich auf die Lippen, überlegt. *Kann er das überhaupt gehört haben?*

Mück lauscht weiter.

Nichts als das leise Pfeifen des Windes.

Zögerlich lässt er seinen Blick an der Wand des Würstelstands entlang gleiten, bis er drüber hinauskommt und er Richter vor sich sieht.

40 Meter entfernt, höchstens. Mit weit aufgerissenen Augen und schnaufend starrt er ihn an. Richter rennt los.

Mück sprintet hinterher. »Polizei, stehen bleiben!«

Richter läuft weiter.

Mück holt auf. Greift im Laufen in seine Jacketttasche. Fischt nach seiner Waffe.

Richter schlägt einen unerwarteten Haken. Rutscht am Kies, kann sich halten. Dann verschwindet er hinter der Mauer einer Garageneinfahrt.

Mücks Herz rast. Die kalte Luft brennt in seinen Lungen. *Wieso ist der Fettsack so schnell?* »Stehen bleiben!« *Verflucht noch mal!* Er erreicht die Mauer. Schlägt nach links ein. »Halt oder ich …!«

Da trifft Mück ein Schlag. Mächtig.

Er wankt. Zur Seite. Zurück.

Noch ein Schlag.

Richter steht vor ihm, wird zu einer schwarzen Gestalt.

Mück sackt auf die Knie. Kippt zur Seite.

Dann wird alles schwarz.

44

Die Mobilbox geht an, und Martin lässt das Handy mit einem stillen Fluchen auf das Sofa fallen. Er hat Christine Richter immer noch nicht erreichen können. Mittlerweile glaubt er aber auch nicht mehr daran, dass diese Frau irgendetwas mit Marias Entführung zu tun haben könnte. Wieso sollte sie auch? Gut, sie sind anscheinend einmal befreundet gewesen, doch das heißt noch lange nicht, dass die Frau ihm irgendwie weiterhelfen kann. Und trotzdem wird er weiter versuchen, sie zu erreichen.

Vor ihm auf dem Wohnzimmertisch liegen Marias Tagebücher verstreut. Martin nimmt das jüngste, blättert darin und stellt sich dabei immer wieder dieselben Fragen: Warum endet es vor etwas mehr als vier Jahren, am 17. September? Warum wurden unmittelbar danach gleich mehrere Seiten herausgerissen? Und warum hat Maria danach aufgehört, Tagebuch zu führen? Immerhin hat sie sich davor, von der Volksschulzeit an, fast täglich die Seele aus dem Leib geschrieben. Die Einträge in den Wochen davor geben Martin keinerlei Hinweise.

Was ist nur vor vier Jahren passiert, Maria?

Die volle Ginflasche liegt neben ihm auf dem Sofa. Das Licht des Lusters spiegelt sich im Glas. In einem kurzen Augenblick der Schwäche hat er vorhin überlegt, sich damit zu betäuben. Seitdem ist er hin und her gerissen, überlegt, ob er sie öffnen soll.

Reiß dich gefälligst zusammen!

Martin wirft einen hoffnungsvollen Blick auf seine Uhr und fährt im selben Augenblick zusammen. Die Zeit läuft ihm davon. Nur mehr 21 Minuten, bis der Entführer wieder anruft. Wenn er bis dahin den Grund nicht herausgefunden hat, wird er Maria schon wieder wehtun. Bei dem Gedanken daran steigt eine ungeheure Wut in ihm hoch, und er ballt seine Hände so fest zu Fäusten, dass sie zu zucken beginnen. Diese Machtlosigkeit ist unerträglich. Er rauft sich die Haare.

Komm schon, denk' nach!

Dann kommt ihm auf einmal ein Gedanke, und er verflucht sich dafür, nicht schon früher daran gedacht zu haben: Wenn Maria schon bei ihrem Schreibtisch so intelligente Geheimfächer hat einbauen lassen, dann könnte sie das doch genauso gut auch noch woanders in der Wohnung gemacht haben lassen. Er hat die Wohnung zwar schon mehrmals gründlich durchsucht, aber nicht unter diesem Aspekt. Nie im Leben hätte er gedacht, nach derartigen Verstecken Ausschau halten zu müssen.

Auf einmal ist da so etwas wie Hoffnung in ihm. Ein kleiner Funke, an dem er sich festzuhalten versucht. Er springt hoch, sieht sich um. Sein Puls beschleunigt sich, und er überlegt, wo er beginnen soll. Er hat nicht mehr lange Zeit. Aber er kann es schaffen!

Los!

Er stürmt zur Kommode, die unter dem riesigen Dachfenster thront. Betrachtet die vier Laden, die sich über die gesamte Breite erstrecken, reißt sie auf. Den Inhalt – Ladegeräte für MP3-Player, Handy, Tablet und weitere Geräte; Geschenkpapiere, Schleifen, verzierte Säckchen, Scheren, Klebestreifen und weitere Bastelutensilien; Frauenzeitschriften; Einkaufssackerl (mehr, als man wohl in einem ganzen Leben benötigt) – wirft er achtlos auf den Boden und klopft gegen das Holz. Er sieht sich die Unterseiten der Laden an und ist sich dann sicher: Sie haben keinen doppelten Boden.

Verdammt! Martin stemmt die Hände in die Hüften, blickt sich im Wohnzimmer um. *Wo könnte noch ein Versteck sein?*

Er läuft zum Wohnzimmertisch, schleift ihn vom Teppich und klappt diesen um. Nichts als Staub kommt darunter zum Vorschein.

Ein erneuter nervöser Blick auf die Uhr. Noch 19 Minuten.

»Scheiße!«

Er tastet die Rillen der Couch ab, fährt in jede Spalte. Findet jedoch nichts außer einem von Marias Haargummis.

Kann man die Couch eigentlich ausziehen? Martin hat keine Ahnung von solchen Dingen. Er zerrt an verschiedenen Stellen, findet jedoch keine Möglichkeit.

Plötzlich schreit er erschrocken auf. Erstarrt für einen Augenblick.

Das Handy. Es liegt vor ihm auf der Couch. Läutet.

Martin schaut auf die Uhr. Er hat noch 17 Minuten.

Er ruft zu früh an!

Erst jetzt wagt er einen zögerlichen Blick auf das Display. Atmet erleichtert auf. Es ist bloß Rudi.

Du kannst mich jetzt mal!

Martin stürmt hinaus in den Flur, kippt die Vorzimmerkommode. Auch hier kann er kein Versteck entdecken. Er läuft weiter in Marias Büro und stellt es auf den Kopf. Er entleert sämtliche Laden und Regale, wirft Bücher und Magazine auf den Boden, klopft Kästen und Wände ab und überprüft sogar die Rillen des Parkettbodens. Dabei fragt er sich, was er sich eigentlich davon erwartet. *Vielleicht eine Falltür? Nein, das ist lächerlich!*

Dann hetzt Martin ins nächste Zimmer. Stellt dort alles auf den Kopf, findet jedoch nichts. Er lässt es verwüstet zurück. Dann ins nächste Zimmer. Er ist wie in Trance und vergisst alles um sich herum.

Irgendwo muss noch ein Versteck sein!

Er ist gerade dabei, das Schlafzimmer durchzuwühlen, als ein kreischender Ton von irgendwo aus der Ferne zu ihm durchdringt. Es ist der Flohwalzer.

Scheiße!

Durch die Suche ist die Zeit wie im Flug vergangen.

Martin sprintet zurück ins Wohnzimmer, streift dabei den Türstock. Schmerz durchfährt seine Schulter. Er hechtet regelrecht zur Couch, greift das vibrierende Telefon.

Es ist 23:59. Auf dem Display blinkt *Unbekannter Anrufer*.

»Du verfluchtes Arschloch!«, schreit er das Handy an. »Wenn ich dich in die Finger kriege … dann bring ich dich um! Ich bring dich um!«

Das Handy will einfach nicht zu läuten aufhören.

Martin brüllt es weiter an, wirft es zurück auf das Sofa. Weicht zurück, als wäre es mit einer ansteckenden tödlichen Krankheit infiziert.

»Du feiges, beschissenes Arschloch!«

Die Zeit scheint still zu stehen. Sekunden drohen zur Ewigkeit zu werden.

Martin geht im Kreis, springt, hält sich die Ohren zu und schreit vor sich hin. Dabei sieht er immerzu Marias Lächeln vor seinem geistigen Auge.

Dann ist es plötzlich wieder still. Unglaublich still.

Die Schuld überrollt Martin. Ihm wird schwindlig. Er lässt seinen Blick über das Chaos um ihn herum schweifen, alles scheint sich zu drehen. Er sinkt kraftlos auf das Sofa, zittert, seine Augen werden ganz glasig.

Es tut mir so leid, Maria!

Geistesabwesend streift er mit seinen Fingerspitzen über das kalte Leder. Bis sie schließlich die Ginflasche berühren. Er hält kurz inne, greift sie. Streichelt über das kalte

Glas, fühlt die Erhebungen. Tastet nach dem Stoppel und hält wieder inne.

Ich hab' versagt, Maria!

Er dreht den Verschluss ab. Der strenge Geruch strömt aus der Flasche. Er zieht den Duft kräftig ein und genießt die Vorahnung einer Betäubung.

Eine Träne tropft auf das Glas.

Er führt den Flaschenkopf an seine Lippen, kann die Kälte des Glases spüren, kann den Duft des Vergessens riechen, kann den Geschmack der Betäubung kaum mehr erwarten.

Maria!

45

Die kleinen Fenster sind beschlagen, die eisige Nacht dadurch nur schemenhaft zu erkennen. Autolichter ziehen vorbei, keine Fußgänger mehr. Wien kriecht langsam unter die Bettdecke.

Am Nebentisch stehen unzählige leere Bierflaschen, obwohl die vier Männer, die vorher da gesessen haben, bereits längst gegangen sind. Die dürre Gestalt hinter der Bar konzentriert seine volle Aufmerksamkeit darauf, den Fernseher, der an der Wand hängt, wieder in Gang zu bringen. Seine Versuche sind jedoch wenig kreativ und beschränken sich im Großen und Ganzen auf Flüche und wiederholte Schläge auf den alten Kasten.

»Scheiß Ding«, schimpft er.

Wenigstens die verdammte Stereoanlage funktioniert in diesem Rattenloch. Klaus zündet sich eine Zigarette an und nickt zu Bon Jovi.

I'm a cowboy, on a steel horse I ride. I'm wanted, dead or alive.

Obwohl sein Englisch nicht gerade berauschend ist – diese Zeilen versteht selbst er. Und Klaus weiß, dass *Jon Bon Jovi* von ihm singt. Al ist hinter ihm her. Dieser Drecksack will ihn tot oder lebendig in seine dreckigen Finger bekommen. Ja, selbst die Polizei hätte wohl kaum etwas dagegen, wenn er draufgehen würde. Dieser Mück nimmt ihm das sicherlich übel, dass er ihn bewusstlos geschlagen hat. Aber was hätte er machen sollen …?

Hoffentlich hab' ich den nicht umgebracht!

»Ah, verdammt!« Der Rauch seiner Zigarette ist Klaus in die Augen gestiegen und brennt fürchterlich. Er reibt sich die Augäpfel, bis sie tränen.

Klaus' Blick fällt auf das Handy, das vor ihm auf dem Tisch liegt. So friedlich und stumm. Als wäre das alles gar nicht wahr, als wäre das alles nur ein böser Traum. Dabei würde es schon in wenigen Minuten wieder zu läuten beginnen, und dann würden diese verfluchten zwei Wörter auf dem Display erscheinen: *Unbekannter Anrufer*. Würde, wird es aber nicht, denn Klaus hat es abgeschaltet. Er ist sich sicher, dass die Polizei längst versucht, sein Handysignal zu orten, um ihn zu finden. Egal, denn eine Antwort kann er diesem verfluchten Entführer ohnehin nicht liefern. Klaus läuft die Zeit davon.

»Wo bleibt mein Bier?« Klaus brüllt und wirft seinen ganzen Frust in diese Frage.

»Ja doch!«, schreit der Mann hinter dem Tresen zurück.

Der spindeldürre Alkoholiker am Nebentisch wird durch das Geschrei aus seinem Delirium gerissen, fährt hoch und schaut sich verwirrt in dem verrauchten Lokal um. Fast wirkt er wie ein aufgescheuchtes Reh, wäre da nicht diese Widerwärtigkeit, die so gar nicht dem Vergleich mit einem Reh standhalten will. Als er schließlich vergessen hat, weshalb er eigentlich steht, sackt er wieder auf seinen Stuhl zurück und vergräbt den Kopf in seinen verschränkten Armen. Keine halbe Minute später ist ein leises Schnarchen aus seiner Richtung zu vernehmen. Er bekommt nicht mehr mit, dass nun *AC/DCs Thunderstruck* aus den kleinen Boxen dröhnt.

Klaus' Kopf schmerzt. Er hat die Augen geschlossen und reibt sich die Schläfen, als ihm der hagere Barbesitzer, der gleichzeitig auch als Kellner fungiert, das Bier auf den Tisch knallt. »Bitteschön, der Herr.«

Geh' scheißn! Klaus ist nicht gut drauf. Ihn regt der sarkastische Tonfall des grauhaarigen Zahnstochers so sehr auf, dass er überlegt, ihm eine ins Gesicht zu knallen. Stattdessen besinnt er sich aber und murmelt einige Kraftausdrücke, die ihm in der Schnelle einfallen.

»Was hast g'sagt?«

»Nix.«

»Kannst dich auch schleichen, wenn dir was nicht passt!«

Klaus ballt seine Finger zu einer Faust, knirscht mit den Zähnen. *Ruhig bleiben! Nur keinen Ärger jetzt!*

Der Zahnstocher provoziert ihn weiter: »Hast verstanden?«

Schleich dich endlich! Klaus rammt sich seine viel zu langen Fingernägel in die Haut. Versucht, sich durch den Schmerz abzulenken.

»Ob'st mich verstanden hast, will ich wissen.«

Heast, warum verschwindest du nicht einfach? Klaus stellt sich vor, wie er diesen arroganten Wichser am Kragen packt und alle möglichen Sachen mit ihm anstellt. Stattdessen schafft er es aber tatsächlich irgendwie, ein »Ja« durch seine Zähne zu pressen.

»Na also.« Der Zahnstocher setzt einen zufriedenen Schmunzler auf und verschwindet wieder hinter der Bar.

Verfluchter Wichser, Arschloch, Trottel! Klaus versucht, sich zu beruhigen. *Mach jetzt nur keinen Scheiß! Du hast auch so schon genug Probleme am Hals.*

Nach einem kräftigen Schluck und einem ebensolchen Rülpser geht es ihm besser. Er seufzt zufrieden und wischt sich mit dem Handrücken die Lippen trocken.

Das würde ihm gerade noch fehlen – aus diesem verdammten Loch auch noch hinauszufliegen. Er hat keine Ahnung, wo er sonst hin soll. In seinem Autohaus tummeln sich wahrscheinlich gerade die nervösen Kiberer, und die Stümper von der Spurensicherung steigen sich gegenseitig auf die Zehen. Und zu Hause warten sie mit Sicherheit auch schon auf ihn.

Die glauben sicher, ich hab die Lackaffen umgebracht. Vielleicht hätt' ich sie doch noch wegschaffen sollen.

Außerdem ist der Al sicher auch nicht besonders gut auf ihn zu sprechen. Wahrscheinlich wird er gar nicht mehr mit ihm sprechen wollen, sondern ihn gleich kaltmachen, wenn er ihn erwischt. Ja, das würde zu ihm passen.

Der dreht sicher gerade durch und hat alle seine verbliebenen Lackaffen ausgeschickt, um mich zu finden.

Klaus schießt das Bild von Als toten Typen durch den Kopf, und er versucht zu begreifen, was eigentlich passiert ist. Er zündet sich eine neue Zigarette an, rechnet nach und überlegt, ob der Charlie ausreichend Zeit gehabt haben könnte, diese Sauerei zu veranstalten. Er müsste schon sehr schnell gewesen sein, um vor ihm von Meidling nach Stadlau gefahren zu sein, Als Typen umgebracht und auch noch rechtzeitig abgehauen zu sein. Möglich wäre es aber. Nur, wieso hätte er das tun sollen? Das ist doch überhaupt nicht die Art von diesem elenden Hosenscheißer.

Oder wollte der Al vielleicht sogar selbst ein paar unliebsam gewordene Mitarbeiter loswerden? Waren sie ihm etwa untreu geworden? Aber warum sollte Al sie ausgerechnet bei ihm im Geschäft ermorden? Das ergibt doch alles überhaupt keinen Sinn.

Natürlich kann es auch Christines Entführer gewesen sein, wenn nicht ohnehin Al dahintersteckt. Aber warum sollte *der* das gemacht haben?

Ach, scheiß doch drauf! Mir egal, wer diese verfluchten Lackaffen umgebracht hat … Ich muss Christine finden.

Klaus blickt auf die Uhr: 23:57.

Du verdammter Wichser. Viel Spaß mit meiner Mobilbox.

Er leert sein Bier und knallt die Flasche auf den Tisch. Sein Hawaiihemd ist ein wenig besudelt. Doch das ist gerade sein geringstes Problem. »Noch ein Bier!«

DER 3. SPIELTAG

FREITAG, 4. DEZEMBER

46

Maria stöhnt. Sie denkt an die Entbindung, an den Augenblick, in dem sich ihre Blicke zum ersten Mal treffen. Tränen verlassen ihre Augen, als sie sich vorstellt, wie Lena zum ersten Mal ihren Finger ergreift, die ersten Laute von sich gibt und zum ersten Mal ihren Namen sagt. Das Bild einer Schokoladentorte blitzt auf – Lenas erster Geburtstag. Ein neues Bild: Viele Kinder schreien durcheinander, laufen, fallen, weinen, strahlen und haben eine wunderschöne, unbeschwerte Zeit – Lenas erste Geburtstagsparty. Noch ein Bild: Lena streckt ihre Arme von sich, links hält sie ihre, rechts Martins Hand. Der erste Herbstspaziergang im Prater. Und noch ein Bild: Maria streift Lena ihr rosa Kleid zurecht, fährt ihr sanft über die Wange und sagt ihr, dass sie keine Angst zu haben braucht. In ein paar Stunden wird sie wieder hier sein, und dann muss Lena ihr unbedingt erzählen, was sie alles an ihrem ersten Tag im Kindergarten erlebt hat. Maria denkt an Lenas ersten Schultag, an ihren ersten Freund, und daran, wie besorgt Martin sein wird.

Maria streichelt sich sanft über den Bauch, immer und immer wieder. »Du brauchst keine Angst haben, ich hol' dich hier raus. Ich verspreche es dir!«, flüstert sie.

Er ist auf dem Weg. Sie kann es spüren. Sie weiß, dass er jeden Moment die Tür öffnen und zu ihr hereinkommen wird.

Der Plan muss funktionieren. Das bin ich Lena schuldig.

Maria presst die Augen zusammen, so fest sie nur kann. Sie versucht, die Schmerzen in ihrer Schulter zu verdrängen. Und die Kälte. Sie darf keinen Laut von sich geben, wenn er kommt. Sie muss sich konzentrieren, sie hat nur diese eine Chance.

Es muss funktionieren!

Sie geht noch einmal alles durch, versucht, alle Möglichkeiten zu bedenken. Er könnte links von ihr stehen, genauso gut aber auch rechts, oder hinter ihr. Für jede der Möglichkeiten hat sie einen Bewegungsablauf einstudiert. Maria hofft nur, dass er nicht links von ihr stehen wird. Mit ihrer Schulter hätte sie dann kaum eine Chance, ihn zu überwältigen. Sie hat keine Ahnung, ob die Schulter nur ausgerenkt oder vielleicht sogar gebrochen ist. Aber jede kleinste Bewegung lässt Tausende von schmerzvollen Blitzen durch ihren Körper fahren. Noch nie zuvor in ihrem Leben hat Maria solche Schmerzen gehabt.

Trotzdem, es muss funktionieren! Es wird funktionieren!

Plötzlich dringen die Geräusche zu ihr durch. Die Geräusche, auf die sie seit Stunden gewartet hat. Die Geräusche, die Panik in ihr hochkommen lassen.

Ein Scheppern und Klimpern. Irgendwo draußen wird eine Tür aufgesperrt. Metall auf Metall. Der helle Klang schneidet durch die Stille ihrer Dunkelheit.

Er ist hier.

Maria geht in Position.

Sie hört die Schritte auf dem Gang, versucht, abzuschätzen, wie lang er ist. *Vielleicht zehn Meter?* Sie ist sich nicht sicher.

Er ist vor ihrer Tür stehen geblieben. Macht nichts.

Sekunden vergehen.

Maria stellt ihn sich da draußen vor. Gespannt, nervös, erregt. Er lauscht, ob sie noch am Leben ist. Ob er sein Ziel erreicht hat.

Die Schmerzen pochen in ihr. Sie zittert am ganzen Körper. *Reiß dich zusammen! Du hast nur diese eine Chance. Es muss funktionieren!*

Sie hört, wie er den Schlüssel ins Schloss steckt. Wartet. Ihn dreht. Wartet. Ihn noch einmal dreht und wieder wartet.

Wieder verstreichen Sekunden, in denen nichts passiert.

Dann endlich. Maria hört, wie außen die Schnalle nach unten gedrückt wird und er die schwere Tür aufzieht. Sie hält die Augen geschlossen, versucht sie jedoch nicht zusammenzupressen. Es soll natürlich aussehen.

Das fahle Licht, das zu ihr in die Dunkelheit fällt, hat die Wirkung von Tausenden Scheinwerfern. Alles ist weiß hinter ihren Lidern. Es brennt.

Reiß dich bloß zusammen! Es muss funktionieren!

Sie hört, wie er zu ihr in die Zelle tritt. Wieder hält er inne. Maria sieht ihn förmlich vor sich. Wie er seinen Kopf leicht zur Seite neigt, sie skeptisch betrachtet.

»Maria?« Seine Stimme klingt nervös.

Damit hast du nicht gerechnet, was?

Er tritt gegen ihren Fuß. »Aufwachen, Maria!«

Bleib ruhig!

Er steht eine Weile still da. Dann tritt er an ihre rechte Seite, wartet wieder.

»Maria?«

Sie hört, wie er neben ihr in die Hocke geht. Sie kann seine Knie knacksen hören.

Jetzt!

47

Es ist eine stockdunkle Nacht. Die dichte Wolkenschicht hängt tief und lässt weder Mond noch Sterne durchscheinen. Die Wiesen sind mit einer dünnen Reifschicht überzogen und glitzern im Licht der Scheinwerfer. Keine Menschenseele ist zu sehen, alles scheint so ruhig.

Die Außentemperaturanzeige seines Wagens zeigt minus ein Grad. Wenn die Meteorologen recht behalten und morgen wirklich der erste Schneefall über Wien hereinbricht, könnte das ganze Spiel in Gefahr sein. Ein Verkehrschaos wäre vorprogrammiert. Andererseits ist es ihm auch egal. So bleibt es wenigstens spannend.

Obwohl das Spiel nicht ganz so läuft, wie er sich das vorgestellt hat, ist er gut gelaunt, als er den Wagen hinter dem Haus parkt. Es ist diese unbeschreibliche Mischung aus Anspannung und Genugtuung, die seinen Körper durchflutet und ihm Zufriedenheit schenkt.

»Ich bin gleich wieder zurück.« Er hat ein Lächeln auf den Lippen und schmeißt die Tür zu.

Die kalte Winterluft tut gut. Er saugt sie ein und hält sie lange in seinen Lungen. Dann geht er hinein.

Es macht ihm richtig Spaß, hie und da ein wenig nachzujustieren und das Spiel so spannender zu gestalten. Dass er diese zwei Proleten ausschalten musste, tut ihm irgendwie leid. Sie waren nicht Teil des Spiels, hätten nicht unbedingt sterben müssen. Aber sie sind einfach zu lästig geworden. Sie haben nicht verstanden und mit ihrer Beschränktheit alles gefährdet. Das konnte und wollte er nicht riskieren.

Wie jedes Mal, wenn er durch diese Gemäuer geht,

ergreift ihn der Schmerz. Die Erinnerung ist immer noch so frisch. Als wäre das alles erst gestern passiert.

Er tritt in den Kellerschacht und versperrt hinter sich die Tür. *Nur kein Risiko eingehen.* Dann steigt er die Treppen hinab und bleibt an deren Ende stehen.

Er lauscht.

Aus einer Zelle dringt ein leises Stöhnen. Aus der anderen nichts. Er geht an Christines Tür vorbei, weiter nach hinten zu Marias und bleibt dort wieder stehen. Er presst sein Ohr gegen die kalte Tür, hält die Luft an und lauscht.

Nichts.

Es ärgert ihn. Er hatte gehofft, sie schreien zu hören, sie leiden zu sehen. Sie kann doch nicht eingeschlafen sein, die Schmerzen müssten sie eigentlich verrückt machen.

Moment. Ist sie etwa daran gestorben? Sein Puls beschleunigt sich. Er überlegt. *Nein, unmöglich!*

Er holt den Schlüssel aus seiner Jackentasche und schiebt ihn ins Schloss. Dreht ihn einmal, wartet einen Moment.

Stille. Nur das leise Stöhnen aus Christines Zelle.

Er dreht den Schlüssel noch einmal und wartet wieder.

Nichts.

Dann drückt er die Schnalle nach unten und zieht vorsichtig die Tür auf.

Ein strenger Geruch strömt ihm entgegen. Fäkalien und Schweiß.

Das fahle Licht der nackten Glühbirnen strömt in Marias Zelle. Er schaut auf sie hinab. Sie liegt vor ihm am Boden. Auf dem Bauch, Gesicht nach unten, Arme und Beine ausgestreckt. Sie rührt sich nicht.

Er steht da und spürt, wie sein Puls immer schneller schlägt. Das kribbelnde Gefühl des Nervenkitzels ergreift seinen ganzen Körper. Es erregt ihn. Er beißt sich in die Unterlippe.

Dann tritt er zu ihr in die Zelle. Hält wieder inne, betrachtet sie. *Ist sie tot?*

Nein, ist sie nicht. Er kann sie atmen sehen.

Vielleicht ist sie bewusstlos.

Er neigt seinen Kopf leicht zur Seite, beobachtet sie skeptisch. Wie erbärmlich sie aussieht.

»Maria?«

Keine Reaktion.

Er tritt gegen ihren Fuß. »Aufwachen, Maria!«

Wieder rührt sie sich nicht.

Er steht still da, überlegt. Genießt dieses angenehme Kribbeln. Er grinst, tritt an ihre rechte Seite und wartet wieder.

»Maria?« *Komm schon, verarsch mich nicht!* Er geht neben ihr in die Hocke. Seine Knie knacksen dabei.

Marias Oberkörper bewegt sich kaum merkbar auf und ab.

Ja, sie atmet.

Vorsichtig streckt er seine Hand nach ihrem Rücken, will sie berühren.

Plötzlich reißt Maria ihren rechten Arm nach hinten.

Er reagiert zu spät, kann ihr nicht ausweichen. Der Schlag trifft ihn mitten ins Gesicht.

Ehe er begreift, was geschieht, rollt sich Maria zur Seite. Sie schreit auf vor Schmerzen, schlägt ihm mit dem rechten Fuß an die Schläfe.

Er fällt zurück. Schlägt mit dem Kopf an die Wand. Geht zu Boden.

48

Maria stemmt sich hoch. *Los! Raus hier!*

Er greift nach ihrem Bein, sie zieht es gerade noch rechtzeitig zurück. Er versucht es noch einmal, wieder greift er ins Leere.

Maria stolpert hinaus auf den Gang. Schaut nach links, schaut nach rechts, sieht die Tür. *Nach rechts!*

»Na warte, du Schlampe!« Er kämpft sich hoch.

Maria greift die Tür, schleudert sie zu. Läuft los.

Er schafft es gerade noch rechtzeitig, seine Hand dazwischen zu bekommen, bevor sie ins Schloss fällt. Er schreit auf vor Schmerzen. »Du verfluchte Hure!«

Maria rennt weiter. Links und rechts von ihr sind verschlossene Türen. Sie hält auf die am Ende des Flurs zu. *Lauf! Lauf! Lauf!*

»Ich bring' dich um! Du verdammte Schlampe!«, brüllt er hinter ihr.

Nur mehr wenige Meter. Marias Herz rast. Ihre Kräfte schwinden. Alles beginnt sich zu drehen. Sie stolpert, fällt beinahe. *Halt durch!*

»Du kommst hier nicht raus.«

Maria blickt zurück.

Er steht im Gang, wischt sich Blut von seiner Stirn.

Oh Gott! Maria erreicht die Tür. Reißt an der Schnalle, zerrt an der Tür. *Scheiße!*

»Ich hab' dir doch gesagt, du kommst hier nicht raus!«

»Scheiße. Scheiße. Scheiße.« Maria tritt gegen die Tür. Immer und immer wieder.

Er kommt langsam auf sie zu. Lässt seine Fingerknöchel knacksen. »Du miese Schlampe!«

»Hilfe!« Maria schreit aus voller Kraft. Sie hämmert gegen die Tür.

»Hier drinnen kannst du schreien, bis du tot bist.« Er ist fast bei ihr.

Aus einer verschlossenen Tür ertönt plötzlich ein Hämmern. Christines Schreie dringen heraus.

Er ist auf Höhe der Tür und schlägt dagegen. »Halt deine verdammte Fresse, du verfluchte Schlampe. Oder ich bring dich auf der Stelle um.«

Die Schreie werden zögerlicher.

Maria schlägt weiter auf die Tür ein. »Hilfe!«

Er ist unmittelbar hinter ihr.

Maria will nach ihm treten.

Er schlägt ihren Fuß zur Seite, verpasst ihr einen Faustschlag ins Gesicht.

Maria schreit.

»Glaubst du etwa, ich bin so blöd und lass die Tür unverschlossen?« Er schlägt gegen ihre verletzte Schulter.

Sie stöhnt, geht zu Boden. Blut läuft aus ihrer Nase. Da rast die Faust schon wieder auf sie zu.

Es tut mir leid, Lena.

Dann wird alles schwarz um sie herum.

Maria schreckt hoch.

Sie ertrinkt.

»Hilfe!« Instinktiv fährt sie mit den Armen herum. Der Schmerz in der Schulter. Sie schreit auf, begreift nicht, schnappt nach Luft.

Plötzlich trifft sie etwas Hartes am Oberschenkel. Es prallt von ihr ab, scheppert ohrenbetäubend über den Boden. Kommt schließlich zum Liegen.

Maria begreift nichts. Sie wischt sich das eiskalte Nass aus dem Gesicht. Erst, als ihre Augen frei sind und sie ihn erblickt, begreift sie: Sie muss bewusstlos gewesen sein. Er hat Wasser auf sie geschüttet, dann den Kübel selbst nach ihr geworfen.

»Bitte … bitte lass' mich gehen!« Ihre Stimme zittert.

Er hat sich vor ihr aufgebaut. Die Arme weit vom Körper abstehend. Er atmet schwer. Das Licht vom Gang erleuchtet ihn von hinten.

Maria kann nur seine Umrisse erkennen.

»Wenn du so einen Scheiß noch einmal versuchst, wird es dir leidtun.«

»Bitte lass' mich gehen. Ich … ich erzähl niemandem davon. Ich verspreche es!«

Er lacht.

»Bitte …« Maria legt all ihre Angst, all ihren Frust in ihr Flehen.

Er kehrt ihr den Rücken zu, geht hinaus in den Gang. Bückt sich, hebt etwas hoch. »Hinlegen. Auf die Seite.«

Maria begreift nicht. *Oh Gott, was hat er vor?*

Er kommt zurück in die Zelle.

Maria erkennt an den Umrissen, was er geholt hat.

»Nein!«, schreit sie. »Bitte nicht!« Maria versucht, sich aufzurappeln.

»Hinlegen hab' ich gesagt.« Mit einer Hand hält er den Baseballschläger fest umklammert, die andere hat er zu einer Faust geballt.

»Bitte …«

»Hinlegen!« Er schreit aus voller Kraft.

»Oh Gott, bitte nicht!« Maria bebt vor Angst. Zögerlich legt sie sich hin. Tränen schießen aus ihren Augen. »Bitte nicht!« Sie hat keine Kontrolle mehr über ihren Körper. Sie hört nichts mehr, sieht nichts mehr. Warmes Nass läuft aus ihr heraus.

»Dreh dich zur Seite.«

Sie folgt seinem Befehl. Weint hysterisch. *Martin, bitte hilf mir.*

Er holt aus, hält kurz inne. »Gratuliere, du bleibst noch im Spiel.« Dann schlägt er zu.

49

Es ist kurz vor ein Uhr nachts. Es herrscht eine geordnete Hektik in Richters Autohaus. Viele Menschen reden durcheinander. Die meisten sind schlecht gelaunt, wollen ins Bett. Immer wieder leuchten Kamerablitze auf.

Mück ist immer noch leicht benommen, weigert sich jedoch beharrlich, sich zur Kontrolle ins Krankenhaus fahren zu lassen. Wüsste er es nicht besser, würde er glauben, die Trommler von *Stomp* halten gerade eine Generalprobe in seinem Kopf ab.

Wie gibt's das, dass niemand ein Aspirin dabei hat?

Er sitzt etwas abseits der Hektik in einer ruhigen Ecke und schaut überrascht auf, als seine neue Kollegin, Stefanie Grau, auf einmal vor ihm steht. Ihr Hosenanzug sieht aus, als wurde er ihr direkt auf den Leib geschneidert. Er betont ihre atemberaubende Taille und ihre langen Beine. Ihr Jackett trägt sie offen, die weiße Bluse spannt über dem Dekolleté.

Sie legt ihm die Hand auf die Schulter. »Na, wie geht's deinem Kopf? Bist du auch wirklich in Ordnung?«

Mück überlegt, wann er zum letzten Mal von einer fremden Frau berührt wurde. Es muss Monate her sein. Oder gar Jahre? Er macht eine beschwichtigende Handbewegung. »Ach, das … das ist halb so schlimm.«

Ihr schiefes Lächeln zeigt, dass sie ihm nicht glaubt, jedoch seine Antwort akzeptiert. Sie reicht ihm einen dunklen Plastikbecher mit heißem Kaffee. »Hier, der wird dir gut tun.«

Mück hat jetzt überhaupt keine Lust auf Kaffee. Viel lieber hätte er einfach ein Glas Wasser und eine Packung Manner-Schnitten. Aber er lässt es sich nicht anmerken. Der Wille zählt. »Danke.«

Stefanie geht in die Hocke. »Was hast du überhaupt um die Uhrzeit hier gewollt?«

Ablenkung. »Ich weiß auch nicht. Ich wollte mich einfach ein wenig ungestört umsehen.«

»Mmh.« Sie verzieht die Lippen.

»Was?«

»Nichts, vergiss' es.«

»Was meinst du?«

»Ich will dich nicht beunruhigen. Ich hätte besser meinen Mund halten sollen.« Sie fährt sich durch ihr schulterlanges braunes Haar.

Mück riecht ihren Duft, versucht, sich zu konzentrieren. »Jetzt sag schon.«

Sie verdreht die Augen. Dann kommt sie näher an ihn heran und flüstert: »Sag das auf keinen Fall dem Schleifer.«

Mück fühlt ihren warmen Hauch, und alles kribbelt. Er bekommt eine Gänsehaut. *Reiß dich gefälligst zusammen!* »Wieso? Was soll ich ihm nicht sagen?«

Sie verdreht die Augen. »Glaub' mir, er mag so unabgesprochene Alleingänge überhaupt nicht.« Sie lässt es ein wenig wirken. »Wenn der einen schlechten Tag hat, macht er dir die Hölle deswegen heiß.«

»Meinst du?« Mück zweifelt ein wenig.

Stefanie nickt. »Lass dir besser eine gute Ausrede einfallen.« Als sie wieder aufsteht, legt sie noch einmal ihre Hand auf seine Schulter.

Mück spürt den sanften Druck.

Als sie geht, kann er einfach nicht seinen Blick von ihr lassen. Plötzlich wird ihm ganz mulmig zumute. Der Selbstmordversuch seines Vaters, die Müdigkeit, die Kopfschmerzen, das Schwindelgefühl, das Prickeln und Stefanies Duft sind zu viel für ihn. Ihm wird schwarz vor Augen.

Zwei Sanitäter haben Mücks Kreislauf schnell wieder in Schwung gebracht und ihm dringend geraten, sich von ihnen ins Krankenhaus bringen zu lassen.

»Danke nein. Es geht schon wieder.«

»Aber …«, hatten sie versucht, zu widersprechen.

»Ich bin nur ein wenig müde«, fiel ihnen Mück ins Wort und erklärte die Diskussion damit für beendet.

Im Verlauf der nächsten Stunde wird Mück zum Spielball der verschiedenen Abteilungen. Seine neuen Kollegen von der Drogengruppe – von den meisten kann er sich einfach nicht die Namen merken – streiten mit seinen alten Kollegen vom Morddezernat. Kompetenzen werden abgesteckt, Drohungen werden angedeutet und Ermittlungsergebnisse nur widerwillig ausgetauscht. Mück fühlt sich irgendwo dazwischen.

Allen Widerreden zum Trotz wird er danach von einem Krankenwagen zur Kontrolle seiner Kopfverletzung in das nahegelegene Sozialmedizinische Zentrum Ost, kurz SMZ Ost, gebracht. Außerdem kann er sich nicht gegen den Zwangsurlaub bis zum kommenden Montag wehren, den ihm Schleifer verordnet.

»Kurier dich ordentlich aus.«

»Aber …«

»Nichts aber! Die Großfahndung nach dem Richter läuft auch ohne dich. Ruh' dich die paar Tage aus. Und jetzt will ich keine Diskussion mehr hören.« Er schmeißt die Tür des Krankenwagens zu.

50

Er betrachtet seine Nase im Spiegel, berührt sie ganz vorsichtig mit den Fingerspitzen. »Ah!«

Sie hat aufgehört zu bluten. Er glaubt nicht, dass sie gebrochen ist. Trotzdem ist sie geschwollen und schmerzt. Er muss durch den Mund atmen.

»Dieses verfluchte Miststück.«

Auch an seinem Hinterkopf hat er etwas abbekommen. Er tastet die Beule entlang zu der Platzwunde und zuckt zusammen, als er sie findet. Ungläubig starrt er auf das Blut an seinen Fingern.

»Diese verdammte Schlampe. Das wird sie mir noch büßen.«

Es ist fast drei. Er muss endlich ins Bett, wenigstens noch ein paar Stunden schlafen. Er muss fit sein. Morgen ist der große Tag. Morgen wird er sehen, dass sich die ganze Mühe gelohnt hat. Morgen wird alles enden, und sie werden bekommen, was sie verdienen. Morgen wird *ER* bekommen, was er verdient. Morgen wird er endlich frei sein.

Frei!

Eine Mischung aus Vorfreude und Erregung durchströmt seinen Körper. Er schließt die Augen, lässt die Bilder vor seinem geistigen Auge erscheinen. Er betastet seinen nackten Körper, streichelt seine Brustwarzen. Das Blut bleibt an ihnen kleben. Mit den Fingerspitzen fährt er den Bauch entlang, lässt sie weiter nach unten wandern. Er bebt. Zuckt. Stöhnt auf.

Frei!

Wenig später liegt er mit einem zufriedenen Lächeln im Bett. Obwohl das Spiel ein wenig anders läuft, als er es sich ausgemalt hat, ist er doch sehr zufrieden.

Sie haben nicht die geringste Ahnung.

Er ist über sich selbst überrascht. Er hat geglaubt, dass er nervös sein wird. Dass er nicht schlafen wird können. Dass man es ihm ansehen wird. Doch je länger das Spiel dauert, desto sicherer ist er sich, dass es die richtige Entscheidung war. Dass er das Richtige tut und sie es verdient haben. Dass er es verdient hat.

Er stellt sich den Wecker. Lange kann er nicht mehr schlafen. Aber es geht nicht anders, denn er muss Martins Überraschung vorbereiten. Fairness muss sein. Wenn Klaus Schwierigkeiten bekommen hat, dann muss auch Martin welche bekommen.

Er schließt die Augen und grinst.

51

Martin schreckt hoch.

Hat es gerade an der Tür geläutet?

Er begreift nicht, sein Puls schnellt in die Höhe. Er ist im Wohnzimmer. Alles dreht sich.

Hab' ich das nur geträumt?

Er reibt sich mit beiden Händen das Gesicht, versucht, den Schlaf zu verdrängen. Er sieht auf die Uhr.

Viertel sechs vorbei.

Ich muss eingenickt sein.

Er springt hoch. Ihm wird schwindlig, und er muss sich an der Lehne des Sofas anhalten.

Plötzlich ertönt noch einmal die Glocke. Ohrenbetäubend laut.

Martin zuckt erschrocken zusammen.

Wer kann das sein? Um diese Uhrzeit? Alles in ihm steht auf Alarm. Martin greift nach dem Kerzenständer auf der Kommode neben ihm und wankt, immer noch leicht benommen, in den Flur hinaus. Er stützt sich an der Wand ab und versucht, kein Geräusch zu machen, sich nicht zu verraten. Er kennt die Stelle, an der der Parkettboden knarrt. Martin kneift die Augen zusammen und steigt vorsichtig darüber.

Als er die Eingangstür erreicht und durch den Spion lugt, erstarrt er beinahe vor Schreck.

Draußen stehen zwei uniformierte Polizisten.

Scheiße!

Martin versucht zu begreifen, seine Gedanken spielen verrückt. Viele Fragen schießen ihm auf einmal durch den Kopf: Sind sie wegen Maria hier? Hat die Polizei sie vielleicht gefunden? Hat er sich etwas zuschulden kommen lassen? Hat Rudi ihm vielleicht die Polizei auf den Hals gehetzt? Will er ihn verklagen?

Nein, Unsinn!

Die Türklingel ertönt noch einmal, und Martin zuckt zusammen.

Martin späht wieder durch den Spion und betrachtet die beiden Polizisten.

Der eine kratzt sich gerade an der Nase und analysiert anschließend seine Fingerkuppen. Er sieht viel zu jung für den Polizeidienst aus. Fast so, als müsste er eigentlich noch zur Schule gehen. Babyhaut im Gesicht, rote Backen und überall sprießen mehr oder weniger große Pickel. Seine hagere Statur macht seine Erscheinung nicht gerade autoritärer.

Sein Kollege ist das genaue Gegenteil. Mit seinem faltigen und schnauzbärtigen Gesicht und seiner gebückten Statur sieht er alt, verbittert und gezeichnet aus. Er steht mit Sicherheit unmittelbar vor seiner Pension und kann es kaum noch erwarten.

Der Alte drückt noch einmal die Türklingel und hämmert danach an die Tür. »Polizei. Aufmachen!«, brüllt er.

Na wunderbar. Jetzt weiß das ganze Haus, dass die Polizei bei mir ist.

Martin fährt sich über das Gesicht, atmet tief durch und öffnet die Tür. »Guten Morgen.« Er täuscht ein Gähnen vor. »Was kann ich für Sie tun?«

»Morgen. Pichler, das ist mein Kollege Lehner«, sagt der Alte mit rauer Stimme.

Der Milchbub neben ihm schaut zu Boden und zupft sich verlegen am Ohrläppchen. Der Alte sieht Martin hingegen an, als erwarte er von ihm eine ehrfürchtige Geste oder zumindest ein ergebenes »Bitte kommen Sie doch herein«.

»Ja und?« Martin versucht, bestimmt zu klingen. Aber

als er merkt, dass er noch immer den Kerzenständer in der Hand hält, überfällt ihn Nervosität und er läuft rot an.

»Was haben Sie denn damit vor?«, fragt der Alte.

»Nichts ... ich ... er ist mir gerade von der Kommode gefallen.«

Die beiden Polizisten schauen sich skeptisch an.

»Von der Kommode gefallen?«, wiederholt der Alte nüchtern.

»Ja.« Martin stellt ihn auf der Vorzimmerkommode ab. »Was ... was kann ich für Sie tun? Ich hab's eilig.« Er versucht, sich seine Nervosität nicht anmerken zu lassen.

»Wieso haben Sie es so eilig?«

»Ich muss in meine Kanzlei.«

»Anwalt?«

»Ja.«

»Mmh.« Der Alte kratzt sich am Kinn.

»Darf ich jetzt bitte endlich wissen, wie ich Ihnen helfen kann?«

»Ist Ihre Frau zu Hause?«

Ein Stich durchfährt Martins Brust. Seine Antwort kommt zögerlich: »Nein.«

»Darf ich fragen, wo sie ist?« Der Alte späht über Martins Schulter hinweg in den Flur der Wohnung.

»Und darf ich erfahren, warum Sie das wissen wollen?«

Wieder sehen sich die beiden Polizisten skeptisch an. Die Wangen des Milchbuben glühen.

»Wir haben den Hinweis bekommen, dass aus Ihrer Wohnung Streitgespräche zu hören waren.«

»Bitte was?«, fährt Martin sie an. *Verfluchte Scheiße, was hat denn das zu bedeuten?* Martin versteht gar nichts.

»Also, wo ist Ihre Frau?«

»Ich habe Ihnen doch schon gesagt, dass sie nicht zu Hause ist.«

»Und wir wollen wissen, wo sie ist.«

Schnell! Komm schon, lass dir etwas einfallen! »In der Arbeit.«

»Aha.« Der Alte überlegt.

Martins Herz rast. Plötzlich kommt ihm der Gedanke, der Panik in ihm hochsteigen lässt: Wenn der Entführer merkt, dass er Kontakt zur Polizei hat, wird er Maria töten!

»Dürfen wir vielleicht einen Moment reinkommen?«

»Nein.«

Der Alte schaut verdutzt. Er hat bereits zu einem Schritt angesetzt und hält nun in der Bewegung inne. »Wir würden uns nur gerne kurz in der Wohnung umsehen. Es dauert auch bestimmt nicht lange.«

»Nein.« *Den Teufel werdet ihr!*

Die beiden schauen sich verwirrt an. Damit haben sie nicht gerechnet.

Da dämmert es Martin schließlich. *Klar, er muss es gewesen sein. Dieser ewige Grantler.* »War das etwa der Herr Leopold, der Hausmeister?«

»Der Anruf war anonym«, sagt der Milchbub.

Der Alte sieht seinen Kollegen bissig an. Der Blick bedeutet wohl so viel wie »Sei bloß ruhig!«. Dann wendet er sich wieder Martin zu. »Wir können keine Auskunft darüber geben.«

»Sicher war er's. Ich weiß es doch.«

»Hören Sie, wenn wir kurz hineinkommen dürfen, dann könnten wir die Angelegenheit ganz schnell klären.«

»Würden Sie mir bitte Ihren Durchsuchungsbefehl zeigen?«

»Nein. Wir möchten nur gerne …«

»Dann tut es mir leid.« Martin zuckt mit den Schultern. »Hören Sie, ich weiß genau, dass der Hausmeister Sie angerufen hat. Er kann mich nicht leiden und lacht sich da unten wahrscheinlich gerade ins Fäustchen.«

»Aber …«

Plötzlich kommt Martin eine Idee. Ohne sie vorher abwägen zu können, schießt er damit heraus. »Übrigens ist der Polizeipräsident ein persönlicher Freund von mir. Wenn Sie wollen, kann ich ihn gerne anrufen.« Martin zückt sein Handy. »Wie waren Ihre Namen bitte noch mal?«

»Aber das ist doch nicht notwendig. Wir wollen doch nur …«

»Nein. Meine Frau ist in der Arbeit. Wenn Sie mit ihr sprechen wollen, dann versuchen Sie's dort.«

Der Junge schaut zu Boden. Der Alte sieht aus, als wollte er nur mehr nach Hause. So kurz vor der Pensionierung noch eine Beschwerde beim Polizeipräsidenten. Das kann und will er nicht riskieren. »Wann ist Ihre Frau denn gegangen?«, fragt er schließlich.

»Vor etwa einer halben Stunde. Genauer kann ich es nicht sagen, ich hab' noch geschlafen. Sie beginnt jedenfalls um halb sechs.«

Der Alte schaut auf seine Uhr. »Mmh. Wo arbeitet sie?«

»In der *WIENER KAFFEEKÜCHE*.«

Der Alte gibt seinem jungen Kollegen einen Schubser. Der begreift sofort und zückt einen kleinen Notizblock aus der Jackentasche. »Und wo ist die?«

»Schottentor. Gegenüber des U-Bahn-Abgangs.«

Der Alte betrachtet Martin skeptisch.

»Kann ich noch etwas für Sie tun? Wie schon gesagt, habe ich es bereits eilig.« Die arrogante Tour ist reine Fassade. In Wirklichkeit schlottern Martin die Knie, und er könnte auf der Stelle losheulen.

Der Alte überlegt. »Wo sind Sie im Laufe des Tages anzutreffen?«

»In meiner Kanzlei. *KOVACIC & FINK*. Im 1. Bezirk. Sie werden es sicherlich finden.«

Wieder kratzt der Alte sich am Kinn. Das Funkgerät an seinem Gürtel rauscht. Er greift danach und schaltet es stumm.

»War's das?«

Der Milchbub schaut verlegen auf seinen Notizblock. Der Alte wirft Martin einen Blick zu, der in etwa so viel bedeutet, wie *Wir zwei sind noch nicht fertig!*

»Dann auf Wiedersehen.«

»Wiedersehen«, presst der Alte zwischen seinen Zähnen heraus.

Das Milchgesicht sagt nichts.

Martin schließt die Tür und sieht den beiden durch den Spion nach, wie sie in der Mitte des Flurs auf den Aufzug warten. Als sie eingestiegen sind und die Türen sich schließen, merkt Martin, dass er nicht geatmet hat. Er sinkt zu Boden und ringt nach Luft. Die Hitze steigt ihm in den Kopf, und er kann sein eigenes Blut rauschen hören.

Was hat das nur zu bedeuten? Er hat das Gefühl, gar nichts mehr zu verstehen.

Er weiß nur eines: In spätestens einer halben Stunde wird die Polizei bei Marias Arbeit auftauchen und dort erfahren, dass sie schon seit Tagen nicht mehr zum Dienst erschienen ist. Spätestens ab diesem Zeitpunkt werden selbst bei dem Alten und seinem Milchbubi alle Alarmglocken läuten, und sie werden nach ihm suchen.

Martin schaut auf die Uhr. Er hat noch etwas mehr als 18 Stunden Zeit, um Maria zu retten. Solange muss er durchhalten und darf sich von der Polizei nicht schnappen lassen.

52

Obwohl er sich so müde fühlt wie noch niemals zuvor in seinem Leben, hat Klaus die ganze Nacht über kein Auge zu getan. Seit Stunden liegt er nun schon wach auf der Couch und versucht, nachzudenken. Er kann weder abschalten noch einen klaren Gedanken fassen. Glaubt bei jedem noch so kleinsten Geräusch, dass sie ihn gefunden haben. Sicher, sie werden ihn zuerst zu Hause suchen, dort ein wenig brauchen. Aber es wird garantiert nicht mehr lange dauern, bis sie auch hierher kommen.

Er stöhnt und streckt sich. Die Knochen knacken.

Nur noch ein paar Minuten.

Klaus starrt zum Fenster hinüber. Der Tag bricht bereits an. Er hat nur mehr diesen einen Tag, um Christine zu finden. Sonst wird sie dieser verfluchte Psychopath töten. Aber wie zum Teufel soll er sich nur konzentrieren können und sie in Ruhe suchen, wenn alle hinter ihm her sind?

Al wird ihm nie im Leben glauben, dass er seine beiden Lackaffen nicht umgebracht hat. Der wird ihm keine Sekunde zuhören, wenn er ihm die Geschichte mit Christines Entführung zu erklären versuchte. Außer natürlich, Al steckt selbst dahinter. Aber wenn nicht und Al bekommt ihn in seine dreckigen Finger, dann … Ein eiskalter Schauer läuft Klaus den Rücken hinunter und erschüttert seinen ganzen Körper.

Die Polizei wird ihm wohl auch kaum glauben, dass er unschuldig ist. Auf die Hilfe von diesem Mück braucht er jetzt nicht mehr zu hoffen, nachdem er ihm ein paar über die Rübe gezogen hat. Dabei ist das ja fast so etwas wie Notwehr gewesen. Aber selbst, wenn er ihnen beweisen kann, dass er nicht hinter den Morden steckt, dann buchten sie ihn halt wegen der scheiß Drogen ein – die haben sicher schon Wind davon gekriegt. Er hätte sich niemals die Finger mit diesem Zeug dreckig machen sollen. Niemals.

Klaus fällt auf einmal wieder der letzte Satz des Briefs ein: *Ich bin ganz in deiner Nähe!* Klaus denkt nach, wird aber einfach nicht schlau daraus. *Wie kann der ganz in meiner Nähe sein? Es muss dieser verfluchte Al sein!*

Egal, diese Spekulationen helfen ihm jetzt auch nicht weiter. Selbst wenn wirklich Al dahinter steckt, würde es an der ganzen Sache nichts ändern. Er kann nicht einfach zu ihm spazieren, ihm auf die Schulter klopfen und sagen: »Hey, Al, ich hab' dich erwischt!« Er muss den Grund für Christines Entführung herausfinden. Nur so kann er seine Schwester retten.

Klaus versucht, sich zu konzentrieren. Er muss sich einen Plan zurechtlegen, denn es gibt mittlerweile schon einige Hürden, die ihm die Suche noch zusätzlich erschweren: Er kann nicht mehr nach Hause, er kann sein Handy nicht mehr einschalten, er hat kein Geld und den Wagen sollte er besser auch nicht mehr benutzen, weil mit Sicherheit bereits nach ihm gefahndet wird. Selbst den Charlie kann er nicht mehr um Hilfe bitten. Klaus ist wirklich am Ende.

Warum muss sein Leben nur immer so beschissen sein? Er hat keine Freunde, die er um Hilfe bitten könnte. Nicht einen einzigen. Und außer Christine auch keine Familie. Das Autohaus wird wohl die nächsten Monate nicht mehr überleben, und er hat Schulden, die er sein Leben lang nicht mehr abbezahlen wird können. Und sein Arzt, dieser Witzbold, hat ihn schon mehrmals eindringlich davor gewarnt, weiterhin so viel Alkohol zu trinken und so fett zu essen. »Ihre Leber sieht schlimmer aus als *Jabba the Hutt*. Sie werden keine zwei Jahre mehr leben, wenn Sie so weitermachen.« Wenn seine Rechnung stimmt, hat er höchstens noch zwei bis drei Monate.

Dabei trink' ich doch eh kaum noch was.

Egal, wenn ihn der Al erwischt, hat er wahrscheinlich keine fünf Minuten mehr zu leben. Warum kann er nicht wenigstens ein Mal in seinem Leben Glück haben? Nur ein verdammtes Mal?

Klaus versucht, die Gedanken daran abzuschütteln. Er muss sich jetzt auf das Wesentliche konzentrieren.

Plötzlich läutet es an der Tür.

Klaus erschrickt so sehr, dass er vom Sofa hochfährt, aufspringt und sich dabei den Fuß an der Tischkante anschlägt. »Verdammte Scheiße!« Er verzieht das Gesicht und reibt sich das Schienbein.

Es läutet noch einmal.

Klaus wird panisch. Der Glockenton ist ihm fremd. Er stürmt aus dem Wohnzimmer und wirft dabei eine Bodenvase um. Sie zerspringt in Hunderte Teile.

Verdammt!

Klaus späht durch den Spion. Fürchtet, dass Al oder die Polizei vor der Tür steht. Doch im Gang ist niemand zu sehen. Er presst sein Ohr gegen die Tür.

Niemand ist zu hören.

Erst jetzt begreift Klaus. *Es muss jemand unten an der Straße geläutet haben!*

Klaus rennt wieder zurück ins Wohnzimmer, reißt die Vorhänge zur Seite und öffnet die Fenster.

Eiskalte Luft strömt ihm entgegen.

Er presst seine Wampe gegen das Fensterbrett und lehnt sich vorsichtig hinaus. Niemand darf sehen, dass er hier ist.

Eine alte Frau entfernt sich, auf ihren Stock gestützt, vom Haustor. Unmittelbar davor ist niemand zu sehen. Klaus reißt seinen Kopf nach links, nach rechts. Niemand Auffälliger zu entdecken. Auf der gegenüberliegenden Straßenseite fährt ein Kind auf seinem Roller den Gehsteig entlang. Es trägt einen roten Mantel, seine Schultasche wirkt überdimensional groß.

Mit einem Schwung stemmt sich Klaus zurück ins Innere. *Haben sich vielleicht nur irgendwelche Kinder einen Spaß gemacht?*

Plötzlich hört er Geräusche. Ein Schleifen und Kratzen.

Die Tür!

Irgendjemand macht sich an der Tür zu schaffen. Klaus erstarrt vor Schreck. Sieht sich im Wohnzimmer um. Er braucht eine Waffe. *Schnell! Denk' nach!*

Sein Blick fällt auf die Scherben der Vase. Er hetzt hinüber, bückt sich umständlich und greift sich ein großes, spitzes Stück.

Klaus schleicht ins Vorzimmer. Er versucht dabei, kein Geräusch zu machen. Der Teppichboden macht es ihm leicht.

Die Türschnalle wird zögerlich nach unten gedrückt. Sie steht an, geht wieder nach oben.

Klaus' Herz rast. Er hebt die Hand, in der er die Scherbe hält. Er ist bereit, zuzuschlagen.

Er presst sein Auge gegen den Spion. Sieht ihn. *Gehen Al etwa schon die Leute aus, dass er mir so einen Waschlappen vorbeischickt?*

53

Martin ist von der frühmorgendlichen Begegnung mit den beiden Polizisten immer noch ganz durcheinander. Selbst die eiskalte Winterluft schafft es nicht, ihm die Müdigkeit und die Benommenheit zu nehmen.

Er glaubt schon gar nicht mehr an irgendeine Reaktion aus dem Lautsprecher der Gegensprechanlage, als er erneut die Klingel von Christine Richters Wohnung drückt. Irgendwie ist es ja auch lächerlich. Bis auf sein Gefühl, dass Marias Entführung mit dieser Frau zusammenhängt, hat er keinerlei Beweise oder Anhaltspunkte. Wahrscheinlich vergeudet er nur wertvolle Zeit.

Während Martin wartet, lässt er seinen Blick durch die Gumpendorfer Straße streifen. Es ist ein finsterer Morgen, an dem es die Sonne noch nicht durch die dicke dunkelgraue Wolkenschicht hindurch geschafft hat. Ein leichter Wind pfeift durch die Straßen und Gassen und lässt die eisigen Temperaturen noch kälter erscheinen. Die Menschen treiben eine Atemwolke vor sich her. Sie hetzen von einem Ort zum anderen, wollen so schnell wie möglich wieder ins Warme. Der erste Schneefall dieses Winters steht unmittelbar bevor.

»Verflucht.« Martin schlägt entnervt auf die Gegensprechanlage.

Gerade in diesem Moment öffnet eine alte Frau die Haustür. Ihr ganzer Körper zittert, und sie hält sich verkrampft an ihrem Gehstock fest. Sie kneift ihre Augen zusammen, mustert Martin eindringlich. »Zu wem g'hören Sie?« Ihre Stimme klingt kratzig und quietschig zugleich.

»Christine Richter. Ich bin ein Freund«, antwortet Martin.

»Die hab' ich schon lang' nicht mehr g'sehn.« Die alte Frau drängt sich an Martin vorbei.

»Wissen Sie, wann Sie sie zum letzten Mal gesehen haben?«

»Nein.« Sie dreht sich nicht mehr zu ihm um.

Im letzten Augenblick schiebt Martin noch den Fuß in die zufallende Tür und verschwindet im Haus. Drinnen bleibt er stehen, wartet, bis die Eingangstür hinter ihm ins Schloss fällt, und lauscht dem Knall, der durchs Stiegenhaus hallt.

Dann ist es völlig still. Kein Geräusch ist aus den Wohnungen zu hören. Es ist angenehm warm.

Martin kontrolliert das Erdgeschoss und findet nur zwei Wohnungen. Christine Richter hat die Türnummer drei, ihre Wohnung muss also im ersten Stock liegen. Martin läuft die Stufen hoch und steht unmittelbar vor der Türnummer drei.

Und jetzt?

Die alte Frau hat ja gesagt, dass sie Christine Richter schon länger nicht mehr gesehen hat. Martin vertraut ihrer Aussage, denn ältere Menschen sind oft einsam. Sie haben dann meist nichts Besseres zu tun, als ihre Nachbarn zu beobachten. Martin ist sich sicher, wenn sie gewollt hätte, hätte sie ihm das genaue Datum und die Uhrzeit nennen können, wann sie Christine Richter zum letzten Mal gesehen hat.

Martin führt seinen Finger zur Türklingel, hält dann aber inne und zieht ihn wieder zurück. *Wenn sie wirklich zu Hause wäre, hätte sie doch vorhin schon gefragt, wer da ist.*

Martin presst sein Ohr gegen die Holztür und lauscht. Für den Bruchteil einer Sekunde glaubt er, ein leises Geräusch im Inneren der Wohnung gehört zu haben.

Da war doch was!

Schlagartig wird er nervös. Er presst sein Ohr noch fester gegen das Holz, kann jedoch nichts mehr hören. Durch den Türspion versucht er, irgendeine Bewegung im Inneren der Wohnung auszumachen, kann jedoch nichts erkennen. Dann greift er die Türschnalle und versucht sein Glück. Er drückt sie ganz langsam nach unten und betet, dass die Tür unverschlossen ist. *Das ist doch lächerlich. Warum sollte sie unverschlossen sein?* Sie ist verschlossen. Er lässt die Klinke wieder nach oben gleiten.

Martin beginnt bereits zu zweifeln. Hat er sich vielleicht nur getäuscht und da war gar kein Geräusch? Spielt ihm der Schlafmangel der letzten Tage etwa bereits Streiche?

Da kommt ihm eine Idee. Er greift in seine Manteltasche und holt die Ersatzkrawattennadel heraus, die er zur Sicherheit immer mitschleppt. Bis jetzt hatte er sie noch nie gebraucht, aber nun ist er unglaublich froh darüber, so vorsichtig zu sein. Er fährt damit ins Schlüsselloch, rutscht ab. Ein feiner Kratzer ist auf der Tür zu sehen. *Scheiße!* Er versucht es noch einmal, rutscht wieder ab. Dann steckt er sie rein und rüttelt damit.

Was mache ich da überhaupt?

Martin steckt die Nadel zurück in die Tasche. Er will gerade wieder seinen Finger zur Türklingel führen, als auf einmal die Tür aufgerissen wird. Eine mächtige Gestalt schlägt ihm in den Magen und packt ihn am Mantel. Der Angriff kommt viel zu überraschend, Martin reagiert zu langsam. Er wird in die Wohnung gezerrt und stolpert ins Vorzimmer. Er fällt, schlägt mit dem Kopf gegen die Wand.

Der Koloss schmeißt die Tür zu und stürzt auf Martin zu. »Warum bist du hier?«

Martin bleibt keine Zeit, zu antworten.

»Sag Al, er soll mich gefälligst in Ruhe lassen! Ich hab sie nicht umgebracht!«

Martin versteht nicht. Er versucht, sich zu wehren, tritt nach dem Angreifer. Der weicht aus. Martin schlägt ins Leere. *Verdammt!*

Der Angreifer schmeißt sich auf ihn, presst ihm die Luft aus den Lungen. Martin fuchtelt wild mit den Händen umher, schlägt immer wieder auf ihn ein. Doch der Kerl scheint keinen Schmerz zu verspüren.

Ein Schlag trifft Martin im Gesicht. Die Wucht raubt ihm für einen Augenblick die Sinne. Er schnappt nach Luft, kann das warme Blut spüren, das ihm aus der Nase läuft. Dann trifft ihn noch ein Schlag. Ein dumpfer Schmerz durchfährt seinen Schädel.

»Sag' Al, ich hab' keine Angst vor ihm!«

Martin versteht immer noch nicht. »Warum hast du …?« Er ist benommen und schließt die Augen. Greift nach seinem Kopf. Alles schmerzt.

»Ich hab' sie nicht umgebracht!«

Martin öffnet wieder die Augen, sieht die erhobene Faust über sich. Jeden Augenblick würde sie noch einmal auf sein Gesicht herunterdonnern. Wie schmerzvoll es wohl sein würde? Niemals zuvor in seinem Leben hat Martin sich geprügelt. Jetzt, mit 35, war es so weit. Aber komischerweise hat er keine Angst. Er fühlt nur Wut, unbändige Wut. Er möchte nicht bewusstlos geschlagen werden, bevor er nicht weiß, warum dieser Fettsack es getan hat. Warum er Maria entführt hat. »Warum hast du Maria entführt?«, schreit Martin.

54

»Wie geht's der Nase? Schon besser?«

Leck mich doch! Martin steht im Badezimmer vor dem Waschbecken, den Kopf in den Nacken gelegt. Er wirft das blutgetränkte Taschentuch zu den anderen am Boden und stopft sich ein frisches in die Nasenlöcher. Es will einfach nicht aufhören zu bluten. »Es geht. Gibt's wirklich kein Eis?«

»Nein, im Gefrierfach ist nichts. Ich kann dir eine Packung Tiefkühlerbsen bringen, oder eine Gemüselasagne.«

»Vergiss es.«

Nach einem kurzen Moment der Stille muss Klaus lachen: »Was hast du dir eigentlich dabei gedacht?«

»Wobei?«

»Hast du wirklich geglaubt, dass du die Tür aufkriegst, indem du einfach was ins Schlüsselloch stopfst? Was war das überhaupt?«

»Eine Krawattennadel.«

Klaus lacht wieder.

Martin beobachtet ihn im Spiegel. Klaus kratzt sich am Hintern. Kein Wunder, dass er keine Chance gegen ihn gehabt hat – der Kerl muss 120 Kilo oder mehr wiegen. Der hätte ihm alle Rippen brechen können.

Martin ist wütend und frustriert. Er will ihn jetzt nicht in seiner Nähe haben. »Lass mich bitte kurz alleine. Ich komm' gleich.«

»Alles klar.« Klaus wendet sich ab, dreht sich aber noch einmal um. »Du, übrigens ...«

»Was?« Martins Kopf schmerzt, die Nase auch. Er will einfach nur, dass dieser grauenvolle Typ aus dem Badezimmer verschwindet.

»Wir sollten nicht mehr allzu lange hier bleiben.«

»Wieso.«

»Die Polizei ist hinter mir her.«

Hinter dir auch? »Wieso?«

»Ach, da gab's ein paar Probleme in meinem Autohaus.«

Martin betrachtet ihn im Spiegel, wartet auf eine Fortsetzung.

Klaus macht eine beschwichtigende Handbewegung. »Ist nicht der Rede wert, vergiss es. Wir sollten einfach schauen, dass wir bald verschwinden.«

Klaus sitzt auf der Couch und reibt sich das Gesicht. Er hat sich ein Bier aus dem Kühlschrank geholt und macht einen großen Schluck. Er denkt nach. Womit hat er diesen Albtraum nur verdient? Und in welche Scheiße, zum Teufel noch mal, ist Christine nur geraten, dass all das hier passiert? Sie war doch immer schon die Gute, die ihr Leben so toll im Griff gehabt hat und die alle geliebt haben. Bloß für ihn hat sich nie jemand interessiert.

Endlich kommt dieser Fink aus dem Badezimmer. Mit Taschentüchern in den Nasenlöchern und kreidebleichem Gesicht steht er vor ihm. *Was für eine Memme. Der tut ja so, als wenn er zum ersten Mal in seinem Leben eins auf die Nase bekommen hätte.* »Geht's?«

»Ja.« Martin nimmt einen Stuhl vom Esstisch und setzt sich Klaus gegenüber.

Klaus deutet auf die Bierflasche. »Soll ich dir auch eines holen?«

Martin hebt abwehrend die Hände. »Bloß nicht.«

»Wie du meinst.«

Es entsteht eine kurze Stille zwischen den beiden. Klaus unterbricht sie schließlich. »Das mit der Nase … das tut mir wirklich leid. Aber … aber ich hab' geglaubt, du bist … ach, was weiß ich.«

»Passt schon.« Martin klingt genervt. »Lass uns jetzt endlich nachdenken. Warum passiert das alles?«

»Das würd' ich auch gerne wissen.«

»Und du bist dir sicher, dass deine Schwester wirklich nichts ausgefressen hat?«

»Die …«, Klaus bemerkt seinen abfälligen Tonfall und versucht, freundlicher zu klingen, »… die hat doch immer nur alles richtig und es jedem recht gemacht. Das Einzige, was die angestellt haben könnte, ist, dass sie in ihrem Salon einem Hund das Fell zu kurz geschoren hat.« Er muss kurz über seinen eigenen Witz lachen.

»Hat sie den Namen meiner Frau vielleicht irgendwann einmal erwähnt? Maria Fink?«

Ich red' doch nie mit ihr. »Nein, sicher nicht.«

»Christine hat doch auch studiert, oder?«

Ich glaub' schon. »Ja.«

»Und, weißt du auch was?«

Nein. »Pu, das ist lange her …«

Martin sieht Klaus entgeistert an.

Klaus fragt sich, was Martin wohl über ihn denkt. Sicher nichts Gutes …

»Soviel ich weiß, hat sie Politikwissenschaften und Tiermedizin studiert. Stimmt das?«, hilft ihm Martin auf die Sprünge.

Politikwissenschaften? »Ja, das kann sein.«

»Aber wieso hat sie dann einen Hundesalon aufgemacht?«

Klaus versteht die Frage nicht.

Martin hilft wieder nach: »Das hat doch nicht wirklich etwas mit den beiden Studienrichtungen zu tun.«

Aha. »Ich weiß auch nicht … vielleicht … vielleicht ist es, weil sie so tierliebend ist.«

Martin klatscht in die Hände. *Natürlich, das ist es. Die erste Übereinstimmung – sie sind beide tierliebend. Warum bin ich nicht früher darauf gekommen?*

»Was ist los?«, will Klaus wissen.

»Sie mögen beide Tiere!«

»Und?«

»Vielleicht hilft uns das ja weiter.«

»Mmh.« Klaus macht einen Schluck von seinem Bier.

»Los, erzähl mir von deiner Schwester. Was ist sie für ein Typ? Was macht sie gerne?«

Scheiße, woher soll ich das wissen? »Sie … sie ist 28. Oder 29?« Klaus kratzt sich an der Stirn.

»Weiter.«

Klaus schnauft. »Ich weiß nicht … sie ist … ich weiß auch nicht …«

Martin seufzt, springt auf und reibt sich das Gesicht. »So kommen wir nicht weiter.«

Das weiß ich auch, du arroganter Schnösel. Klaus nimmt einen weiteren Schluck von seinem Bier.

»Wir müssen überlegen …«, sagt Martin.

Tolle Idee.

»Ich hab's.« Martin klatscht in die Hände. »Wen kennen wir gemeinsam?«

Klaus sieht Martin fragend an.

»Der Entführer kennt uns doch anscheinend beide. Also müssen wir ihn auch kennen. Ich glaube nicht, dass er uns zufällig ausgewählt hat.«

Klaus zuckt mit den Schultern. »Ich weiß nicht … wie soll ich wissen, wen du kennst?«

Ich halt' den Typen nicht aus. Martin ist am Verzweifeln. »Zähl einfach Namen auf«, fordert er Klaus auf.

Klaus schaut verwirrt.

»Na mach schon.«

Endlich beginnt Klaus. »Al, Charlie, …«

»Nicht nur Vornamen, verdammt noch mal.« Martin sieht Klaus an, als ob dieser ein kleines Kind wäre.

Arroganter Wichser.

»Komm schon, die ganzen Namen.«

Klaus setzt wieder an: »Al …« *Ich hab' verflucht noch mal nicht den blassesten Schimmer, wie Al noch heißt!*

»Al – wie noch?«

»Keine Ahnung!«, schreit Klaus. »Al halt.«

»Okay, vergiss es. Ich kenne keinen Al.«

Na eben.

»Weiter.«

»Charlie …« *Verflucht, wie heißt der Charlie noch mal?*

Martin hat die Augen aufgerissen und starrt Klaus fassungslos an. »Das kann doch nicht wahr sein.«

»Was, verdammt noch mal?« Klaus ist laut geworden, er ballt seine Fäuste.

»Kennst du denn von niemandem die Nachnamen?«

»Na und? Verflucht!« Klaus wuchtet sich von der Couch, hebt die Hand zum Schlag. »Willst noch eine in die Gosch'n? Dann lass ruhig weiter das arrogante Arschloch und den Besserwisser raushängen.«

Martin macht einen Schritt zurück und reißt abwehrend die Hände hoch. »Ist ja gut, ist ja gut.«

Klaus starrt Martin an.

»Beruhig' dich, war ja nicht so gemeint.« *War sehr wohl so gemeint!*

Klaus lässt seine Faust sinken und greift nach der Bierflasche. Er leert sie fast in einem Zug, nur ein kleiner Schluck bleibt in der Flasche zurück.

»Also bitte, zähl' jetzt Namen auf.«

Klaus zählt auf, wer ihm einfällt. Viele sind es nicht gerade. Dann tut Martin das Gleiche, bis die beiden schließlich einsehen, dass es niemanden zu geben scheint, den sie beide kennen.

»Vergiss es, so kommen wir nicht weiter.« Martin sieht sich im Wohnzimmer um. »Hast du die Wohnung schon durchsucht?«

Klaus will gerade wieder zur Bierflasche greifen, hält aber inne. »Was? Wieso?«

»Meine Güte. Jetzt reiß dich gefälligst zusammen!« Martin greift sich an den Kopf. »Du bist noch nicht auf die Idee gekommen, die Wohnung zu durchsuchen?«

»Nein, ich … ich …«

»Vergiss es einfach. Los, lass uns anfangen. Vielleicht finden wir ja irgendwelche Fotos oder so, die uns weiterhelfen können.«

Klaus wirkt überfordert.

»Na los jetzt!«, schreit ihn Martin an.

Endlich erhebt sich Klaus. »Wo soll ich anfangen?«

»Keine Ahnung. Im Schlafzimmer vielleicht.«

Na, sehr leiwand. Das Schlafzimmer meiner Schwester.

Martin sieht sich im Wohnzimmer um und beginnt die Kommode neben dem Fernseher zu durchsuchen. Er reißt die oberste Lade auf, zerrt den Inhalt (unzählige DVDs, CDs, ein Handyladegerät und einige Zeitschriften) heraus und geht dann zur nächsten Lade über.

Klaus verschwindet im Schlafzimmer. Er bleibt im Türrahmen stehen und sieht sich um. Die Wände sind lila, das Bettzeug weiß mit rosa Blumenmuster. Das Bett ist gemacht, auf dem Polster thront ein kleiner Teddybär. Zwei schwarz-weiße Bilder von Delfinen.

Klaus geht zum Nachtkästchen. *Hoffentlich entdeck' ich keinen Vibrator oder so.* Er öffnet die erste Lade. Kopfschmerztabletten, Oropax, Taschentücher, eine Schlafmaske und ein Buch – *Ein ganzes halbes Jahr*. Klaus öffnet die zweite Lade. *Scheiße! Das wollte ich niemals wissen.* Ein rosa Vibrator und eine Tube Gleitgel, noch zwei Packungen Taschentücher.

Angewidert schließt Klaus die Lade und widmet sich dem weißen Kleiderkasten. Er schiebt die Kleiderhaken zur Seite, fährt mit der Hand zwischen die penibel zusammengelegten Stöße von T-Shirts, Pullovern und Hosen und findet nichts. Ganz oben sieht er zwei Schuhkartons, er ist allerdings zu klein, um an sie ranzukommen. Er streckt sich, es fehlen aber immer noch zwei Zentimeter.

»Und, hast du was gefunden?« Martin steht in der Tür.

Ja, leider. »Nichts. Du?«

»Nein, gar nichts.«

Klaus gibt es auf, an die Kartons zu kommen.

»Warte, ich helfe dir.« Martin schiebt Klaus zur Seite, hebt die Schachteln herunter und stellt sie aufs Bett.

Klaus öffnet eine davon und wühlt darin herum. Martin nimmt sich die andere vor. Klaus' Kiste ist vollgepackt mit Briefen und Postkarten. Er zieht wahllos ein paar Karten heraus und überfliegt sie. Keine weckt sein Interesse.

»Mmh«, macht Martin.

»Was hast du?«, fragt Klaus.

Martin hält einen kleinen ausgeschnittenen Zeitungsartikel in der Hand. Klaus liest die Überschrift: BRAND IN ZUCHTBETRIEB. ZWEI MENSCHEN TOT.

»Warum hebt sich Christine so einen Artikel auf?«, fragt Klaus leise vor sich hin.

Die beiden überfliegen ihn weiter: Im niederösterreichischen *Bernbach an der Triesting* war es in der Nacht vom 4. auf den 5. Dezember in einem Viehzuchtbetrieb zu einem Großbrand gekommen. Die beiden Besitzer kamen dabei ums Leben und …

Plötzlich läutet es an der Tür.

Die beiden zucken zusammen. Starren einander mit weit aufgerissenen Augen an.

»Wer ist das?«, fragt Martin.

»Ich hab' dir doch gesagt, wir dürfen nicht zu lange hier bleiben.«

»WER IST DAS?« Martin betont jede Silbe.

»Ich schätz', die Kiberer.« Klaus rennt zum Fenster, versucht, vor dem Haus jemanden zu entdecken. Doch wer auch immer geläutet hat, steht nun im toten Winkel oder ist bereits im Haus. »Los, wir müssen abhauen.«

»Wieso sind die hinter dir her?«

»Das kann ich dir jetzt nicht erklären. Wir müssen weg, verdammt noch mal.«

Martin ist wie versteinert.

»Los!«, schreit ihn Klaus an.

Martin lässt den Zeitungsartikel aufs Bett fallen, und die beiden stürmen los. Im letzten Moment fallen Martin noch die blutgetränkten Taschentücher im Badezimmer ein.

55

Martins Herz schlägt wie verrückt, als er die Treppen nach unten geht. Er hat das Gefühl, keine Luft mehr zu bekommen, und obwohl im Stiegenhaus bereits die Kälte von draußen zu erahnen ist, kann er spüren, wie ihm gerade ein Schweißtropfen den Rücken hinunter läuft. Er hält sich ein Taschentuch vors Gesicht, damit man seine geschwollene Nase nicht sehen kann. Seine Füße fühlen sich an, als wären sie aus Gelee, und die Stufen scheinen unter seinem Gewicht nachzuschwingen. Wenn sie ihn jetzt schnappen, ist alles vorbei und Marias Todesurteil unterzeichnet.

Von weiter oben hört Martin auf einmal einen Krach. *Was treibt der bloß da oben?*

Mechanisch setzt Martin weiter einen Fuß vor den anderen und hält sich dabei am Stiegengeländer fest. *Reiß dich zusammen! Sie sind nicht wegen dir hier.*

Ein Mann kommt ihm auf der Treppe entgegen.

Ist das etwa der Polizist, den Klaus gemeint hat?

Der Mann trägt abgewetzte schwarze Lederschuhe, schwarze Jeans und einen dunkelgrauen Stoffmantel. Darunter ein weißes Hemd und ein mittelgraues Jackett. Er hat ein breites Kinn, eine knollige Nase und ist unrasiert. Auf seiner Stirn hat er eine riesige grässliche Beule, die blau, violett und ein wenig gelb gefärbt ist. Sein Haar ist grau meliert, die Augen glasig und blutunterlaufen, sein Blick ist grimmig.

Martin will natürlich und unauffällig wirken, sein »Guten Morgen« scheint ihm aber das genaue Gegenteil.

»Morgen«, knurrt der Mann, und Martin hat das Gefühl, dass er ihn ein wenig zu lange ansieht.

Geh bloß weiter!

Martin geht weiter und kann den stechenden Blick des Mannes regelrecht in seinem Rücken spüren. Die letzte Stufe ist geschafft, er biegt nach rechts, und seine Schritte werden immer schneller. Endlich erreicht er die Haustür. Als er auf der Straße ist, blickt er sich um.

Es hat zu schneien begonnen. Die Gumpendorfer Straße ist mit einem feinen weißen Film überzogen.

Martin beginnt zu laufen.

Klaus späht über das Treppengeländer hinaus nach unten. *Dieser Fink hat es gut. Der kann einfach an diesem Mück vorbei die Stufen hinuntergehen und verschwinden.* Er selbst hingegen muss sich jetzt irgendwo in den oberen Stockwerken verstecken und warten, bis die Luft wieder rein ist.

Apropos Luft – die bleibt Klaus aufgrund des raschen Treppensteigens schnell weg. Er bleibt an einer Stufe hängen, rudert mit den Armen herum und versucht, irgendwo Halt zu finden. Doch er greift ins Leere und knallt mit voller Wucht auf die Treppen. Dabei quetscht er sich seine Hand zwischen der Stufenkante und seinem massigen Körper ein. Ihm entkommt ein leises Stöhnen.

Verfluchte Scheiße!

Klaus gerät in Panik. *Können die das gehört haben?*

Wenn ihn dieser Mück jetzt in die Finger bekommt, ist alles vorbei. Dann werden sie ihn einbuchten. Wenn er Glück hat, nur wegen der verdammten Schmugglerei. Wenn er Pech hat – und das hat er meistens – dann hängen sie ihm auch noch die Morde an Als Lackaffen an.

Er stemmt sich hoch, betrachtet seine Hand, schüttelt sie und hofft, dadurch den Schmerz wegzubekommen.

»Guten Morgen«, hört er Fink von unten.

Schleimer!

»Morgen.«

Dieser Mück klingt, als wäre er nicht besonders gut gelaunt.

Klaus wagt es noch einmal, sich über das Treppengeländer hinauszubeugen, und schaut nach unten. Für einen kurzen Augenblick kann er Mücks schwarze Schuhe sehen, doch dann verschwindet der Kiberer wieder im toten Winkel.

Die Haustür fällt mit einem Knall zu. *Dieser Fink hat es also tatsächlich hinaus geschafft. Verdammter Glückspilz.*

Klaus schleicht die Stufen weiter nach oben.

56

»Guten Morgen.« Der Mann, der Mück im Treppenhaus entgegen kommt, hat die Ausstrahlung eines Buchhalters.

»Morgen.« Mück findet nicht, dass der Morgen besonders gut ist. Sein Kopf brummt trotz mehrerer Schmerztabletten, und ab und zu überkommt ihn ein leichtes Schwindelgefühl.

Die Ärzte hatten unter anderem eine Gehirnerschütterung diagnostiziert und wollten eigentlich, dass er das Wochenende über zur Beobachtung im Krankenhaus bleibt. Nach langem Diskutieren packte Mück jedoch schließlich seine Sachen und ging nach Hause. Zuvor hatten sie ihm aber noch einen Wisch vor die Nase gehalten, der besagte, dass er das Spital auf eigene Gefahr und gegen das Anraten der Ärzte verlassen würde. Erst, als er diesen unterzeichnete, waren sie glücklich und ließen ihn gehen.

Vor einer Stunde etwa telefonierte er mit dem Schleifer und versicherte ihm, dass er völlig in Ordnung und einsatzbereit war. Doch der wollte nichts davon wissen und gab Mück den ausdrücklichen Befehl, im Krankenhaus zu bleiben und sich vor nächsten Montag ja nicht im Büro sehen zu lassen.

Da sich Mück strikt davor hütet, den Anweisungen seines neuen Vorgesetzten zuwiderzuhandeln, hat er beschlossen, das Büro zu meiden. Weil ihm Schleifer jedoch nicht ausdrücklich verboten hat, Richter, diesen Abschaum, zu suchen und ihn sich einmal so richtig vorzuknöpfen, sieht Mück darin auch überhaupt kein Problem.

Die Haustür fällt mit einem lauten Knall zu. Der Buchhalter ist draußen in der Kälte.

Mück steht vor Christine Richters Wohnung. *Hoffentlich hat die Frau nicht allzu viele Ähnlichkeiten mit ihrem Bruder.* Er presst sein Ohr gegen die Tür und läutet.

Nichts passiert, nichts ist zu hören.

Er läutet noch einmal.

Wieder gibt es keine Reaktion.

Mück betrachtet die Tür etwas genauer. Ihm fallen ein paar feine Kratzspuren rund um das Schloss auf. *Na sieh' mal einer an …* Ihm ist sofort klar, dass jemand versucht hat, in die Wohnung einzubrechen. *Aber was muss das nur für ein Stümper gewesen sein?*

Um völlig sicherzugehen, presst er sein Ohr noch einmal an die Tür und läutet wieder. Wie erwartet, passiert auch jetzt nichts.

Mück kramt in seiner Manteltasche. *Na, dann wollen wir doch mal schauen, ob ich das Ding aufkrieg'.*

Keine Minute später steht Mück im Vorzimmer und schließt leise die Tür.

Es riecht nach Schweiß und Zigaretten.

Mück wirft einen kurzen Blick in das Badezimmer, dann in die Küche. Als er weiter zum Wohnzimmer geht, braucht er keine Sekunde, um zu begreifen, dass in Christine Richters Dreizimmeraltbauwohnung irgendetwas nicht stimmt.

Der schlichte und dennoch ein wenig verspielte Ikea-Stil ist von der Verwüstung, die vorherrscht, überschattet. Laden stehen halb offen. Deren Inhalt liegt teilweise am Boden verstreut. Kastentüren sind geöffnet, Bücherstöße sind umgefallen. Die Polster der Couch liegen durcheinander, einer liegt am Boden.

Mück begreift, dass der Zigarettenrauch frisch ist. Jemand muss erst vor Kurzem eine geraucht haben. Eine Bierflasche steht am Tisch. Beides passt nicht zu der Beobachtung, die

Mück jetzt macht: Neben der Tür hängt ein Abreißkalender mit mehr oder weniger weisen Sprüchen und Zitaten. Es hängt immer noch das Blatt von vor drei Tagen, also vom Dienstag, dem 1. Dezember. Der Spruch des Tages war von Thomas Stearns Eliot und lautete: *Wer vor seiner Vergangenheit flieht, verliert immer das Rennen.*

Mmh, könnte was dran sein …

Mück geht zum Fenster und schaut auf die Straße hinab. Der Hauseingang ist nicht einzusehen. Alles sieht aus wie angezuckert.

Wieso hängt das drei Tage alte Kalenderblatt noch da? Hier war doch vor Kurzem noch jemand.

Mück stöbert ein wenig in den offen stehenden Laden.

Vom Stiegenhaus sind Stimmen zu hören. Doch bevor sie Mücks Aufmerksamkeit auf sich ziehen, läutet sein Handy.

Er nimmt ab, ohne nachzusehen, wer es ist. »Ja?«

»Hallo«, meldet sich Gerlinde.

»Hallo.«

»Du kommst doch heute Papa besuchen?«

Mück kneift die Augen zusammen, greift sich an die Brust. Das leichte Stechen ist wieder da. Für einen kurzen Augenblick verfällt er in seine alte Verhaltensweise. In Sekundenbruchteilen geht er die möglichen Ausreden durch, prüft sie auf Glaubwürdigkeit. Doch dieses Mal will er nicht lügen. Das muss ein Ende haben. »Ja, ich komm' am Abend.«

»Das ist gut.« Gerlinde klingt erleichtert.

»Wie geht es ihm?«

»Gut, er war kurz wach. Er spricht aber nicht viel.«

»Mmh.

»Die Ärzte sagen aber, dass er keine bleibenden Schäden davontragen wird. Seine Lunge wird sich erholen.«

»Das ist gut.« Mück fällt ein Stein vom Herzen.

Für einen Augenblick herrscht Stille.

»Und, wie geht es dir?«, fragt Gerlinde schließlich.

Mück denkt an die Platzwunde an seiner Stirn, an die höllischen Kopfschmerzen, den Schlafmangel und das Schwindelgefühl, das immer wieder über ihn hereinfällt, und an den Selbstmordversuch seines Vaters. *Beschissen. Absolut beschissen.* »Geht so.«

»Und dir?«

»Auch …«

»Hast du Toni schon erreicht?«

»Nein.« Gerlinde klingt traurig.

Wo zum Teufel steckt dieser Kerl nur?

Wieder schleicht sich drückende Stille ein. Ein Knistern in der Leitung ist zu hören.

»Hat er nach mir gefragt?«

Gerlinde zögert. »Weißt du …«

»Hat er?«

Sie schnauft. »Nein.«

»Mmh.« *Warum sollte er auch.*

»Versprich mir, dass ihr zwei das wieder hinbekommt.«

Ich wünschte, das könnte ich.

»Robert, versprich es mir.«

»Ich werd's versuchen.«

57

Martin läuft die Gumpendorfer Straße entlang und biegt dann nach links in eine Seitengasse ein, wo er seinen Wagen geparkt hat. Dabei rennt er beinahe in eine junge Frau mit

Kinderwagen hinein, die erschrocken aufschreit. Er entschuldigt sich, versichert sich, dass auch wirklich nichts passiert ist, und rennt weiter.

Von Weitem sieht er schon den ambitionierten Parksheriff, der sich kurz umsieht und dann in sein kleines elektronisches Gerät einzutippen beginnt.

Na super! »Warten Sie«, ruft Martin im Laufen und winkt dem Mann zu. »Bitte warten Sie.«

Doch der tippt unbeirrt weiter und sieht nicht auf.

Martin erreicht seinen Wagen. »Bitte warten Sie.« Er schnauft, stemmt die Hände auf seine Knie. »Ich fahr' schon weg. Ich hab nur fünf Minuten hier geparkt.«

Der Mann hat Backen wie ein Hamster. Er blickt nur kurz zu Martin auf, widmet sich dann aber wieder seiner Arbeit. »Sie blockieren eine Einfahrt.« Er deutet mit dem Kopf kaum merkbar auf das Garagentor.

»Das hab' ich nicht gesehen, ehrlich.«

Der Hamster zeigt auf das *Halten und Parken verboten* Schild, das nur einen knappen Meter hinter Martin steht. »Wenn Sie das nicht gesehen haben, dann sollten sie dringend einmal zum Augenarzt gehen.«

Martin will zum Protest ansetzen, doch der junge Mann kommt jetzt so richtig in Fahrt: »Glauben S', nur weil Sie einen tollen BMW fahren, können Sie sich alles erlauben? Glauben S', Ihnen gehört die Straße alleine?«

»Wie bitte?«

»Ah, hören tun S' auch schon schlecht?« Er grinst. Schiefe, gelb verfärbte Zähne kommen zum Vorschein.

»Das ist ja eine Frechheit. Ich werde mich über Sie beschweren.«

»Tun S' das bitte.«

Martin öffnet den Mund, weiß aber nicht, was er sagen soll. Er ist von der Arroganz des Parksheriffs einfach überwältigt.

»Hier bitteschön, Ihr Strafzettel.« Er streckt Martin den weißen Zettel entgegen. »Wenn Sie sich beschweren wollen, können Sie das gerne damit machen. Am Magistrat wissen sie, wer den ausgestellt hat.«

Ach, geh' mir einfach aus dem Weg!

»Sind S' lieber froh, dass ich Sie nicht abschleppen hab' lassen.«

Martin kocht vor Wut.

»Schöne Weihnachten«, wünscht der Hamster mit einem schiefen Lächeln und wendet Martin den Rücken zu, um seine Streife fortzusetzen.

Arroganter, frustrierter Trottel. Martin zerknüllt den Strafzettel in seinen Händen und steigt in den Wagen. Er wischt sich den Schnee von seinem Mantel und versucht, sich zu beruhigen. Er begreift erst jetzt, dass er völlig aus der Spur ist. Die Entführung zerrt an seinen Nerven. Warum regt er sich über diesen lächerlichen Strafzettel auf? Alles, was er will, ist, Maria gesund zurückzuhaben.

Sein Puls beruhigt sich langsam, und er realisiert, wie knapp er gerade der Polizei entkommen ist. Wenn dieser Polizist ihn in Christine Richters Wohnung angetroffen hätte, wäre wohl alles vorbei gewesen.

Er schaut auf die Uhr. Noch etwas mehr als 13 Stunden, bis das Ultimatum des Entführers abläuft. Noch etwas mehr als 13 Stunden, um Maria zu retten.

Martin überlegt, wie viel Gewicht er dem Zeitungsartikel beimessen soll. Was soll dieser Großbrand in einem Viehzuchtbetrieb mit Marias Entführung zu tun haben? Nichts, würde er sagen, wenn da nicht diese sonderbare Übereinstimmung wäre: Der Brand war im Dezember vor vier Jahren. Kurz davor hatte Maria viele Seiten aus ihrem Tagebuch gerissen und dann mit ihren Einträgen aufgehört. Klar, das ist wahrscheinlich nur ein Zufall. Aber Martin hat sonst keinerlei Ideen.

Also tippt er *Bernbach* in das Navi.
Das Gerät berechnet die Fahrtzeit: 54 Minuten.
Martin startet den Wagen und fährt los.

58

Es ist still geworden.

Klaus reibt sich nervös das Gesicht und rafft die Haare an den Seiten. *Ist er überhaupt noch da?* Er hat ihn nicht wieder gehen gehört.

Vorsichtig schiebt er seinen massigen Oberkörper Zentimeter für Zentimeter über das Geländer im Stiegenhaus und hat alle Hände voll zu tun, nicht das Gleichgewicht zu verlieren. Doch es reicht einfach nicht, um die Eingangstür seiner Schwester einsehen zu können. Wenn dieser Mück noch da ist, muss er im toten Winkel stehen.

Warum hat dieses verdammte Stiegenhaus auch keinen Aufzug?

Ein metallisches Knacken ist zu hören. Dann ein Schloss, das schnappt. Klaus hört, wie die Wohnungstür geöffnet und ein paar Sekunden später wieder geschlossen wird. Dann ist es wieder völlig ruhig im Stiegenhaus.

Dieser verdammte Hundling ist doch tatsächlich in Christines Wohnung eingebrochen.

Klaus' Gedanken drehen sich im Kreis. Er ermahnt sich, einen kühlen Kopf zu bewahren. Er kann nicht mehr länger hier auf den Treppen bleiben. Früher oder später werden noch viel mehr Kiberer hier eintreffen, und dann sitzt er endgültig fest. Er muss hier raus, muss es irgendwie schaffen, Christine zu retten. Auch wenn er keine Ahnung hat, wie.

Er will gerade leise die Stufen nach unten schleichen, als er auf einmal eine schrille, scharfe Stimme hinter sich hört: »Zu wem g'hören Sie?«

Klaus fährt erschrocken herum. Hinter ihm steht eine alte Frau, gebückt auf ihren Gehstock gestützt und mit einem Einkaufssackerl in der Hand.

Wie hat sich die, verdammt noch mal, so anschleichen können?

Mit stechendem Blick hat sie Klaus fixiert und hält ihm drohend ihren Stock entgegen.

Auch das noch – ein selbsternannter Haus-Sheriff. Mach jetzt bitte ja keinen Lärm, du alte Schachtel. Wenn dieser Mück das mitbekommt, bin ich geliefert.

»Na, was ist? Hat's Ihnen die Sprache verschlagen? Wo S' hin wollen, hab ich Sie g'fragt!«

»Ich … ich …«

»Fladern wollten S', hab ich recht?« Die Frau fuchtelt Klaus mit ihrem Stock unmittelbar vor seiner Brust herum.

Verflucht noch mal, du alte Schnepfn, schrei nicht so herum! »Ich … ich besuch' meine Schwester. Ich … hab' mich nur im Stock geirrt.«

»Das können S' gleich der Polizei erzählen. Die ruf' ich jetzt nämlich. Ich hab's satt, dass hier dauernd ein'brochen wird.« Sie zückt ein riesiges Pensionistenhandy aus ihrer Manteltasche. »Sucht's euch g'fälligst eine ordentliche Arbeit. Und lasst's uns anständige Leut' in Ruh'.«

Die spinnt ja komplett.

Klaus wiegt seine Möglichkeiten ab. Begreift, dass er nur eine hat. Er wirft einen nervösen Blick über das Stiegengeländer. Mück hat anscheinend noch nichts von der Schreierei der Alten mitbekommen. Um aus dem Haus zu kommen, muss er an Christines Wohnungstür vorbei. An der Höhle des Löwen.

»Ah, läutet schon«, kommentiert die Frau ihren Anruf.

Klaus wirft ihr noch einen letzten fassungslosen Blick zu und rennt dann los. Er nimmt immer zwei Stufen auf einmal, stolpert beinahe, als er um die Ecke läuft.

»Warten S' g'fälligst!«, schreit ihm die Frau hinterher.

Hör auf zu schreien, verflucht! Klaus rennt direkt auf Christines Wohnung zu. Die Tür wird immer größer, baut sich vor ihm auf.

»Stehen bleiben!«, ruft die Alte.

Klaus ist unmittelbar vor Christines Wohnungstür. Im Bruchteil einer Sekunde malt er sich das Schreckensszenario aus, dass Mück gerade jetzt die Tür öffnet und er ihm direkt in seine Arme läuft.

Doch er schafft es an der Tür vorbei. Rennt weiter, immer weiter, bis er endlich das Haustor erreicht und hinaus auf die Straße stürmt. Er hat es geschafft.

Scheiße, wo kommt der ganze Schnee her?

Klaus ist hinauf auf die Mariahilfer Straße gelaufen. Im immer dichter werdenden Schneefall und in der Menge der Einkaufswütigen versucht er, vor der Polizei unterzutauchen. Ihm ist kalt, er hat kein Geld, keinen Wagen und keine Ahnung, wie er Christine retten soll. Dafür jede Menge Leute, die es auf ihn abgesehen haben.

Er holt sein Handy aus der Tasche, wischt den Schnee vom Display und schaltet es ein. Klaus weiß, dass es ein Risiko ist. Die Polizei wartet sicher nur darauf, ein Signal von seinem Handy zu empfangen, um zu wissen, wo er sich aufhält. Aber er hat keine andere Chance. Er braucht Hilfe.

Er verschwindet in einer großen Buchhandlung und grinst. *Da drinnen werden die mich niemals suchen.*

Ein Typ mit dicker Hornbrille, der kaum mehr als 50 Kilo wiegt, stellt sich Klaus in den Weg und starrt auf sein Veilchen. »Kann ich Ihnen vielleicht weiterhelfen?«

»Wohl kaum.« Klaus drängt sich an ihm vorbei. *Oder hast du etwa 30.000 für mich und weißt, wo meine Schwester ist?* Er geht nach hinten durch und sucht sich eine ruhige Ecke. *Gesundheit & Ernährung* steht über den Regalen. Dort wählt er die Nummer seines Assistenten.

Johannes ist der einzige Mensch, der ihm nun noch helfen kann. Er ist wahrscheinlich der Einzige, der überhaupt noch abhebt, wenn er anruft. Immerhin bezahlt Klaus ihn ja auch dafür.

Es läutet.

»Komm schon. Heb ab«, murmelt Klaus.

Der Anruf wird weggedrückt.

»Verflucht.« Klaus wählt noch einmal Johannes' Nummer. Jetzt oder nie – er kann das Handy nicht mehr viel länger eingeschaltet lassen.

Es läutet wieder.

Klaus geht nervös auf und ab, zupft an seinem Kinnbart. »Jetzt geh' verdammt noch einmal ran!«

Wieder wird der Anruf weggedrückt, und es meldet sich Johannes' Mobilbox.

Verflucht, das darf doch nicht wahr sein.

Also ist Klaus auf sich alleine gestellt. Niemand wird ihm helfen. *Warum sollte es dieses Mal auch anders sein?*

Gerade, als er das Handy wieder abschalten will und in Richtung Ausgang hetzt, ertönt ein heller Glockenklang. Schlagartig steigt seine Nervosität und Klaus öffnet die SMS.

Sie ist von Johannes: *polizei ist hier. sie suchen dich. melde mich.*

Klaus bleibt wie angewachsen stehen, starrt mit offenem Mund auf sein Handy. Die Nachricht enthält nicht wirklich etwas Neues. In all der Hektik hat er wahrscheinlich nur noch nicht die Zeit gehabt, es wirklich zu begreifen. Aber nun trifft ihn die Erkenntnis wie ein mächtiger Faustschlag mitten ins Gesicht. Die Erkenntnis, dass er ganz gewaltig in der Scheiße steckt.

Klaus schaltet das Handy ab und taucht in der verschneiten vorweihnachtlichen Einkaufshektik unter.

59

Mück weiß, dass er sich im Büro nicht blicken lassen darf. Schleifer hat ihm den ausdrücklichen Befehl gegeben, ein paar Tage in Krankenstand zu gehen und nicht vor Montag wieder zum Dienst zu erscheinen. Er würde ohnehin schon einiges zu erklären haben, wenn sein neuer Chef herausfindet, dass er trotz einer Gehirnerschütterung und gegen Anraten der Ärzte das Krankenhaus verlassen hat.

Da er seine neuen Kollegen noch kaum kennt, hat er keine Ahnung, wem er vertrauen kann und wem nicht. Mück fällt nur eine Person ein, die er glaubt, um Hilfe bitten zu können: Stefanie Grau. Mück bildet sich auf einmal ein, ihren Duft wieder zu riechen und ihren sanften Druck auf seiner Schulter zu spüren, als er ihre Nummer wählt.

»Na hallo!« Stefanie klingt überrascht. »Wie geht es dir? Bist du nicht mehr im Krankenhaus?«

»Ganz gut.« Mück wechselt sofort das Thema. Hofft, dass sie nicht nachhakt: »Wie sieht's mit den Ermittlungen aus? Habt ihr Richter schon gefunden?«

»Nein, leider. Keine Spur von ihm. Sein Handy ist auch immer noch ausgeschaltet.«

»Sonst irgendetwas herausgefunden?«

»Nicht besonders viel. Das Meiste hast du ja selbst gesehen. Beide sind mit einer 9mm erschossen worden. Todeszeitpunkt war wahrscheinlich irgendwann zwischen halb sechs und halb acht. Der endgültige Bericht der Gerichtsmedizin steht noch aus.«

»Und wer waren sie?«

»Sie hatten nichts bei sich. Keine Ausweise, kein Geld, nichts. Wir vermuten aber immer noch, dass sie zu Als Truppe gehören. Schröder kümmert sich darum.«

»Und was ist mit Richters Angestellten? Habt ihr die schon gefunden?«

»Ich bin gerade unterwegs. Ich weiß nicht, ob wir sie schon haben. Müller und Niederhofer sind da dran.«

»Mmh.« Mück lässt seinen Blick durch Christine Richters verwüstete Wohnung schweifen. »Ich hab' über einiges nachgedacht. Kannst du mir vielleicht bei etwas helfen?«

»Schieß los.«

Mück mag den Klang ihrer Stimme. »Was wissen wir eigentlich über Richters Schwester?«

»Soviel ich weiß, ist sie, bis auf eine kleine Jugendsünde, völlig unbescholten. Nicht verheiratet, keine Kinder, wohnt in Wien und hat einen eigenen Hundesalon irgendwo im 6. Bezirk.«

Mück ärgert sich darüber, diese Dinge nicht gewusst zu haben. Aber er war erst seit dieser Woche im Drogendezernat und gleich zu Richters Beschattung abkommandiert worden. *Trotzdem …* »Was war das für eine Jugendsünde?«

»Eine Anzeige wegen Sachbeschädigung. Sie dürfte in ihrer Studienzeit wohl auf dem Tierschützertrip gewesen sein, ist mit einer Spraydose durch die Kärntnerstraße gelaufen und hat die Pelzmäntel der Passanten besprüht.«

Mück empfindet auf einmal eine gewisse Sympathie für Richters Schwester. Er denkt nach. »Ist sie damals alleine gewesen?«

»Puh, keine Ahnung. Du fragst vielleicht Sachen.«

»Glaubst du, könntest du mir das herausfinden?«

»Glaubst du, mir ist fad?«

Ihre Antwort fühlt sich für Mück an wie eine Ohrfeige. Er schweigt.

Seine Kollegin seufzt. »Okay, ich überprüf' das mal.«

»Danke.«

»Aber …«

»Was?«

»Das kostet dich mindestens einen Cappuccino.«

Mück lächelt. »Ist gut.« *Nichts lieber als das.*

Etwas später ist Mück immer noch in Christine Richters Wohnung und wartet auf den Rückruf seiner Kollegin. Er versucht zu begreifen, weshalb Richters Schwester nun schon seit drei Tagen nicht mehr hier gewesen ist und die Wohnung trotzdem nach frischem Rauch und Schweiß stinkt. Er vermutet, dass Richter selbst die Nacht hier verbracht hat. Aber wo ist Christine? Ihr Führerschein, ihr Reisepass, ihre Zahnbürste, ihr Deo – einfach alles ist noch da.

Mück hat die Fotos im Schlafzimmer durchgesehen und kein einziges von ihrem Bruder gefunden. Auch an den Wänden hängt kein Foto von ihm. *Offensichtlich haben die beiden kein besonders nahes Verhältnis. Würde Christine ihrem Bruder also ohne Weiteres mitten in der Nacht Unterschlupf bieten? Mmh, wahrscheinlich.*

Zwischen den Fotos liegt ein Zeitungsausschnitt. Es ist ein Artikel über einen Brand in einem Tierzuchtbetrieb in

Niederösterreich. Die beiden Besitzer sind dabei ums Leben gekommen, der Sohn hat als Einziger überlebt. Mück überfliegt den Text, als auf einmal sein Handy läutet.

»Ja?«

Stefanie kommt ohne Umschweife zur Sache: »Woher hast du das gewusst?«

»Was?«

»Komm schon, verkauf mich nicht für blöd.«

Mück hat wirklich keine Ahnung, was sie meint. »Wovon redest du?«

»Na, die Anzeige.«

»Komm schon, erzähl endlich. Ich hab' keine Ahnung, was du meinst.«

»Na dann hast du anscheinend einen hervorragenden Spürsinn. Christine Richter hat die Spray-Aktion damals gemeinsam mit einer Maria Neubauer, heute Fink gemacht. Beide haben eine Anzeige wegen mehrfacher Sachbeschädigung ausgefasst.«

»Und?«

»Naja, ich bin im System auf einen interessanten Eintrag gestoßen: Heute früh hat es eine anonyme Beschwerde gegeben, dass aus der Wohnung der Finks ein heftiger Streit zu hören war.«

Mück lauscht gespannt. Seine Nackenhaare regen sich.

Stefanie erzählt weiter: »Zwei uniformierte Kollegen haben das Ganze dann überprüft, allerdings keine Spuren eines Streits feststellen können. Ihr Mann hat ausgesagt, dass seine Frau längst in der Arbeit sei. Auch das ist überprüft worden, doch jetzt kommt's: Angeblich ist sie seit drei Tagen nicht mehr bei der Arbeit erschienen.«

Mücks Nackenhaare stehen empor. *Drei Tage. Wie Christine Richter.* »Und wo ist ihr Mann jetzt?«

»Spurlos verschwunden.«

Was zum Teufel ist hier nur los?

»Ihr Mann heißt Martin Fink und ist Partner einer Anwaltskanzlei im 1. Bezirk. *KOVACIC & FINK.* Sein Partner, ein gewisser Rudolf Kovacic, hat ausgesagt, dass Fink in den letzten Tagen völlig durch den Wind gewesen sei und ebenfalls nicht mehr in der Kanzlei erschienen ist.«

»Wo hat diese Maria gearbeitet?«

»Warte mal ...«

Mück hört Tasten, die gedrückt werden.

»In der *WIENER KAFFEEKÜCHE*. Einem Kaffeeimbiss am ...«

»Schottentor, das kenne ich.«

»Wow.« Stefanie klingt ehrlich beeindruckt.

»Bis letzte Woche hab' ich mir dort täglich meinen Morgenkaffee geholt.«

»Ah.«

»Okay, danke für die Infos.« Mück will schnell Schluss machen.

»Warte«, kommt ihm Stefanie zuvor.

»Ja?«

»In welchem Krankenhaus liegst du eigentlich?«

Scheiße! »Ähm ... im ... im SMZ-Ost.« *Ich bin so ein verflucht schlechter Lügner.*

»Aha.«

»Wieso?«

»Nur so. Gute Besserung noch.«

»Danke.« Mück ist etwas irritiert. Doch da fällt ihm plötzlich noch etwas ein: »Steffi, warte!« *Oh Gott, hab' ich gerade Steffi gesagt?*

»Steffi?« Sie lacht.

»Tut mir leid, das ...«

Sie lacht noch lauter. »Passt schon, Mücki. Du hast hiermit die Erlaubnis, mich Steffi zu nennen.«

Mück ist erleichtert.

»Aber …«

»Ja?«

»Wehe, du nennst mich vor den anderen so …«

»Ist gut.« Jetzt muss auch Mück lächeln.

»Also, was gibt's noch?«

»Kannst du mir noch einen kleinen Gefallen tun?«

Sie stöhnt. »Wenn du mir was versprichst.«

»Was?«

»Cappuccino. Mit ordentlich viel Milchschaum.«

Mück versteht nicht.

»Jeden Morgen, Punkt acht auf meinem Schreibtisch. Die ganze nächste Woche. Und versuch mir ja keine Automatenbrühe unterzujubeln.«

Mück mag sie. »Versprochen.«

»Also, was soll ich tun?«

Mück hält den Zeitungsausschnitt in der Hand. »Kannst du mir vielleicht nachschauen, was wir über den Brand auf einem Viehzuchtbetrieb in Bernbach an der Triesting im System haben?«

»Wie kommst du denn jetzt auf das?«

»Keine Ahnung. Ich hab' hier einfach so viel Zeit zum Nachdenken«, lügt er.

»Mmh.«

Sie glaubt mir nicht.

»Ich glaub' dir kein Wort, Mücki.«

Ich bin wirklich ein miserabler Lügner.

Es entsteht eine Stille zwischen den beiden, die Mück unglaublich lange vorkommt.

»Na gut, ich schau' dann mal nach. Ich muss aber jetzt los. Der Schleifer hat alle zu einer Besprechung gerufen.«

»Aha, worum geht's?«

»Der ist ganz nervös wegen der Sache mit dem Richter.

Al dürfte auch untergetaucht sein, und angeblich sitzt dem Schleifer der Polizeipräsident im Nacken, weil die ganze Aktion so scheiße gelaufen ist.«

»Na, da bin ich aber froh, dass ich im Krankenhaus lieg'.«

60

Das Navi hatte ihm 54 Minuten Fahrtzeit angezeigt. Tatsächlich brauchte Martin eineinviertel Stunden.

Der Schneefall ist schnell stärker geworden, und die Minusgrade haben dazu geführt, dass er selbst auf der stark befahrenen Südosttangente nicht mehr geschmolzen ist. Wie jedes Mal, wenn es in Wien schneit, scheint er die Stadt vollkommen überraschend und unvorbereitet getroffen zu haben. Viel zu wenige Schneeräumfahrzeuge, die viel zu spät ausgefahren sind. Die Menschen gehen wie auf rohen Eiern, und die, die in ihren Autos sitzen, scheinen auf einmal das Fahren verlernt zu haben oder den vierten Gang nicht mehr zu finden. Im Radio kommen in immer kürzeren Abständen neue Staumeldungen. Freitagnachmittagsverkehr in der Vorweihnachtszeit und der erste Schneefall des Winters – das ist der vorprogrammierte Supergau.

Martin passiert das Ortsschild von Bernbach an der Triesting. Das Dorf ist von mehreren Hügeln umgeben, und der Großteil der Häuser befindet sich in dem schmalen Tal. Einige weitere liegen an den Hügeln entlang verstreut. Schmale Wälder durchziehen die Landschaft. Das Dorf wirkt tiefwinterlich, und es scheint, als hätte es hier bereits viel früher zu schneien begonnen. Es ist finster, die Wolken lassen kein Sonnenlicht durch. Keine Menschenseele ist auf den Straßen zu sehen, und in den Häusern brennt nur vereinzelt Licht.

Martin wird langsamer und versucht, sich durch den dichten Schneefall hindurch zu orientieren. Etwa 200 Meter vor ihm streckt sich die Spitze des Kirchturms in den Himmel. Martin fährt weiter in diese Richtung.

Wie er vermutet hat, bildet der kleine Platz vor der Kirche das Dorfzentrum. In der Mitte stehen drei Bäume, darum herum mehrere Bänke, die alle schneebedeckt sind. Das Gotteshaus wirkt zu groß für den kleinen Ort. Unmittelbar gegenüber befindet sich ein zweistöckiges Gebäude, auf dem der Schriftzug *Rathaus Bernbach* angebracht ist. Die schwarze Farbe ist an vielen Stellen abgeblättert, Rost kommt zum Vorschein. Bernbach hat wohl schon bessere Zeiten erlebt.

Martin parkt den Wagen und stapft zum Gasthaus hinüber, das gleich neben dem Rathaus liegt. *Bernbach Stubn* steht über dem Eingang. Zwei Lichterketten wurden links und rechts davon befestigt. Die linke funktioniert nicht. Martin bleibt vor der Tür stehen und schüttelt sich den Schnee von der Kleidung. Im Aushangkasten an der Wand wird das jährliche *Advent-Schnapsen* angekündigt. Den Gewinner erwartet ein Geschenkkorb und ein Fass Bier, den Zweit- und Drittplatzierten jeweils eine Flasche Wein.

Weihnachten auf dem Land …

Als Martin eintritt, empfängt ihn ein dichter Nikotinnebel und der Gestank von Frittieröl. Er fühlt sich wie in einem schlechten Heimatfilm. Die vier Gäste, die gemeinsam an einem Tisch sitzen und schon fleißig für das *Advent-Schnapsen* üben, erstarren. Ihr Gespräch verstummt, und sie sehen Martin an, als wäre er ein entflohener Schwerverbrecher. Die Wirtin, die hinter der Schank gerade ein Krügerl zapft, ist von dem unbekannten Gast ebenfalls so irritiert, dass ihr das Glas übergeht. Sie flucht.

Ruhig bleiben. »Mahlzeit«, sagt Martin merklich unsicher und setzt sich auf einen Hocker an der Schank.

Die vier Männer antworten nicht. Sie setzen zwar ihr Kartenspiel fort, werfen Martin zwischendurch aber immer wieder skeptische Blicke zu.

Martin sieht sich in dem Gasthaus um. Auf dem Tresen vor ihm kleben vor Langem verschüttete Bierreste, und über der Toilettentür blinkt ein Weihnachtsmann. Die Stühle und Tische sind zerkratzt, sie wirken alt und verbraucht. Die Wände sind übersät mit Fotos der örtlichen Fußballmannschaft, dazwischen hängen immer wieder Wimpel, Urkunden und Fanschals. Auf einem Regal stehen drei einsame Pokale, zwei davon sind so klein, dass sie eher wie Trostpreise wirken. Die Mannschaft dürfte nicht besonders erfolgreich sein.

»Mahlzeit. Was darf's sein?«, fragt die Wirtin endlich. Sie wartet nicht auf Martins Antwort, sondern nimmt das eben gefüllte Krügerl und bringt es einem der Männer.

»Dank' dir, Schatzerl«, sagt dieser.

Die Wirtin kommt wieder zurück und zündet sich erst mal eine Zigarette an. Nach einem kräftigen Zug, den sie einfach in den Lungen behält, fragt sie Martin: »Na, wissen wir schon, was wir wollen?«

Martin möchte eigentlich gar nichts bestellen, doch er ist davon überzeugt, von diesen Hinterwäldlern sonst nie etwas über diesen abgebrannten Hof zu erfahren. »Ein Cola bitte.«

Die Wirtin sieht ihn an, als ob er gerade einen hoch ansteckenden Virus bestellt hat. Sie knallt Martin die Flasche hin. »Brauchen S' ein Glas auch?«

Na sicher. »Nein danke.« Martin macht einen Schluck und lauscht der leisen Schlagermusik, die aus gut versteckten Boxen dringt. Eine Frau singt davon, dass sie tausend Mal belogen und betrogen worden ist.

Los, frag sie, und dann nichts wie raus hier.

Die Wirtin macht einen letzten Zug und dämpft die Zigarette aus. Dann lässt sie sich selbst ein kleines Bier herunter und leert es zur Hälfte.

»Hier hat es doch vor vier Jahren einen Brand gegeben, oder?«

Die Frau schaut ihn verwirrt an. »Warum wollen S' das denn wissen? Das hat doch nie jemanden interessiert.«

»Ich bin Journalist«, lügt Martin.

»Und wieso interessiert Sie dann der Brand?«

Martin kann die Blicke der vier Männer förmlich in seinem Rücken spüren. »Ich arbeite an einem Artikel darüber.«

Die Wirtin betrachtet ihn skeptisch. Dann leert sie ihr Bier. »Das macht den Hans und die Lissi auch nicht mehr lebendig«, sagt sie trocken und zündet sich eine neue Zigarette an.

»A Frechheit is des, dass sie den Hof damals nicht abgerissen haben«, mokiert sich auf einmal einer der Männer hinter Martin. »Wir müssen uns das tagtäglich anschau'n. Glauben S', das ist schön?«

Martin dreht sich zu ihnen um.

»A Schand' is des!«, fügt ein anderer hinzu.

»Renoviert haben's den, aber trotzdem wird man dauernd daran erinnert«, sagt der Erste.

»Was wollen S' denn darüber schreiben?«, fragt ein Dritter.

»Darüber kann ich noch nichts sagen«, gibt Martin sich ganz geheimnisvoll. »Ich stecke noch mitten in den Recherchearbeiten.«

Die Männer starren ihn wortlos an, als ob sie auf eine Fortsetzung warteten.

Martin muss vorsichtig sein. Er will sich nicht anmerken lassen, dass er eigentlich keine Ahnung hat, was bei dem Brand damals passiert ist. »Wo kann ich denn den Hof finden? Ich würde ihn mir gerne persönlich ansehen.«

Die Männer wirken schockiert. »Was wollen S' denn bloß da oben? Da finden S' nix. Nix als Unglück«, sagt einer. Die anderen stimmen ihm nickend zu.

61

Nachdem Klaus sein Handy wieder abgeschaltet hatte, flüchtete er von der Mariahilfer Straße und hetzte in Richtung Naschmarkt. Dort wollte er eigentlich in einem der zahlreichen Lokale Unterschlupf finden und sich ein kühles Bier genehmigen. Doch dann fiel ihm wieder ein, dass er ja gar kein Geld bei sich hatte. Um die paar Cent in seiner Tasche hätte er sich nicht einmal ein Seiterl Schaum leisten können.

Umso wichtiger wäre es, Johannes nun endlich zu erreichen. Klaus braucht unbedingt seine Hilfe – besser gesagt sein Geld und seinen Wagen.

»Diesen verdammten Schnee brauch' ich gerade so dringend wie einen entzündeten Pickel am Arsch«, mault Klaus vor sich hin, als er fest aufstampft, um seine Schuhe von dem Schnee zu befreien. Dann tritt er in das Wettcafé ein, das unmittelbar gegenüber dem Naschmarkt liegt.

Seine Augen brauchen eine Weile, bis sie sich an den Wechsel von dem vielen Weiß zu den gruftähnlichen, nikotinnebelverhangenen Lichtverhältnissen im Inneren des Lokals gewöhnen.

Es ist unglaublich warm. Klaus öffnet die Jacke und reibt sich die Hände. »Diese verfluchte Kälte da draußen.«

Er sieht sich um. Von einem Angestellten fehlt jede Spur. In einer Ecke schläft ein Typ über den Tisch gebeugt. Drei weitere einsame Gestalten starren mit einer seltsamen Mischung aus Hoffnung und Langeweile auf die unzähligen Bildschirme um sie herum. Es laufen diverse Fußballspiele, Pferderennen, ein Boxkampf, ein Tennisspiel, ein Skirennen, eine Darts-Partie und Poolbillard. Klaus hat noch nie verstanden, wie man sich nur für Sport interessieren kann. *Wieso lieben es die Menschen, sich anzustrengen und sich zu verletzen?*

Er geht zur Bar. »Hallo? Ist da wer?«

Keine Reaktion. Niemand ist zu sehen.

Neben der Bar ist eine Tür, auf der ein *Unbefugten ist der Zutritt verboten*-Schild prangt. Klaus stößt sie auf und macht einen Schritt hinein. Ein Kübel mit dreckigem Wasser steht gleich dahinter, daneben ein Besen. Jede Menge leere Bierkisten und Schachteln stehen an der Wand entlang aufgereiht.

»Hallo?« Klaus geht einen Schritt weiter.

Ein Scheppern. Irgendetwas ist umgestoßen worden.

Ein junger Angestellter, nicht älter als 20, kommt um die Ecke. »He, raus da. Da ist der Zutritt verboten.« Er drängt Klaus nach draußen.

»Jaja. Ist ja gut.«

Der Mann geht hinter die Bar. »Was darf's sein?«

Klaus hätte Lust, dem Rotzbuben eine aufzulegen. Wie kommt der dazu, ihn so herumzuschubsen? Aber er weiß, er sollte sich besser zusammenreißen. Immerhin braucht er ja seine Hilfe. »Ähm … dürfte ich vielleicht … ähm … kurz telefonieren?«

»Hast du kein Handy?«

Arschloch. »Doch, aber … aber das ist mir gerade in den Schnee gefallen und ist irgendwie kaputt. Ich weiß auch nicht …«

»Und was soll's zu trinken sein?«

»Ich … ich muss gleich weiter. Gar nichts.«

»Was? Telefonieren und nichts trinken?«

»Ja … ich …«

»Komm vergiss es, Alter.«

Alter? In Klaus steigt die Wut hoch. Er ballt seine Hände zu Fäusten. »Jetzt hör mal zu, du kleines, arrogantes …«

»Gibt's Probleme?« Ein weiterer Angestellter ist soeben aus der Tür gekommen und baut sich vor Klaus auf. Er ist gut einen Kopf größer als Klaus, muskelbepackt und hat einen regelrechten Stiernacken.

»Der Typ will telefonieren. Hat aber anscheinend kein Geld.«

»Wir haben kein Telefon«, sagt der Stiernacken.

»Aber ich … ich weiß doch, dass ihr eines …«

»Wir haben keines, habe ich gesagt. Und jetzt raus.«

Klaus geht einen Schritt zurück. »Ist ja gut.«

»Hau ab, oder ich ruf die Bullen.«

»Wappler«, murmelt Klaus, als er sich umdreht.

»Was hast du gesagt?«

Klaus hört, wie der Stiernacken ihm hinterher kommt, und er kriegt es mit der Angst zu tun. Er läuft los und stürmt aus dem Lokal. Draußen rennt er einfach weiter, bis er irgendwann völlig außer Atem im Resselpark angekommen ist und sich dort auf eine verschneite Bank niederfallen lässt.

Wenn das so weitergeht, lieg ich bald mit einem Herzinfarkt in einem verdammten Krankenhaus.

Klaus weiß, dass er keine andere Chance hat. Er nimmt sein Handy aus der Tasche, schaltet es ein und versucht es noch einmal bei Johannes.

Es läutet.

62

Mück ist heute öffentlich unterwegs. In der Früh hatte er zwar kurz überlegt, den Wagen zu nehmen, dann fiel ihm aber ein, dass der ja immer noch im Gewerbepark Stadlau stand. Es ist wahrscheinlich auch besser so, denn seine Kopfschmerzen wollen einfach nicht verschwinden, und immer wieder wird ihm für wenige Momente ganz schwarz vor Augen.

Die Leute in der überfüllten Straßenbahn starren ihn an. Die Beule an seiner Stirn muss schrecklich aussehen.

»Mami, was hat der Mann da?«, will ein kleines Mädchen auf der Bank neben ihm wissen. Die Mutter sieht Mück erst jetzt an, erschrickt, nimmt ihre Tochter an der Hand und flüchtet mit ihr in den vorderen Teil des Waggons. »Komm, mein Schatz. Wir schauen, ob wir vorne noch einen besseren Platz finden.«

Mück versucht, in seiner Spiegelung in der Fensterscheibe etwas zu erkennen, aber es ist einfach zu hell.

Draußen ist alles schneebedeckt. Selbst auf den Straßen liegen schon einige Zentimeter, und die Menschen fahren, als würden sie zum ersten Mal in einem Auto sitzen. Vor dem Parlament hat es einen Auffahrunfall gegeben. Hupen ertönen, Fahrer fluchen, Passanten gaffen.

Vor dem Rathaus erstrahlt der Christkindlmarkt in den buntesten Lichtern. Mück nimmt sich vor, Ines, seine Nichte, wieder einmal dorthin einzuladen. Früher haben sie ihn jedes Jahr zusammen besucht. Ines hat ihn dann immer ausgelacht, wenn an seiner Nasenspitze der Schaum seiner Schaumrolle kleben geblieben ist.

Mück seufzt. In letzter Zeit hat er sie so selten gesehen. Er vermisst sie. *Vielleicht kann ich ja dann auch Papa überreden, dass er mitkommt.*

An der Station *Schottentor* verlässt er die Straßenbahn und fährt mit der Rolltreppe in den Untergrund. *Wie anders es hier aussieht, wenn man nicht komplett verschlafen ist. Weniger Menschen, weniger Lärm, und die Lichter blenden auch nicht so sehr.*

Mück steuert die *WIENER KAFFEEKÜCHE* an. Anders, als in den Morgenstunden, ist jetzt um die Mittagszeit keine Warteschlange davor. Ihm schießt Marias Gesicht durch den Kopf, wie sie ihm gerade seinen Morgenkaffee über die Theke reicht. Über Jahre hinweg hat er sie an so vielen Morgen gesehen, und doch weiß er nichts über sie.

»Na, Herr Inspektor, heute sind wir aber spät dran. Haben wir verschlafen?« Der junge Mann wartet nicht auf eine Antwort, sondern beginnt bereits Mücks Kaffee zuzubereiten. »Wie immer?«, fragt er beiläufig.

»Danke, heute nichts.« Bei den Kopfschmerzen ist Mück der Gusto auf Kaffee gründlich vergangen. »Ich bin wegen etwas anderem hier.«

Der junge Mann hält überrascht inne und betrachtet Mück erst jetzt so richtig. »Oh mein Gott, was ist denn Ihnen passiert.« Er zeigt auf Mücks Stirn und verzieht sein Gesicht zu einer ekelnden Grimasse. »Das sieht ja schrecklich aus.«

»Ach, halb so schlimm.« Mück macht eine beschwichtigende Handbewegung.

»Das sieht wirklich nicht gut aus. Brauchen Sie vielleicht ein wenig Eis?«

»Nein, danke. Es geht schon. Wirklich.«

»Wie Sie meinen.« Er zuckt mit den Schultern. »Was kann ich dann für Sie tun?«

»Ich bin wegen Maria Fink hier.«

Sein Lächeln verschwindet. »Warten Sie einen Moment, ich komme zu Ihnen raus.« Er wendet sich seiner Kollegin zu. »Kannst du bitte kurz übernehmen. Ich bin gleich wieder da.«

Mück lehnt sich etwas abseits an einen Stehtisch und wartet, bis der hagere Mann mit den elend langen Dreadlocks zu ihm kommt. Sein Gesicht wirkt knochig, aber trotzdem nicht ungesund. »Haben Sie denn was von ihr gehört?«, will er wissen.

»Nein, ich habe gehofft, Sie könnten mir vielleicht erzählen, wo sie ist.«

»Ich?« Er wirkt überrascht. »Aber ich hab' doch schon alles Ihren Kollegen erzählt und ihrem Mann auch.«

»Ihrem Mann?«

»Ja, der war auch da und hat nach ihr gefragt.«

»Wann?«

»Vor zwei Tagen.«

»Und er hat nicht gewusst, wo seine Frau ist?«

»Nein, ich glaube nicht. Der hat zwar versucht, sich herauszureden, aber ich glaube, der hat auch keine Ahnung gehabt.«

»Sehr komisch«, murmelt Mück und kratzt sich am Kinn.

»Das können Sie laut sagen. Gestern hab ich ihren Mann angerufen, und der hat mir dann gesagt, dass Maria krank sei.«

»Mmh.«

»Aber der hat irgendwie total nervös geklungen, völlig durch den Wind.«

Mück versucht, alles zu einem Bild zusammenzufügen.

»Ihr ist doch hoffentlich nichts zugestoßen?« Der Mann wirkt ehrlich besorgt.

Mück geht nicht auf die Frage ein. »Wissen Sie, ob Maria vielleicht irgendwelche Probleme gehabt hat?«

Er schüttelt den Kopf. »Keine Ahnung. Sie hat sehr wenig über sich geredet. Ich weiß so gut wie nichts über sie.«

»Ihre Kollegin vielleicht?« Mück deutet zu der jungen Angestellten hinter dem Tresen.

»Kann ich mir nicht vorstellen. Aber wir können sie ja gerne fragen.« Er bittet die junge Frau zu ihnen nach draußen, es ist ohnehin keine Kundschaft hier.

»Hi, ich bin die Eva!« Sie schüttelt Mück die Hand.

»Mück, guten Tag.« Mück kennt sie nicht, sie muss neu sein. Er kommt gleich zur Sache. »Kennen Sie Maria Fink besser?«

Sie schüttelt den Kopf. »Nein.«

Mück wartet auf eine Fortsetzung.

»Ich meine, sie ist eine supernette Kollegin, aber … aber privat hab' ich null Kontakt zu ihr. Ich hab' immer das Gefühl, dass sie das auch gar nicht will.«

»Was nicht will? Privat mit Ihnen Kontakt haben?«

»Ja«, antworten beide einstimmig und nicken sich zu.

»Ich glaub', sie redet nicht gerne über ihr Privatleben«, sagt Eva. »Was meinst du, Michi?«

Die Dreadlocks nicken.

»Ich glaub' aber, dass sie verheiratet ist«, fügt Eva hinzu.

»Mmh.« Das weiß Mück.

Ein Kunde kommt, und Eva entschuldigt sich. »Sorry, ich muss weitermachen.«

»Ja, danke.« Mück versucht sich in einem Lächeln. Ein stechender Schmerz durchfährt seinen Schädel.

»Also verheiratet ist sie sicher, das weiß ich. Ich hab' ja, wie gesagt, auch mit ihrem Mann gesprochen und gestern hab' ich auch mit ihm telefoniert.«

»Woher hatten Sie seine Nummer?«

»Maria hat sie als Notfallnummer angegeben, und ich wollte einfach wissen, wann sie wieder kommt. Immerhin muss ich jetzt laufend Überstunden machen, weil sie fehlt.«

»Können Sie mir die Nummer geben?«

»Ja klar.«

»Haben Sie auch ihre Adresse parat?«

»Sicher, warten Sie einen Moment.« Die Dreadlocks verschwinden für einen Moment und tauchen dann mit einem kleinen Post-it, auf dem Marias Adresse und die Handynummer ihres Mannes stehen, wieder auf. »Hier bitte.«

»Danke.«

Keine fünf Minuten später sitzt Mück wieder in der Straßenbahn und ist tief in seinen Gedanken versunken. Was ist hier bloß los? Maria Fink und Christine Richter haben eine gemeinsame Vorstrafe. Beide sind anscheinend seit drei Tagen verschwunden, und außerdem sind jetzt auch noch Marias Ehemann und Christines Bruder wie vom Erdboden verschluckt. Das Ganze wird immer geheimnisvoller.

Mück hat das Gefühl, dass diese ganze Sache über die kriminellen Machenschaften von Klaus Richter hinausgeht. Da muss irgendetwas anderes dahinterstecken. Mück weiß, dass er sich so gut wie immer auf sein Bauchgefühl verlassen kann.

63

Maria liegt in einer Lache aus Blut, Urin und Kot. Es stinkt bestialisch, doch sie kann nichts dagegen tun. Selbst die Eiseskälte bringt keine Betäubung mehr.

Sie kann Christine schreien hören. Maria selbst hat jedoch keine Kraft mehr, zu schreien. Die Schmerzen bringen sie noch um den Verstand. Jeder Atemzug bringt sie der Hölle ein Stück näher.

Wieder blickt sie zu ihrem Fuß. Er hängt in einem unnatürlichen Winkel zur Seite. Alles ist blutverschmiert. Ein Knochen steht hervor. Bei jeder noch so kleinen Bewegung schießen ihr Tausende Schmerzblitze durch den Körper.

»Martin, hilf mir«, stöhnt sie kraftlos. »Bitte hilf mir!« Wieder ist sie der Hölle ein Stück nähergekommen.

64

Die schmale Straße wird immer steiler und ist vollkommen verschneit. Sie führt direkt zu einer Nadelbaumgruppe und macht dann eine Rechtsbiegung. Martin kann den Straßenrand nur erahnen. Die Reifen drehen durch, und er rutscht mit seinem Wagen immer wieder seitlich weg.

Er flucht, ist trotzdem voll konzentriert. »Komm schon, komm schon, komm schon«, feuert er seinen Wagen an und hält sich krampfhaft am Lenkrad fest. Er tritt das Gas voll durch, doch die Reifen wollen einfach keinen Halt mehr finden.

»Scheiße!« Frustriert schlägt er auf den Beifahrersitz ein. Er begreift, dass es keinen Sinn mehr hat, es weiter zu versuchen. Das letzte steile Stück muss er wohl zu Fuß gehen. Martin lässt den Wagen langsam rückwärts rollen, bis er Halt findet und ihn am Rande der Biegung zum Stehen bringen kann.

Als er aussteigt, empfängt ihn eisige Kälte. Unten im Dorf ist es nahezu windstill gewesen, doch hier oben peitscht ein unangenehmer Wind die dicken Schneeflocken vor sich her. Von der Aufregung ist Martins Gesicht mit einem dünnen Schweißfilm überzogen, der sich nun wie eine Eisschicht anfühlt.

Martin kneift die Augen zusammen, blickt den Weg hoch. In der Ferne glaubt er durch die dicken Schneeflocken hindurch die Dächer des Hofs zu erkennen. Er knöpft sich seinen Mantel zu und stapft los.

Seine Nase läuft. Der tiefe Schnee knirscht bei jedem seiner Schritte. Immer wieder rutscht er. Er friert und schwitzt zugleich. Langsam taucht das verlassene Gebäude vor ihm auf und wird immer klarer erkennbar.

Als Martin den Hof erreicht, ist er völlig außer Atem. Er bleibt davor stehen und stemmt die Hände auf die Knie. Mit dem Handrücken wischt er sich die Nase trocken. Sie pocht, die Hand ist blutverschmiert.

Auch das noch.

Bis auf das Pfeifen des Windes ist es völlig ruhig hier oben. Fast schon zu ruhig. Durch die Baumwipfel hindurch blickt er noch einmal auf das schneebedeckte Tal hinab, kann jedoch nur mehr schwache Umrisse der Häuser ausmachen. Der weiße Kirchturm scheint sich in Luft aufzulösen.

In dem dichten Schneefall sieht der Hof regelrecht gespenstisch aus. Martin steht unmittelbar vor einer riesigen, flachen und lang gezogenen Halle. Sie ist weiß gestrichen, hat nur wenige kleine Fenster und sieht zumindest von außen völlig unversehrt aus. Martin rüttelt an dem Tor, zerrt daran, doch es ist verschlossen.

Was mache ich hier eigentlich?

Er geht an der Halle entlang und findet etwa zehn Meter dahinter eine zweite, von der Bauweise her völlig identische Halle. Der große Unterschied ist nur, dass diese kein Dach mehr hat und überall an der Fassade schwarze Russspuren aufweist. Sie sieht aus, als wäre sie von innen komplett ausgebrannt. Das Tor steht offen. Martin geht hinein.

Im Inneren wirkt die Halle noch viel größer als von außen. Das Feuer hat alles, bis auf Stein und Stahl, vernichtet. Alles ist kohlschwarz. Tot. Totenstill.

Seine Augen gewöhnen sich nur langsam an das düstere Licht. Martin fühlt ein seltsames Unbehagen. Sein Herz schlägt schneller. Er wärmt die Hände mit seinem Atem.

Die Halle hat einen Mittelgang, der von einem Ende bis zum anderen führt. An beiden Seiten liegen eingezäunte Gehege, in denen sich vermutlich einmal Hunderte von Tieren getummelt haben. In einer Ecke türmt sich ein riesiger Berg Stroh. Der Boden ist überall damit bedeckt. Offensichtlich ist es erst nach dem Brand hierher geschafft worden.

Es ist so leise, dass Martin das Blut in seinem Kopf rauschen hören kann. Er geht den Gang entlang und stellt sich das ohrenbetäubende Quieken der eingepferchten Schweine vor.

Als er am anderen Ende wieder ins Freie tritt, sieht er einen Augenblick lang nur Weiß. Erst langsam erkennt er die Umrisse eines Hauses vor sich. Es liegt nur wenige

Meter entfernt und ist an der nähergelegenen Ecke ebenfalls ausgebrannt. Martin erkennt, dass es teilweise renoviert worden sein muss. Dennoch sieht es einsam und verlassen aus.

Martin greift nach der Schnalle der Eingangstür. Drückt sie nach unten. Er ist überrascht. Sie lässt sich öffnen, quietscht dabei.

Martins Puls steigt weiter. Er tritt in das Haus.

Er versucht sich einzureden, dass das Haus längst verlassen ist. Dass er hier nur seine Zeit vergeudet. *Das ist ja lächerlich. Warum soll Maria hier sein?* Er sollte in Wien sein, sollte alles daran setzen, Maria zu retten.

Langsam geht er die Gänge entlang. Der Holzboden knirscht und knarrt unter ihm. Martin schaut in die Zimmer zu beiden Seiten. Manche sind komplett ausgebrannt, manche leer geräumt, und andere wiederum sehen aus, als wohnte jemand immer noch darin.

Plötzlich durchbricht ein Geräusch die Stille.

Martin erstarrt.

Dann noch ein Geräusch. Irgendetwas ist umgefallen.

Reflexartig stemmt sich Martin mit dem Rücken gegen eine Wand, hält die Luft an. Reißt seinen Blick umher. *Was war das?* Er lauscht. Wartet.

Stille.

Sein Herz schlägt wie verrückt. Seine Gedanken überschlagen sich.

Plötzlich sind da wieder Geräusche.

Ja, Martin ist sich ganz sicher – es sind Schritte. Langsame Schritte. *Ich bin nicht alleine hier!*

Panik ergreift ihn. Er versucht, einen klaren Kopf zu bekommen. *Ich muss hier weg!* Er schaut nach links, nach rechts – niemand ist zu sehen. Dann rennt er los. Den Flur entlang, dann links zurück zum Ausgang.

Plötzlich steht er vor ihm. Martin läuft direkt in ihn hinein.

»Du?« Martin reißt die Augen auf, macht einen Schritt zurück. »Was machst du hier?«

Sein Gegenüber wirkt hektisch. Er flüstert: »Sei leise, verdammt noch mal.« Nervös blickt er sich um, schaut hinter sich. »Er ist hier.«

»Wer?« Martin versteht nichts. »Wer ist hier?«

»Hast du's etwa immer noch nicht begriffen?«

Martins Gedanken überschlagen sich. Nein, hat er nicht. »Was? Warum bist du hier?«

Er schaut nervös hinter sich. »Los jetzt! Er kommt! Er weiß, dass wir hier sind.«

Martin versteht immer noch nichts. »Was machst du …?«

»Los!« Er stößt Martin. »Lauf!«

Martin läuft los, ohne zu begreifen, was eigentlich los ist. Tausende Gedanken schießen ihm durch den Kopf. Tausende Fragen. Sein Herz rast.

Plötzlich trifft ihn etwas.

Ein heftiger Schmerz schießt Martin vom Kopf aus durch den ganzen Körper. *Was …?* Er wankt, greift sich an den Hinterkopf. Seine Beine werden weich, er versucht, sich an der Wand abzustützen, rutscht ab. Alles beginnt sich zu drehen. Er sinkt auf seine Knie, fällt vornüber, kann sich gerade noch mit den Händen abfangen. »Was … was …?«

Dann trifft ihn ein zweiter Schlag, und alles wird schwarz.

65

Klaus kann seinen Magen mittlerweile selbst durch die dicke Winterjacke hindurch knurren hören. Er hat unglaublichen Hunger und kein Geld, um sich etwas zu essen zu kaufen. Er geht an einem Kebab-Stand vorbei und zwingt sich, den Geruch von gegrilltem Fleisch und frisch geschnittenen Zwiebeln zu ignorieren. *Sogar den Dreck würd' ich jetzt schon essen.*

Wieder einmal versucht Klaus, Johannes zu erreichen. Wieder einmal läutet es. *Jetzt heb' endlich ab.*

Vor etwa einer halben Stunde hat er es zum bisher letzten Mal im Resselpark versucht. Johannes hat den Anruf weggedrückt, und Klaus daraufhin lauthals vor sich hin geflucht. Als er sich wieder gefangen hatte, fuhr er zum Aufwärmen mit der Badner Bahn bis zur Philadelphiabrücke und suchte dort in der kaufwütigen Menge der Meidlinger Hauptstraße Unterschlupf. Erst dort hat er wieder sein Handy eingeschaltet und Johannes' Nummer gewählt.

Es läutet.

»Chef, um Gottes willen, was hast du gemacht?«

Klaus ist unglaublich glücklich, die Stimme seines Assistenten zu hören. »Hör zu, ich …«

Johannes lässt Klaus nicht ausreden. Er ist viel zu aufgeregt. »Hör mal, die Polizei war stundenlang bei mir. Im Autohaus sind zwei erschossene Männer gefunden worden.«

»Ich weiß, ich …«

»Bist du das gewesen?«

»Nein, ich …«

»Die Polizei sagt aber, dass du es gewesen bist.«

Das war nicht anders zu erwarten. »Scheiß auf die Polizei. Die liegen falsch, ich hab die Lackaffen nicht umgebracht.«

Es ist still am anderen Ende der Leitung. Johannes scheint zu überlegen, ob er seinem Chef trauen kann. »Warum sagst du das dann nicht der Polizei?«

»Das geht jetzt nicht, verdammt noch mal. Hör mir zu …«

»Und wieso waren die überhaupt in deinem Büro? Die Polizei hat mich voll ausgequetscht. Aber ich hab' doch überhaupt keine Ahnung.«

Klaus hat keine Zeit und keine Lust, sich Johannes' Jammerei länger anzuhören. »Verflucht noch mal. Jetzt hör mir endlich zu.« Klaus hat gebrüllt. Einige Passanten starren ihn an. Er wird leiser. »Ich bin unschuldig. Ich hab die nicht umgebracht, verdammt noch mal.«

Stille.

»Glaubst du mir?«

Stille.

»Ich will wissen, ob du mir glaubst.«

Zögerlich: »Ja.«

»Gut. Ich brauch' deine Hilfe.«

Wieder ein kurzes Zögern.

»Hilfst du mir oder nicht? Mach schnell, ich kann nicht mehr lange telefonieren. Ich muss mein Handy wieder abschalten.«

»Okay, was brauchst du, Chef?«

»Du musst mich abholen.«

»Wo?«

Klaus weiß, dass er ziemlich sicher abgehört wird. Er darf keine Straßennamen sagen. Er überlegt.

»Chef? Bist du noch da?«

»Ja, verflucht noch mal. Warte kurz, ich muss überlegen.«

Sekunden verstreichen, in denen Klaus unentwegt auf und ab geht und sich die Stirn reibt.

»Ich hab's. Weißt du noch, wo wir vor einigen Wochen diesen weißen Golf abgeholt haben?«

»Ja, na sicher. In der Sto …«

»Halt den Mund. Sag nicht den Namen.«

»Aber …« Johannes scheint immer noch nicht begriffen zu haben.

»Hol mich einfach dort ab, okay?«

»Ist gut. Das wird aber eine Weile dauern, bei dem ganzen Schnee.«

»Na, dann setz dich endlich in Bewegung. Ich werd' in einer halben Stunde dort auf dich warten.«

»Okay, Chef.«

Klaus will gerade auflegen, da hält ihn Johannes davon ab: »Sag, Chef, hast du mir eigentlich den Umschlag durch die Tür geschoben?«

»Welchen Umschlag?«

»Na, der heute Früh bei mir im Vorzimmer gelegen ist.«

»Was ist mit dem?«

»Irgendwer muss den durch die Tür geschoben haben.«

»Das war ich nicht.«

»Wäre auch komisch …«

»Wieso?«

»Na, weil er an dich adressiert ist.«

»Was?« Klaus ist wieder laut geworden. »Was steht drauf?«

»Das ist nur ein weißer Umschlag, auf dem *Für Klaus Richter* steht.«

»Und was ist drinnen?«

»Weiß ich nicht, ich hab' ihn doch nicht aufgemacht. Soll ich hineinschauen?«

»Nein, nimm ihn einfach mit.«

»Wie du willst.«

Er will schon wieder auflegen, doch in letzter Sekunde fällt Klaus noch etwas ein: »Du, Johannes?«

»Ja?«

»Bitte nimm mir was zu essen mit.«

»Ähm, okay … und was?«

»Einfach irgendwas. Ich sterbe gleich vor Hunger.«

66

»Wie bitte? Kannst du das bitte noch einmal wiederholen?« Schleifer klingt äußerst aufgebracht.

Gut, dann alles noch einmal von vorne … »Ich fürchte, wir müssen eine Großfahndung nach Richters Schwester, Christine Richter, und Maria Fink hinausjagen. Sie sind seit drei Tagen wie vom Erdboden verschwunden, und niemand scheint zu wissen, wo sie sind. Ich glaub', ihnen ist etwas passiert. Ich hab' da so ein Gefühl im Bauch.«

»Willst du mich etwa verarschen?«

Mück hat ein Déjà Vu. Schleifer hört sich an wie der Sautrottel Havraniz an seinen besten Tagen. Mück weiß nicht, was er sagen soll, und ihm bleibt der Mund offen stehen. *Wieso sind meine Vorgesetzten bloß immer solche Choleriker?*

»Wegen deines Bauchgefühls soll ich nach noch zwei Leuten eine Großfahndung veranlassen? Und auch noch nach Richters Schwester? Mir sitzt der Polizeipräsident wegen deiner Chuck-Norris-Aktion jetzt schon im Nacken.«

»Aber …«

»Vielleicht ist dein Bauchgefühl ja auch nur ein Schas, der dich drückt.«

Wäre jetzt der Havraniz am anderen Ende der Leitung, hätte Mück längst aufgelegt. Aber der Schleifer ist erst seit fünf Tagen sein Chef. Da kann er das noch nicht bringen. Wer weiß, wie er dann erst reagiert.

»Wo bist du überhaupt? Ich hab' von den Ärzten gehört, dass du dich selbst entlassen hast. Stimmt das?«

»Ja, ich …«

»Bist du eigentlich komplett übergeschnappt?«

»Ich mag keine Krankenhäuser …«

»Ich hab' dir gesagt, dass du dich bis Montag auskurieren sollst!«, brüllt Schleifer. »Entspannen!«

Mück ist kurz davor, doch aufzulegen, als sein Chef plötzlich das Gespräch beendet.

Mück schaut ungläubig auf sein Handy und steckt es zurück in die Hosentasche. *Was war denn das jetzt bitte? Kaum hat der den Polizeipräsidenten im Nacken, flippt der komplett aus? Na, mit dem werd' ich noch meinen Spaß haben.*

Mück grinst und streift noch einmal durch die Wohnung von Martin und Maria Fink. Er weiß, er muss so schnell wie möglich wieder weg. Wenn er hier erwischt wird und der Schleifer erfährt, dass er heute schon in zwei Wohnungen eingebrochen ist, wird der wohl komplett durchdrehen.

Es ist offensichtlich, dass hier etwas ganz und gar nicht stimmt. Die Wohnung weist in puncto Unordnung erstaunliche Ähnlichkeiten zur Wohnung von Christine Richter auf. Laden sind ausgeräumt, Kästen stehen offen, Polster liegen am Boden. Doch ansonsten kann er nichts Brauchbares entdecken.

Auf seiner letzten Runde fällt Mück auf, dass ausgesprochen wenige Fotos an den Wänden hängen. Genauer gesagt, nur zwei. Er betrachtet sie näher. Das eine ist ein Hochzeitsfoto von Maria und ihrem Mann. Mück erkennt sie aus der *WIENER KAFFEEKÜCHE* wieder. Das andere Foto ist vermutlich mit Hilfe eines Selbstauslösers gemacht worden. Es scheint auf Tisch- oder Stuhlhöhe fotografiert worden zu sein, und die Köpfe sind fast abgeschnitten. Maria und ein junger Mann sind drauf zu sehen. Maria umarmt strahlend einen Hund.

Eines der beiden Bilder hat irgendetwas in Mück geweckt. Ist es Erkenntnis? Erinnerung? Vorahnung? Er kann das Gefühl nicht fassen.

67

Er ist wach, doch er möchte seine Augen nicht öffnen. Er will den Tag noch ein wenig hinauszögern, will das warme Bett nicht verlassen. Ein zufriedenes Stöhnen entweicht ihm, als er sich zur Seite dreht und seinen Kopf im tiefen Kissen vergräbt.

Der Duft von frischem Kaffee und warmen Aufbackbrötchen dringt zu ihm ins Schlafzimmer. Von draußen hört er Geräusche – in der Küche wird hantiert. Teller werden platziert, Besteck wird sorgfältig ausgelegt, Gläser werden mit frisch gepresstem Orangensaft gefüllt. Musik läuft leise – Billy Joels *The Longest Time*. Maria summt fröhlich dazu mit. Martin weiß, dass sie sich den Text einfach nicht merken kann. Er muss lächeln.

Leise hört er Schritte näherkommen.

Er weiß, dass Maria gleich ganz langsam und vorsichtig die Tür aufmachen wird und zu ihm hereinlugt. »Schatz, das Frühstück ist fertig«, wird sie flüstern.

Er wird sich schlafend stellen, so wie er das an jedem freien Tag tut.

Maria wird auf Zehenspitzen zu ihm ins Bett gekrochen kommen und sich ganz nah an ihn herankuscheln. »Komm schon, Schatz. Ich weiß, dass du nicht schläfst«, wird sie ihm ins Ohr flüstern. Dann wird ihre Hand unter seinen Pyjama kriechen und langsam an seiner Brust entlang hoch wandern. Maria weiß, dass er viel zu kitzlig ist, als dass er das ohne ein Zucken aushalten würde.

Wie immer wird Maria recht behalten, und er wird sich nicht mehr zusammenreißen können. Er wird lauthals aufkreischen und loslachen.

Die Schritte sind ganz nah und verstummen. Wie erwartet, geht langsam die Tür auf.

Martin muss schmunzeln.

Irgendetwas spannt.

Es bleibt ruhig.

Was ist da los? Hat sie etwa ihre Taktik geändert?

Es ist vollkommen still. Maria sagt nichts, es sind keine Schritte zu hören, sogar Billy Joel ist verstummt.

Irgendetwas stimmt nicht.

Martin kämpft gegen den Drang an, seine Augen zu öffnen. Doch dann bildet er sich ein, den Hauch eines Atems in seinem Gesicht zu spüren.

Er lächelt.

Wieder spannt etwas.

Er öffnet die Augen. Sieht das Gesicht unmittelbar vor sich.

Martin schreckt aus seinem Traum hoch und reißt die Augen auf. Er will schreien, doch es wollen nur seltsame *Mh*-Laute seinen Mund verlassen. Ein unbeschreiblicher Schmerz zieht sich durch sein Gesicht. Er begreift nicht, was mit ihm los ist. Er springt hoch.

Alles um ihn herum ist schwarz. Kein Funken Licht ist zu sehen. Es ist kalt.

Er streckt die Hände aus, greift ins Leere. Er stolpert, stützt sich an einer Wand ab.

»Mhhhh.«

Wieder durchfährt ein stechender Schmerz sein Gesicht.

Scheiße, was ist nur mit mir los?

Er tastet nach seinem Mund. Ganz langsam. Berührt ihn. Zuckt zurück.

Um Gottes willen, was ist das nur?

Panik steigt in ihm hoch.

»Mhhhh.«

Er greift noch einmal hin. Spürt den Faden. Spürt das verkrustete Blut. Das frische Blut, das über seine Lippen und das Kinn entlang läuft.

Bitte nicht. Das kann doch nicht wahr sein.

»Mhhhh.«

Er wird völlig hysterisch. Will schreien, doch er kann nicht. Er weiß, warum. *Mein Mund! Dieses Schwein hat mir meinen Mund zusammengenäht!*

68

Klaus hat, wie verabredet, in der Stolberggasse im 5. Bezirk gewartet. »Wo zum Teufel hast du so lange gesteckt? Ich wart' schon über eine Stunde und hab mir fast den Arsch da draußen abgefroren.« Er steigt in den Wagen und reibt sich die Hände.

Johannes wirkt gekränkt. »Hast du schon mitbekommen, dass es seit Stunden schneit, Chef? Ganz Wien ist ein einziges Verkehrschaos. Im Radio berichten sie alle fünf Minuten von einem weiteren Stau.«

»Jaja. Ist ja gut. Hast du was zu essen mit?«

»Hier, hoffe, das passt.« Sein Assistent greift auf den Rücksitz und holt ein Sackerl hervor.

Klaus' Augen beginnen zu leuchten, als er zwei Wurstsemmeln herausholt. »Scheiße, ich kann's nicht glauben.« Er zerrt an der Papierverpackung, stopft sich eine halbe Semmel auf einmal in den Mund. Irgendwann stößt er schließlich ein kaum zu verstehendes »Danke« hervor.

»Wo fahren wir überhaupt hin?«

Obwohl Klaus eine fast panische Angst davor hat, muss er es wohl hinter sich bringen. Er muss sich Al stellen. Er muss wissen, was hier eigentlich gespielt wird. »Fahr nach Floridsdorf. Am Spitz sag' ich dir dann, wo wir genau hin müssen.«

»Mmh.« Johannes fährt los.

Zwei Kreuzungen später macht sich Klaus bereits über die zweite Semmel her, als Johannes fast das Lenkrad verreißt, weil er in seiner Jackentasche nach dem Umschlag fischt.

»Pass doch auf. Oder willst du uns etwa umbringen?«

»Sorry, Chef.« Sein Assistent lächelt verlegen. »Hier, der Umschlag, von dem ich dir erzählt hab'.«

»Mmh, danke.« Klaus stopft sich den Rest seiner Wurstsemmel in den Mund und lutscht sich genüsslich seine Finger sauber.

Erst jetzt nimmt er den Umschlag so richtig wahr. Ein kalter Schauer läuft ihm über den Rücken. Ein Kribbeln wandert durch seinen Körper. Die Hitze steigt ihm ins Gesicht. Sein Herz schlägt schneller. Denn er weiß: Der Brief ist von *IHM*.

Er reißt den Umschlag auf, entfaltet den Zettel, der darin steckt, und liest die drei Worte: *FOLGE DEN FLAMMEN!*

Es dauert ein paar Augenblicke, bis es ihm dämmert. *Kann das ein Zufall sein?*

»Alles in Ordnung, Chef?«

Klaus antwortet nicht. Er starrt vor sich hin ins Leere.

»Chef? Was ist denn los?«

»Scheiß auf Al«, murmelt er.

»Was?«

»Vergiss es, halt an.« Klaus reißt das Navi von der Windschutzscheibe und tippt den Ort ein. »Ich weiß, wo wir hin müssen.«

69

Mück war gerade neun Jahre alt und auf dem Heimweg von der Schule. Wie so oft hatte er an diesem Nachmittag beschlossen, eine ausgedehnte Runde durch den Stadtpark zu schlendern, bevor er weiter nach Hause in die Ungargasse ziehen wollte. Er hatte gerade die goldene Johann

Strauß-Statue hinter sich gelassen, als er in der Ferne zwei Fahrräder am rechten Wegrand in der Wiese liegen sah. Mück erkannte sie sofort, und ein ungutes Gefühl regte sich in seiner Magengegend. Denn es waren die feuerroten Fahrräder von Norbert und Christian, deren ganzer Stolz.

Wie schön war die Schulzeit nur gewesen, bevor diese zwei Unruhestifter sitzen geblieben und in seine Klasse gekommen waren. Seitdem war es mit dem Frieden in den Pausen vorbei, und jeden Tag musste ein anderer daran glauben und sein Jausenbrot oder etwas Geld bei ihnen abgeben.

Als Mück ein paar Schritte weiter ging, sah er die beiden auch schon, wie sie Herbert in der Mangel hatten. Herbert war nicht unbedingt der Hellste, und außerdem hatte er eine dicke Brille, die meistens verschmiert war. Mück empfand keine besonders große Sympathie für ihn, er war nicht sein Freund. Aber das spielte in dieser Situation auch keine Rolle. Denn wenn Mück etwas nicht leiden konnte, dann war das, wenn Norbert und Christian gemeinsam auf einen Schwächeren losgingen.

Mück beobachtete, wie Norbert Herbert einen Schubser gab, und dieser alle Mühe hatte, auf den Beinen zu bleiben. Christian lachte und stachelte Norbert weiter auf. In Mück regte sich ein unbändiger Drang, Herbert zu helfen. Aber er wusste, dass sie auch zu zweit keine Chance gegen die beiden hatten. Also versteckte er sich hinter den Büschen und überlegte.

Schließlich kam ihm eine Idee, und ohne zu überlegen, welche Folgen diese Aktion für ihn am nächsten Tag in der Schule haben würde, schlich er zu den beiden Fahrrädern hinüber. Sie lagen etwa 30 Meter von ihren Besitzern entfernt in der Wiese. Norbert und Christian waren voll und ganz mit Herbert beschäftigt.

Mücks Herz schlug ihm bis zum Hals, als er die Fahrräder erreicht hatte und beide aufstellte. *Oh Gott, was mach' ich hier eigentlich?* Immer wieder sah er ängstlich zu Norbert und Christian hinüber. Doch die waren immer noch auf den armen Herbert konzentriert und bemerkten ihn nicht. Mück setzte sich auf ein Fahrrad und hielt mit der ausgestreckten rechten Hand das zweite fest. Er machte sich bereit. Bereit für lange harte Wochen und Monate, in denen ihm Norbert und Christian das Leben schwer machen würden.

Also los!

»He, ihr zwei Trottel!«, rief er ihnen zu.

Die beiden Schläger hielten in ihren Bewegungen inne und starrten Mück an, als wäre er ein Außerirdischer. Anscheinend hatte es noch niemals jemand zuvor gewagt, sich ihnen in den Weg zu stellen.

»Fangt mich doch, wenn ihr könnt!« Mück fuhr los, rutschte in seiner Nervosität vom Pedal ab und konnte einem Sturz nur ganz knapp entgehen. Sein Puls raste.

Norbert ließ von Herberts Kragen ab. »Los, den schnappen wir uns«, rief er Christian zu. Dann rannten sie ihm hinterher.

Mück riskierte einen Blick zurück. Seine Verfolger hatten aufgeholt. Er hatte größte Schwierigkeiten, die Balance mit den beiden Rädern zu halten und den fluchenden Parkbesuchern auszuweichen.

»Da drinnen gibt's kein Radfahren!«, rief ihm ein wütender dicker Mann nach.

Mück begriff, dass er seinen Plan ändern musste – er würde es niemals aus dem Park schaffen. Kurzerhand verließ er den Weg und bog nach rechts in die Wiese ein. Er hielt genau auf den kleinen Ententeich zu. Er wurde durchgerüttelt und wieder konnte er einem Sturz nur knapp entgehen.

»Na warte nur, das wirst du bereuen!«, rief einer der beiden Verfolger.

»Wenn ich dich kriege …«, drohte ihm der andere.

Bin ich denn völlig verrückt geworden? Was mach' ich hier eigentlich? Doch für Zweifel war es nun zu spät. Mück musste sehen, wie er da nun wieder herauskam.

Er erreichte den Teich, sah zurück. Christian und Norbert kamen auf ihn zugestürmt. Mück nahm erst das eine Fahrrad und stieß es kurzerhand in den Tümpel. Dann das zweite. Sie gingen unter, nur die Lenker ragten aus dem flachen Wasser.

»Bist du verrückt geworden?«, rief Norbert.

»Na warte nur«, brüllte Christian. Sein Kopf war fast so rot wie sein Fahrrad, das nun im Teich lag.

Mück lief los. Sein Herz schlug wie verrückt. Trotzdem musste er grinsen. Über seine Schulter sah er zurück, und zu seiner Verwunderung waren die beiden nicht mehr hinter ihm her. Norbert stand bis zu seinen Knien im Wasser und fischte nach den Rädern. Christian gab Anweisungen. Bei diesem Anblick musste Mück nun wirklich lachen. Er rannte weiter.

Am Ausgang traf er auf Herbert, dem die Angst immer noch ins Gesicht geschrieben stand.

»Danke, dass du mir geholfen hast.«

»Ach was, nicht der Rede wert. Das haben die beiden schon längst verdient«, antwortete Mück.

»Sie wollten, dass ich ihnen mein ganzes Geld gebe.«

»Vergiss' die beiden. In nächster Zeit werden die es ohnehin hauptsächlich auf mich abgesehen haben.«

»Das tut mir leid.«

»Das braucht es nicht. Ich werd' in Zukunft wohl viel laufen müssen. Aber Sport ist ja gesund.«

Sie lachten.

»Willst du noch mit zu meiner Oma kommen? Die hat mir heute einen Apfelstrudel versprochen.« Als Herbert merkte, dass Mück zu überlegen schien, fügte er noch hinzu: »Meine Oma macht den besten Apfelstrudel auf der ganzen Welt.«

Also ging Mück mit ihm mit.

Herbert und er wurden nie wirklich gute Freunde. Aber den Apfelstrudel, den er damals bei dessen Großmutter bekam, wird er wohl für immer und ewig als den besten seines Lebens in Erinnerung behalten.

Der Apfelstrudel, den Mück nun gerade vor sich auf dem Teller hat, schmeckt alt, ausgetrocknet und fad. Lustlos stochert er mit der Gabel darin herum und versucht, ihn so am Teller zu verteilen, dass es nicht auffällt, dass er so gut wie gar nichts davon gegessen hat.

»Schmeckt's nicht?«, fragt die Servierkraft und stemmt ihre Hände in die Hüften.

Mück schiebt sich widerwillig ein Stück in den Mund und murmelt etwas, das sich anhört wie: »Doch, hervorragend.«

Die Frau verdreht die Augen und zieht wieder ab.

Mück hatte zwar keinen Hunger verspürt, aber er dachte sich, dass er ganz einfach etwas essen gehen musste. Sonst würde er noch zusammenbrechen, bevor er herausfinden konnte, was es mit dem mysteriösen Verschwinden von Christine Richter und Maria Fink auf sich hatte.

Er ist tief in seinen Gedanken versunken und überlegt, wie er nun weiter vorgehen soll, und wem er am besten von der ganzen Angelegenheit erzählen soll. Vom Schleifer braucht er sich keine Unterstützung erhoffen, und Steffi ruft auch einfach nicht zurück. Mück hasst es, sein neues Team noch nicht wirklich zu kennen und sich wie ein Fisch im fremden Wasser zu fühlen.

In diesem Moment läutet sein Handy. Mück merkt, dass

er das Stück Apfelstrudel noch immer im Mund hat, und würgt es herunter. Dann hebt er ab. »Ja?«

»Woher hast du das gewusst?«, will Stefanie wissen.

»Was?« Mück wischt sich mit der Serviette über die Lippen und spült sich mit einem Schluck Bier den süßen Geschmack aus dem Mund.

»Na, das mit dem Brand?«

Mück versteht gar nichts. »Was war mit dem Brand? Erzähl schon!«

»Der Sohn, der damals überlebt hat.«

»Ja, was war mit dem?« Mück hält die Spannung nicht mehr aus. Seine Stimme ist laut geworden.

Als Steffi ihm den Namen sagt, ergibt plötzlich alles einen Sinn. Bilder blitzen vor Mücks geistigem Auge auf. Der Abreißkalender in Christine Richters Wohnung. Der Streit in Richters Autohandel. Die *WIENER KAFFEEKÜCHE*. Richters Blick, als er ihn letzte Nacht überrascht hat. Der Zeitungsartikel von dem Brand. Das Foto in der Wohnung der Finks.

70

Die schneebedeckte Landschaft zieht langsam an ihm vorüber und er ist tief in seinen Gedanken versunken. Er erinnert sich an den Tag, an dem er sie zum ersten Mal gesehen hat. An den Tag, an dem das ganze Unglück seinen Lauf genommen hat.

Es war ein lausig kalter Herbstnachmittag. Die Wolken

hingen tief und ließen nur ganz selten einige wenige Sonnenstrahlen hindurch. Es war ungewöhnlich kalt für die Jahreszeit, und ein leichter Wind ließ die dürren Blätter in den Bäumen rascheln.

Ein paar Wochen zuvor war er 16 Jahre alt geworden. Er hatte zwar kein Geschenk bekommen – das hatte er nie – aber zumindest hatte Papa ihm endlich wieder seinen Fußball zurückgegeben. Er hatte sich so sehr gefreut, denn das war nicht wirklich zu erwarten gewesen. Nachdem er einmal unabsichtlich das neue Scheunentor damit getroffen hatte, hatte Papa ihn ihm weggenommen und gedroht, ihn wegzuwerfen.

Er war so unglücklich gewesen. Er hatte geweint, gefleht, doch das alles hatte nichts genützt. Sogar eine andere Familie hatte er sich gewünscht. So traurig war er darüber gewesen, nicht mehr Fußballspielen zu dürfen. Es war doch immer das Einzige gewesen, das ihm sein Vater neben der Arbeit am Hof erlaubt hatte.

Doch er hatte ihn wieder bekommen und war überglücklich. Endlich konnte er wieder für seinen großen Auftritt trainieren. Vielleicht würde ja doch noch etwas aus seinem Traum, Fußballprofi zu werden. Aber dazu hätte ihn Vater endlich auch einmal im örtlichen Jugendverein mitspielen lassen müssen.

An diesem lausig kalten Herbstnachmittag war er Zinédine Zidane. Er dribbelte gerade über die schmale Wiese neben der vorderen Halle. Eine schnelle Drehung um die eigene Achse, ein Haken, ein Ferserl, und er hatte den leeren Kübel, der ihm als Gegenspieler diente, elegant überspielt. Der Weg war frei. Nur noch wenige Meter. Nur noch ein Haken. Eine Täuschung nach links, ein Übersteiger über den Ball und dann ein Haken nach rechts. Seine Augen waren stur auf den Ball gerichtet.

Jetzt!

Er hätte abdrehen sollen. Alles, nur nicht schießen. Aber er musste diesen Schuss ganz einfach wagen. Er war ein Star. Und Stars gingen Wagnisse ein, um Tore zu schießen. Also hielt er drauf und zog voll durch.

Der Ball hatte einen unglaublichen Drall bekommen, schnitt majestätisch durch die Luft, verfehlte sein Ziel, die Hallenwand, jedoch um ein paar Zentimeter. Der Schuss ging zu hoch.

Die Zeit schien stillzustehen, als er die missratene Flugkurve des Balls verfolgte. *Nach rechts, rechts, rechts!*

Schließlich ging das runde Leder direkt gegen die Fensterscheibe, die sofort mit einem ohrenbetäubenden Klirren in Tausende kleine Splitter zersprang.

Der Klang des zerberstenden Glases fühlte sich für ihn an, als würden diese Tausende kleinen Splitter direkt in seine Haut schneiden. Er bekam Panik, schaute sich um. Lief einfach los, hinein in den Wald. Immer tiefer und tiefer. Dort lehnte er sich gegen einen feuchten Stamm und sank zu Boden. Er wartete. So lange, bis es bereits dunkel geworden war.

Die Gedanken kreisten in seinem Kopf. Was würde Vater wohl mit ihm anstellen? Vielleicht würde er ihn ja nur schlagen und anschreien. Würde Mama wieder weinen? Würden seine Eltern sich wieder streiten? Vielleicht dürfte er den Ball ja auch behalten. *Bitte lass ihn mir nicht wieder den Ball wegnehmen.*

Als er sich endlich zurücktraute fror er, und seine Kleidung war bereits ganz feucht. Er schlich an der vorderen Halle vorbei, wo die zerbrochene Scheibe mahnend über ihm thronte. Er wollte ins Haus, am besten unbemerkt, in sein Zimmer und unter die Bettdecke kriechen.

Plötzlich hörte er durch das ohrenbetäubende Quieken

der Schweine, das er normalerweise schon gar nicht mehr wahrnahm, seinen Vater schreien. Der Klang seiner Wut ging ihm durch Mark und Bein.

Er lauschte gespannt.

Da waren auch Frauen. Sie schrien ebenfalls.

Was war da los? Er schlich an die Rückseite der Halle und öffnete dort ganz behutsam die Hintertür. Er spähte durch einen schmalen Spalt und sah seinen Vater mit einer Mistgabel in der Hand.

Und dann sah er sie zum ersten Mal. Diese Kreaturen des Bösen. Diese dreckigen Schlampen. Die, die schon bald sein Leben zerstören sollten.

Sie schrien Vater an. »Sie sind ein Verbrecher! Mit Ihnen gehört dasselbe gemacht!«

»Ich ruf' gleich die Polizei!«, drohte er den Frauen.

»Na bitte, tun Sie das doch! Das trauen Sie sich doch nie!«

Einmal glaubte er, dass sie ihm genau in die Augen sahen, dass sie ihn entdeckt hatten. Aber das taten sie nicht. Sie wussten nicht, dass er da war. Aber er sah sie. Und er prägte sich ihre Gesichter für immer und ewig ein.

Vater ging auf sie los, attackierte sie mit der Gabel. »Schleicht's euch jetzt endlich! Runter von meinem Hof!«

Sie wichen vor ihm zurück, bekamen es mit der Angst zu tun und beschimpften ihn. »Sie Verbrecher! Selber sollen Sie so enden!« Dann stürmten sie aus der Halle, und Vater ihnen nach. Sie schrien.

Diese Teufel.

Er begriff nicht, was diese Aktion gerade zu bedeuten hatte, wagte es aber auch nicht, Vater zu fragen. Er sah wütend aus und das verhieß nie Gutes. Außerdem war da ja noch die Sache mit der eingeschossenen Fensterscheibe. Also schlich er sich lautlos in sein Zimmer und verkroch sich dort im Bett.

Wenig später konnte er seine Eltern unten schreien hören. *Bitte nicht schon wieder streiten!* Er kroch aus dem Bett und schlich auf Zehenspitzen zur Tür. Der Holzboden knarrte leise unter seinen Schritten. Behutsam drückte er die Schnalle nach unten und zog die Tür einen kleinen Spaltbreit auf.

»Ich kann nicht zur Polizei gehen«, hörte er seinen Vater sagen.

»Aber … aber wir müssen doch …« Angst klang in der Stimme seiner Mutter mit.

»Wenn die da am Hof herumschnüffelt, können wir gleich zusperren.«

»Aber wir können uns das doch nicht gefallen lassen.«

»Werden wir auch nicht …« Vater ließ den Rest des Satzes in der Luft hängen.

»Was meinst du?«

»Wenn ich die das nächste Mal hier seh', dann hol ich sofort das Gewehr.«

»Aber das kannst du doch nicht machen.« Mama wirkte wirklich schockiert.

»Und ob ich das kann.«

Er konnte hören, wie Vater das Haus verließ und die Tür hinter sich zuschmiss. Mama blieb zurück, winselte.

Bitte wein' nicht schon wieder, Mama.

Sein Herz klopfte heftig, als er ganz langsam und vorsichtig wieder die Tür schloss und zurück in sein Bett kroch. In diesem Moment begriff er nicht, worüber sich seine Eltern gerade gestritten hatten. War es etwa wegen ihm gewesen? Er hatte das Fenster doch gar nicht kaputtmachen wollen. Wieso wollte Mama deswegen die Polizei anrufen? Oder war es wegen dieser zwei Frauen gewesen? Wer waren sie und was hatten sie hier überhaupt gewollt?

Sein Vater verlor auch in den Tagen danach nie ein Wort

über die zerbrochene Fensterscheibe. Er konnte einfach nicht begreifen, warum.

Die Erinnerung treibt die Wut in ihm hoch, diese unbändige Wut. Er merkt, wie das Leder unter seinen schweißnassen Fingern ganz rutschig wird. Die Knöchel leuchten weiß. Aber er muss sich beherrschen. Er darf sich nichts anmerken lassen. Noch nicht.

71

Sie sind jetzt schon seit fast zwei Stunden unterwegs. Der Schneefall ist noch dichter geworden, und die Landschaft ist bereits tief verschneit. Wien war mittlerweile zu einem einzigen Verkehrschaos verschmolzen, und auf der Tangente ging so gut wie gar nichts mehr. Ein LKW war ins Schleudern gekommen, umgekippt und quer zur Fahrbahn liegen geblieben. Nur die dritte Spur war für den Verkehr frei geblieben.

»Chef?«, fragt Johannes nach einer langen Zeit des Schweigens zwischen ihnen.

»Ja?«, knurrt Klaus. Er ist in Gedanken versunken und versucht, zu verstehen.

»Willst du mir nicht endlich sagen, was wir hier überhaupt machen? Du … du …«

»Was?«

Johannes atmet durch und fasst sich Mut. »Was ist eigentlich mit dir los?«

»Kann ich dir jetzt nicht erklären.«

»Aber wieso?«

Schweigen.

»Hast du Probleme? Ich meine … vielleicht kann ich dir ja irgendwie helfen.«

Klaus lacht. »Wie willst du mir schon helfen?«

Johannes seufzt, gibt auf.

Endlich passieren die beiden das Ortsschild von Bernbach an der Triesting. Alles wirkt hier noch verschneiter als außerhalb. Kein Mensch ist auf den Straßen zu sehen, und nur in wenigen Häusern brennt Licht. Fast wirkt es wie eine Geisterstadt.

»Erst gerade einmal viertel fünf vorbei und es ist schon fast stockdunkel«, versucht Johannes, das Gespräch noch einmal aufleben zu lassen.

»Mmh.« Klaus hat keinen Kopf für Small Talk.

»Wo wollen wir überhaupt hin, Chef?«

»Das weiß ich auch nicht.«

»Soll ich einmal zu der Kirche da vorne fahren?«

»Mmh, wäre vielleicht das Beste.«

Vor ihnen auf der Straße geht eine Mutter mit Kind, das lacht und sich immer wieder in den Schnee fallen lässt.

»Ich halte mal bei denen, dann können wir sie ja fragen, wo dieser abgebrannte Hof ist.«

»Mmh.«

Die beiden halten, und Klaus fragt nach dem Hof.

Die Frau wirkt sichtlich irritiert, als sie Klaus' lädiertes Gesicht im blassen Licht der Straßenlaternen sieht. An ihrer linken Hand zerrt ihre Tochter: »Komm, Mama. Kannst du mir noch das Licht im Garten anmachen? Dann kann ich noch einen Schneemann bauen.« Mit der rechten Hand zeigt sie auf den Hügel unmittelbar hinter dem Dorfzentrum. »Sehen S' das kleine Waldstück da?

Da müssen S' rauf und durch. Der Hof liegt dann gleich dahinter.«

»Danke.«

»Aber was wolln S' denn in Gottes Namen da oben?«

Klaus beantwortet die Frage der Frau nicht mehr und kurbelt bereits die Fensterscheibe nach oben. »Los, fahr.«

Zehn Minuten später sind sie am Hof angekommen. Johannes fährt an einer Halle entlang und parkt an der Rückseite.

»Jetzt bin ich verdammt noch mal richtig froh, dass ich es nie geschafft hab', dir einen Stadtflitzer anzudrehen. Deine Allrad-Schüssel war jetzt genau das Richtige. Anders wären wir auf diesen verfluchten Hügel nie hochgekommen.« Umständlich hievt sich Klaus aus dem hohen Geländewagen.

»Ja, bei dem Schnee hätten wir es nicht einmal mehr bis zu dem BMW unten in der Kurve geschafft.« Johannes ist sichtlich stolz auf sein Gefährt.

Klaus streckt sein Kreuz.

»Los, komm. Hier lang.« Johannes geht auf das Wohnhaus zu, das hinter den beiden Hallen liegt und von vorne nicht zu sehen war.

»Warte, verdammt noch mal. Vielleicht sollten wir erst einmal in den Hallen nachschauen.« Klaus läuft Johannes nach und kommt bei dem tiefen Schnee schon nach wenigen Metern ins Schnaufen.

Johannes ist bereits im Haus verschwunden.

Als Klaus nachkommt, kann er ihn nicht finden. Es ist finster, aber trotzdem kann Klaus den Ruß an den Wänden sehen. Es muss ein mächtiges Feuer gewesen sein, das hier gewütet hat. Es sieht ein wenig unheimlich aus, und Klaus bekommt es mit der Angst zu tun. »Wo bist du, zum Teufel?«

»Hier.«

»Wo?«

Sein Assistent antwortet nicht mehr.

Klaus geht langsam in die Richtung, aus der seine Stimme gekommen ist. Irgendetwas stimmt hier nicht. Instinktiv greift er in die Tasche zu seinem Handy.

»Wo bist du, zum Teufel?« Klaus versucht, sich im Dunkeln zu orientieren. Der Daumen in seiner Jackentasche sucht nach dem Einschaltknopf seines Handys. Er geht weiter den Flur entlang, dann um die Ecke.

Johannes steht vor einer offenen Tür, die in den Keller zu führen scheint. »Komm.«

Klaus bildet sich ein, von irgendwoher Hundegebell zu hören. »Wo willst du hin?«

»Nach unten. Ich hab sie gehört.«

Klaus' Gedanken spielen verrückt. »Was? Wen hast du gehört?«

Johannes dreht ihm den Rücken zu. »Komm jetzt.« Er will nach unten gehen.

»Moment mal.« Ein Geistesblitz hat Klaus getroffen. Er steht mit weit aufgerissenen Augen und Mund da, setzt die Teile in seinem Kopf zusammen, versucht ein Ganzes zu bekommen. Er beginnt zu begreifen.

»Was ist denn?« Johannes ist mit dem Rücken zu Klaus stehen geblieben. Er rührt sich nicht.

»Warte.« Klaus' Stimme zittert. Er fühlt sich, als würde auf einmal alles auf ihn herabstürzen.

Wie in Zeitlupe dreht sich Johannes um. Sein Blick hat sich verändert. Er hat die Augen zusammengepresst, starrt Klaus an. Langsam geht er auf ihn zu.

»Woher hast du vorhin im Auto gewusst, dass wir einen abgebrannten Hof suchen?« Klaus zeigt mit dem Finger auf seinen Assistenten. Seine ganze Hand zittert.

»Du hast es mir gesagt, Chef.« Seine Stimme ist nun völlig monoton. Er geht immer noch auf Klaus zu.

»Nein.« Klaus ist sich sicher. Er macht einen zaghaften Schritt zurück. Dann noch einen. »Nein, verdammt noch mal. Das hab' ich nicht.«

»Das ist doch jetzt egal, oder? Wichtig ist doch nur, dass wir endlich alle hier sind.« Johannes steht nun der Wahnsinn ins Gesicht geschrieben. Langsam greift er in die Innentasche seiner Jacke.

»Ist … ist Christine auch hier?« Klaus stößt mit dem Rücken gegen eine Wand. Er spürt die Panik in sich aufsteigen. Instinktiv drückt er den Pincode seines Handys – vier Mal die Null. »Was … was hast du mit ihr gemacht?«

»Sie sind alle hier. Wir haben nur noch auf dich gewartet.« Plötzlich verändert sich sein Ausdruck. Hass beherrscht ihn, und er schreit: »Aber du fettes Arschloch kriegst ja nie etwas auf die Reihe. Du warst einfach zu blöd, um alleine hierher zu finden!«

Klaus schiebt sich mit dem Rücken an der Wand entlang. »Aber … aber … ich …«

»Halt dein verfluchtes Maul, du fettes Arschloch!« Johannes holt eine Pistole aus der Innentasche seiner Jacke hervor.

Klaus schnappt nach Luft. Sein Herz rast, seine Gedanken überschlagen sich. Panik. Der Lauf ist genau auf ihn gerichtet. Er kann seinen Blick nicht mehr davon losreißen.

»Komm. Wir gehen jetzt nach unten zu den anderen.«

»Was … was hast du vor?«

»Das Spiel ist bald zu Ende.« Johannes lächelt. »Bald bekommt jeder, was er verdient.«

72

Als Steffi ihm vorhin sagte, dass der Sohn, der den Brand damals leicht verletzt überlebt hatte, Johannes Lattner hieß, fiel es Mück wie Schuppen von den Augen. *Klaus Richters Assistent.* Nun ergab alles einen Sinn. Und auf einmal wusste er auch, warum er auf dem Foto in der Wohnung der Finks so stutzig geworden war.

Mück verstand zwar noch nicht die Zusammenhänge, fühlte aber, dass der junge Mann etwas mit dem Verschwinden der beiden Frauen zu tun haben musste. Die letzten Zweifel waren beseitigt, als Steffi ihm Johannes Lattners Adresse nannte. Mück war schon an seiner Haustür vorbeigegangen.

»Kannst du mir jetzt vielleicht einmal erklären, was eigentlich los ist?«, fragte Steffi.

»Mach' ich dann vor Ort. Los, spring in deinen Wagen! Wir treffen uns vor Lattners Wohnung.«

Eine knappe halbe Stunde später standen die beiden vor Johannes Lattners Wohnungstür.

»Ich hab' dir doch gesagt, dass er nicht zu Hause ist. Wir suchen ja schon seit letzter Nacht nach ihm«, sagte Steffi.

Mück war gerade im Begriff, den dritten Einbruch innerhalb nur weniger Stunden zu begehen. Er presste seine Zungenspitze zwischen die Zähne, strengte sich an. Dann sprang das Schloss auf.

Mück griff nach seiner Glock 19, zog sie und stieß mit der nassen Schuhspitze die Wohnungstür auf. Steffi starrte ihn an, zog ebenfalls ihre Waffe. Sie nickten sich zu, dann stürmten sie in die Wohnung. Sie rissen den Lauf ihrer Pistolen in alle Richtungen, stießen Klo- und Badezimmertür auf. Die Küche war leer. Weiter ins Wohnzimmer und dann ins Schlafzimmer.

»Die Wohnung ist leer. Ich hab's dir doch gesagt.« Steffi steckte ihre Waffe wieder zurück in das Halfter.

»Mmh.« Mück wusste nicht so recht, was er davon halten sollte.

»Was wollen wir hier überhaupt? Der Schleifer wird durchdrehen, wenn er von dieser Aktion erfährt.«

»Dann darf er eben nicht davon erfahren.«

»Du sagst mir jetzt sofort, was los ist.« Steffi hatte die Arme vor der Brust verschränkt und wartete auf eine Erklärung.

»Ich glaube, Richters Schwester ist entführt worden. Und ich glaube, Maria Fink auch.«

»Die von der Anzeige?«

»Ja.«

»Wie kommst du darauf?«

Mück wusste, dass seine Argumente nur Indizien waren. Damit würde er sie nicht überzeugen können. »Ich bin mir ziemlich sicher, ich hab da so ein Bauchgefühl.«

»*Ziemlich sicher? Bauchgefühl?* Na, du machst mir Spaß.«

»Und ich glaub', dass Johannes Lattner der Entführer ist.«

»Der? Und was ist mit Richter?«

Mück verzog die Lippen. »Der hat zwar jede Menge Dreck am Stecken. Aber ich glaub', damit hat er nichts zu tun.«

Steffi sah ihn fragend an.

»Richter ist kein Mörder. So, wie sich der gestern angestellt hat …« Mück ließ den Rest des Satzes in der Luft hängen. »Der hat sich regelrecht angemacht vor Angst.«

»Also ich versteh' gar nichts mehr.«

Ich auch nicht. Mück öffnete Laden, kramte in Regalen.

»Wonach suchst du?«

»Keine Ahnung.«

»Na toll.« Steffi schnaufte. »Wir sind erledigt, wenn der Schleifer das rauskriegt.«

»Da. Sieh dir das an.« Mück hatte die oberste Lade von Lattners Nachtkästchen aufgezogen und jede Menge Fotos auf das ungemachte Bett geworfen.

»Sind sie das?«

»Mmh.« Mück nickte.

Auf dem Bett lagen unzählige Fotos. Darauf waren ausschließlich Christine Richter und Maria Fink zu sehen. Alle waren aus einiger Entfernung geschossen worden, die meisten irgendwo auf der Straße.

»Er hat sie beobachtet.«

»Er war ganz in ihrer Nähe.« Mück hatte seine Aufmerksamkeit bereits auf die Baupläne gerichtet, die ebenfalls in der Lade lagen.

Es ist bereits über eine Stunde her, seit sie aus dem 4. Bezirk losgefahren sind. Sie haben dabei gerade einmal eine Strecke zurückgelegt, für die sie im Normalfall höchstens eine halbe Stunde gebraucht hätten. Die Autofahrer sind teilweise noch mit Sommerreifen unterwegs, und ein Unfall ereignet sich nach dem anderen. Ganz Wien ist zu einem einzigen Superstau mutiert.

Mück starrt durch die Windschutzscheibe nach draußen. Der Wind ist stärker geworden und peitscht die dicken Schneeflocken durch die Gegend. Die Sonne ist bereits untergegangen, und die Nacht beginnt sich über das Land zu legen.

Steffis Handy läutet, sie steckt ihr Headset ins Ohr und hebt ab. »Ja?«

Mück registriert, dass ihre Mmhs und Ahas immer aufgeregter klingen, und er starrt sie von der Seite an.

»Okay, danke für die Info. Bitte halte mich auf dem Laufenden!« Sie legt auf, sagt nichts. Starrt nur stur nach vorne.

»Was ist los?«, will Mück wissen. »Wer war das?«

Sie reibt sich das Gesicht. »Das glaub' ich nicht«, murmelt sie vor sich hin.

Mück wartet ungeduldig auf eine Fortsetzung.

»Du hast recht gehabt«, sagt sie.

»Womit? Was ist denn los?«

»Mit Lattner. Ich glaube, du hast mit deiner Vermutung recht gehabt.«

»Wenn du mir jetzt nicht sofort erzählst, was los ist, spring ich aus dem Fenster.«

»Richter hat sein Handy wieder eingeschaltet. Wir haben es orten können. Und drei Mal darfst du raten, wo.«

»In Bernbach?«

Steffi nickt.

73

Das Hundegebell fährt ihm durch Mark und Bein.

»Los, weiter.«

Martin spürt einen Stoß im Rücken. Er stolpert nach vorne. Seine Hände sind am Rücken gefesselt, er kann sich gerade noch auf den Beinen halten.

»Weiter!«, schreit er Martin an.

Der Hund bellt und fletscht die Zähne.

Martins Herz hämmert gegen seinen Brustkorb. Die Bissnarbe in seinem Gesicht glüht. Der Wind bläst ihm um die Ohren, Schneeflocken schmelzen in seinem Gesicht.

Es ist kalt und stockdunkel.

Sie gehen auf die vordere Halle zu, die von dem Brand damals verschont geblieben war.

Martin schätzt seine Fluchtchancen ab. Kommt zur Erkenntnis, dass er keine hat. Er ist etwa zwei Meter hinter ihm, hält die Waffe auf ihn gerichtet. Der Hund springt von einer Seite zur anderen. Egal, in welche Richtung er laufen würde, egal, wie schnell er wäre, die Kugel würde schneller sein.

»Da hinein.« Er steht neben Martin, öffnet die Tür der Halle.

Martin tritt hinein. Seine Augen brauchen einige Augenblicke, um sich an das schwache Licht zu gewöhnen. Ein beißender Geruch liegt in der Luft.

Das Hundegebell hallt von den kahlen Wänden wider.

»Weiter. Nach hinten, zu den anderen.«

Zu den anderen? Martin lässt seinen Blick durch die Halle schweifen, kann aber niemanden sehen. *Maria! Ist sie auch hier?* Er will schreien. Die Naht um seine Lippen spannt.

Martin muss den langen Mittelgang entlang gehen. Alles ist mit Stroh ausgelegt. Links und rechts von ihm reiht sich ein verlassenes Gehege an das andere. Jedes ist mit Stroh aufgefüllt.

Dieser Blick in seinen Augen – der ist völlig durchgedreht.

Ein Summen wird immer lauter. Und ein Rascheln.

Martin wird langsamer.

»Weiter!«, brüllt er hinter ihm.

Martin geht weiter. Sein Puls rast. Blut hat sich in seinem Mund gesammelt. Schweiß läuft ihm aus den Poren.

Der Geruch wird immer strenger.

Benzin!

Er blickt in die Gehege links von ihm. Dann schaut er nach rechts. Und sieht sie.

Maria!

Martin kann sein Glück kaum fassen. Er rennt, vergisst völlig die Waffe hinter sich. Er stürzt in das Gehege, wirft sich zu Boden. »Mmh!« Die Naht schneidet sich in das Fleisch seiner Lippen. Er will Maria in seine Arme nehmen, zerrt an seinen Fesseln. Doch die geben keinen Millimeter nach.

Maria kann ebenfalls nur *Mmh*-Laute von sich geben. Ihre Augen sind weit aufgerissen, glasig. Sie starrt auf Martins Lippen. Ihre Hände sind am Rücken gefesselt. Ihr Mund ist zugeklebt.

Martin will ihr den Streifen abreißen, verkrümmt sich, um daran zu kommen.

»Weg von ihr«, befiehlt ihr Peiniger.

Martin hört nicht auf ihn. »Geht es dir gut?«, fragt er Maria, doch seine Lippen wollen sich nicht öffnen. Die Worte sind nicht zu verstehen. Die Naht schneidet weiter ins Fleisch. Blut fließt. Tränen schießen ihm aus den Augen.

»Mmh.« Panik liegt in Marias Blick.

Plötzlich ein Knall.

Martin zuckt, will schreien, presst die Augen zusammen.

Der Hund dreht durch, bellt wie verrückt. Er ist ganz nah hinter ihm.

»Den nächsten Schuss jage ich ihr direkt in den Schädel, wenn du auf Dummheiten kommst.«

Martin blickt hinter sich.

Er steht da. Breitbeinig mit der Pistole in der Hand. Der Hund streift um seine Beine. Speichelfäden hängen aus seiner Schnauze.

Mit der Waffe deutet er zu Klaus Richter, der an der gegenüberliegenden Seite an der Wand lehnt.

Klaus' Kopf ist knallrot, die Augen weit aufgerissen. Sein Hemd trotz der Kälte schweißnass.

»Los, setz dich neben ihn.«

74

Der Motor heult auf, die Reifen drehen durch, und der Wagen bewegt sich nicht von der Stelle.

»Na super.« Steffi bläst sich eine Strähne aus dem Gesicht. »Von hier aus müssen wir wohl zu Fuß weiter.«

Mück beugt sich in seinem Sitz nach vorne und wirft einen ungläubigen Blick auf die weiße Wand, die sich vor ihnen in der dunklen Nacht auftürmt. »Da rauf? Zu Fuß?«

»Laut Navi sind es nur noch 350 Meter.«

»*Nur* ist gut.«

Steffi lässt den Wagen ein paar Meter zurückrollen und lenkt ihn zur Seite, wo sie den Straßenrand vermutet. »Bereit?«

Mück schnallt sich ab, überprüft seine Waffe und knöpft sich den Mantel zu. »Auf geht's.«

Als er die Tür öffnet, peitscht der Wind ihm eisige Schneekristalle ins Gesicht. Der Mantelkragen steht etwas ab, und schon nach nur wenigen Augenblicken läuft ihm eiskaltes Nass den Nacken hinunter.

Es ist eiskalt und stockdunkel, als sie den Hügel hinaufstapfen. Steffi geht voraus. Mück versucht, den Anschluss nicht zu verlieren. Schnell ist er völlig außer Atem, und sein Herz galoppiert unkontrolliert wie ein angeschossener Gaul. Schweiß mischt sich mit geschmolzenen Schneeflocken in seinem Gesicht.

Kein Mondlicht, keine Sterne, nur schwarze Wolken. Die riesigen Tannenbäume an beiden Seiten tanzen im heulenden Wind. Ihre Äste knarren gespenstisch. Sie sehen aus, als ob sie den beiden Spalier für ihren letzten Weg stehen.

75

Martin sitzt im Stroh und lehnt an der Wand des Geheges. Das Ziehen der Nähte fährt Martin durch das ganze Gesicht. Sein Mund ist voller Blut. Seine Füße sind mit einem festen Klebeband zusammengebunden. Seine Nase ist von der Panik ganz verrotzt, er bekommt kaum noch Luft. Tausende Gedanken schießen ihm durch den Kopf, er versucht, zu verstehen. Sein Herz schlägt gegen den Brustkorb, sein ganzer Körper zittert. Er riecht Benzin.

Neben ihm sitzt Klaus Richter. Auch sein Mund ist zugenäht. Blut rinnt ihm über das Kinn. Ihnen gegenüber sitzen Maria und Christine. Sie sind nackt. In ihren Augen erkennt Martin seine eigene Angst wieder.

Maria starrt ihn an. Tränen laufen ihr über die Wangen. Sie sitzt schief, ihre Schulter hängt nach unten. Martin sieht, wie sie zittert. Er sieht, dass sie Schmerzen hat. Er bemerkt ihren blutverschmierten Knöchel. Der Fuß steht unnatürlich ab, ein Knochen ragt heraus.

»Mmh.« Martin bekommt kein Wort heraus. Der Schmerz zieht.

Er zieht Christine den Klebestreifen vom Mund.

Sie schreit.

Der Hund dreht durch. Sein tiefes Gebell hallt von den Wänden wider.

Er schlägt ihr ins Gesicht. »Halt deinen verdammten Mund, du verlogene Sau.«

Maria gibt panische *Mmh* Laute von sich. Richter und er selbst ebenfalls. Martin schmeckt, wie sich noch mehr Blut in seinem Mund sammelt. Er versucht, es zu schlucken.

»Es tut uns leid, Johannes!«, schreit Christine.

Wieso nennt sie ihn Johannes?

Jetzt zieht er auch Maria den Streifen vom Mund.

Sie schreit nicht. Er schlägt ihr trotzdem ins Gesicht. Spuckt sie an.

Du verfluchtes Arschloch! Am liebsten würde Martin sich auf ihn stürzen. So lange auf ihn einschlagen, bis er bewusstlos ist. Oder tot. Er zerrt an seinen Fesseln. Sie schneiden in seine Haut.

»Jetzt redet!« Er wird laut: »Erzählt, was ihr getan habt.« Jetzt schreit er. »Erzählt ihnen, dass ihr dreckige Mörder seid!«

»Johannes, bitte …«, fleht Maria.

Wieso nennt ihn auch Maria Johannes?

Er wendet sich Martin zu. Grinst. In seinen Augen liegt der Wahnsinn. »Jetzt bist du verwirrt, hab' ich recht?«

Fick dich!

»Ja, Martin. Du hast ganz richtig gehört.« Er grinst noch breiter. »Mein Name ist nicht Jonas Engel.«

Was zum Teufel …?

»Ich bin nicht der nette Junge von nebenan. Ich hab' mir eine kleine Lüge erlaubt. Es tut mir leid.« Er lacht. Reibt sich mit dem Lauf der Pistole die Stirn.

Martins Gedanken überschlagen sich.

Johannes ist plötzlich wieder ganz ernst. »Aber nicht nur ich hab' gelogen.«

Idefix' Gebell wird immer lauter.

Martin hat das Gefühl, dass die Narbe in seinem Gesicht brennt.

Mit dem Lauf der Pistole zeigt Johannes auf Maria und Christine. »Sie sind hier die dreckigen Lügner.« Sein Kopf läuft ganz rot an. Er schreit: »Sie sind nicht die, die sie vorgegeben haben zu sein.« Er breitet die Hände aus. »Sie sind schuld an all dem hier.« Er wischt sich Speichel aus den Mundecken.

Was redet Jonas da? Wieso macht er das? Martin will mit ihm reden. Doch es wollen keine Worte durch die Fäden gelangen. Nur Blut.

Plötzlich macht Johannes einen schnellen Schritt auf Maria und Christine zu, schreit sie an. »Redet endlich!«

Sie zucken zusammen. Schreien. Wenden sich ab. »Es war doch keine Absicht«, kreischt Christine unter Tränen. »Wir haben das doch nicht gewollt.«

»Es war ein Unfall«, winselt Maria.

Johannes schlägt ihr mit der Pistole ins Gesicht. Ihr Kopf prallt gegen die Betonwand. Blut läuft aus der Platzwunde an ihrer rechten Schläfe. Sie weint, verzieht ihr Gesicht zu einer schrecklich leidenden Grimasse.

Du verfluchtes Arschloch! Ich bring' dich um!

»Gebt jetzt endlich zu, dass ihr den Brand damals gelegt habt!«, brüllt Johannes die beiden an. »Gebt zu, dass ihr meine Eltern ermordet habt!«

Martin versteht nichts. Er starrt Maria an. Sucht nach einer Antwort. Nach irgendeinem Zeichen.

»Aber es ist doch keine Absicht gewesen!«, schreit Maria. Ihr Gesicht zuckt unkontrolliert.

Christine wagt es nicht mehr, zu Johannes aufzusehen.

»Keine Absicht?«

Martin versucht, sich aufzuraffen, schafft es jedoch nicht. Er sucht Marias Blick. Findet ihn.

»Es tut mir so leid«, flüstert sie ihm zu.

Martin kann einfach nicht begreifen.

»Nichts tut euch leid!«, brüllt Johannes. »Mein Vater hat euch davor schon einmal erwischt und vom Hof gescheucht.« Er geht ganz nah an Marias Gesicht. Schreit sie an: »Das war Mord!«

»Mmh …« Klaus will sich aufrichten.

Johannes bemerkt es und tritt ihm mit voller Wucht in die Hüfte.

Klaus stöhnt ein schmerzerfülltes *Mmh*.

»Du blöder Fettsack.« Johannes spuckt auf Klaus. »Behandelst Menschen wie den letzten Dreck. Und selbst kannst du nichts als fressen und saufen.«

Christine schreit. »Lass' ihn in Ruhe. Er hat dir nichts getan.«

Johannes spuckt Christine ins Gesicht. Dann wendet er sich wieder Klaus zu, kratzt sich wieder mit seiner Pistole die Stirn. »Das mit der Naht tut mir leid.« Er lacht. Teuflisch. »Aber ich habe euch ja auch nicht gesagt, dass ihr herkommen sollt.« Er tritt noch einmal gegen Klaus. Und noch einmal.

Der stöhnt, windet sich.

»Ihr solltet einfach nur das Spiel spielen. Sonst nichts.« Johannes geht ganz nah an Martin heran, beugt sich zu ihm hinunter.

Martin kann seinen Atem riechen.

»Jetzt könnt ihr nicht mehr reden und mir die Lösung sagen, was?« Er lacht. »Euer Pech. Wenn ihr euch nicht an die Regeln haltet, dann muss ich das auch nicht.«

»Mmh!«

»Lass sie gehen!«, schreit Christine.

Maria weint hysterisch.

»Ach was. Scheiß auf euch!« Johannes geht in die Zelle nebenan. Er hebt etwas hoch. Etwas Schweres.

Martin versucht, sich zu strecken. Er versucht, zu erkennen, was Johannes macht. Sein Herz rast. Er weiß, dass er nicht mehr lange Zeit hat.

Johannes kommt zurück, hält einen Kanister hoch. »Ich glaube, wir sollten das Spiel nun beenden.«

Benzin!

Das Gebell wird wieder lauter.

Maria und Christine kreischen und schreien gleichzeitig. Sie versuchen, aufzustehen. Vergeblich. Klaus krümmt sich am Boden. Schreit durch die Fäden.

Martin weiß, dass es keinen Zweck hat. Er versucht, sich zu konzentrieren. Irgendeinen Ausweg muss es doch geben. *Komm schon, denk nach!*

Johannes öffnet den Kanister, verschüttet das Benzin. Zuerst auf das Stroh um sie herum. Dann auf Maria und Christine. Und schließlich auf Martin und Klaus. Er lacht dabei immer lauter.

Alle schreien durcheinander.

Der Hund fletscht die Zähne.

Martin läuft Benzin aus den Haaren ins Gesicht. Es brennt höllisch. Er windet sich, presst die Augen zusammen, um nicht noch mehr abzubekommen. Seine Lippen fühlen sich an, als stünden sie bereits in Flammen.

Plötzlich wird das Hundegebell leiser. Es entfernt sich.

Ein leiser Knall.

»Wer ist da?«, hört er Johannes rufen.

Der Hund bellt nun irgendwo in der Ferne.

»Wenn du nicht in fünf Sekunden hereinkommst, dann brennt hier alles!«, schreit Johannes.

76

Mück ist völlig außer Atem, als er die erste Halle des Lattnerhofs erreicht. Steffi wartet bereits auf ihn. Seine Schuhe sind völlig durchnässt. Er ist schweißgebadet und ihm ist gleichzeitig eiskalt.

Beim Aufstieg war es, vom Heulen des Windes abgesehen, gespenstisch still. Die Schneemassen schienen jedes andere Geräusch zu schlucken. Es war stockdunkel. Nur der schmale Lichtkegel von Steffis Taschenlampe erhellte das Dunkel.

Mück stemmt die Arme auf seine Knie und versucht, wieder zu Atem zu kommen. Er kann das Blut in seinem Kopf rauschen hören.

»Geht's?«, flüstert Steffi.

Nein! »Ja.« Mück atmet hektisch.

Von irgendwo her ist Hundegebell zu hören.

Mück presst sein Ohr gegen die Tür, die neben dem großen Tor liegt. Er lauscht. »Sie sind da drinnen.«

Steffi legt ebenfalls ihr Ohr an. »Ja, sind sie.«

»Kannst du verstehen, was sie sagen?«

Sie schüttelt den Kopf. »Nicht wirklich.«

»Verdammt.« Mück geht einen Schritt zurück. »Gibt es hier denn keine Fenster?«

Steffi stapft um die Ecke. »Da hinten ist ein kaputtes Fenster«, flüstert sie. »Aber da kommen wir nie und nimmer hoch.«

Mück kämpft sich zur anderen Seite der Halle durch den Schnee. »Scheiße, die hier sind auch viel zu hoch.« Er reibt sich das Kinn, überlegt, stapft zurück. »Dann bleibt uns keine andere Möglichkeit als diese Tür.«

Steffi nickt.

Mück greift mit beiden Händen nach der Schnalle. Schiebt sie langsam, Millimeter für Millimeter, hinunter. Nur kein Geräusch machen. Bis sie unten ansteht. Dann zieht er ganz vorsichtig daran.

Die Tür gibt ein leises Knarren von sich. Kaum zu hören.

Mück verzieht das Gesicht. Kneift die Augen zusammen.

Dann ist sie so weit offen, dass sie in die Halle schauen können. Im düsteren Licht können sie Johannes entdecken.

»Du blöder Fettsack«, hören sie ihn schreien. Dann spuckt er offenbar. »Behandelst Menschen wie den letzten Dreck. Und selbst kannst du nichts als fressen und saufen.«

Eine Frau schreit. »Lass' ihn in Ruhe. Er hat dir nichts getan.«

»Er hat eine Pistole. Was machen wir?«, flüstert Steffi.

Mück weiß es nicht. Er überlegt.

Sie hören Johannes weiter schreien: »Ihr solltet einfach nur das Spiel spielen. Sonst nichts.« Kurze Pause. »Jetzt könnt ihr nicht mehr reden und mir die Lösung sagen, was?« Johannes lacht. »Euer Pech. Wenn ihr euch nicht an die Regeln haltet, dann muss ich das auch nicht.«

Das Hundegebell verändert sich.

»Los, den holen wir uns!«, sagt Steffi.

In dem Moment begreift Mück. Er hält sie an der Schulter fest. »Warte!«

»Was?«

»Riechst du das auch?«

Sie sieht ihn fragend an, doch dann begreift sie. Ihre Augen werden ganz groß. »Der Mistkerl hat alles mit Benzin übergossen.«

Mück nickt. »Das glaub' ich auch.«

Das Bellen wird lauter.

»Ich glaube, ich sollte das Spiel nun beenden!«, schreit Johannes.

»Los, wir müssen etwas unternehmen!« Steffi wird hektisch.

Plötzlich steht der Hund vor ihnen. Bellt wie verrückt. Fletscht die Zähne. Er starrt sie an, sein Blick ist aggressiv.

Steffi entkommt ein leiser Schrei. Sie zuckt zurück.

Mück bleibt das Herz fast stehen. Er stolpert zurück. Die Tür fällt zu.

»Wer ist da?«, hören sie Johannes drinnen rufen.

»Scheiße, was machen wir jetzt?«, flüstert Steffi. Ihre Augen sind jetzt noch weiter aufgerissen.

Mück öffnet die Tür, lugt durch den Spalt. Steffi bleibt im Hintergrund.

Der Hund steht unmittelbar vor ihm. Er knurrt, bellt, wartet, will seine Beute.

Irgendetwas klickt. Dann hält Johannes ein brennendes Feuerzeug hoch.

Mück schiebt die Tür wieder zu. »Der hält ein Feuerzeug hoch. Ich glaub', so ein Zippo.«

»Scheiße! Das geht nicht aus, wenn wir ihn erschießen.«

»Genau.« Mück reibt sich das Gesicht, sein Verstand rast. Er weiß: Wenn sie jetzt einen Fehler machen, sterben alle da drinnen. Alles wird in Flammen aufgehen.

»Wenn du nicht in fünf Sekunden hereinkommst, dann brennt hier alles«, schreit Johannes.

Mück greift nach seiner Waffe. Er weiß nicht, was er machen soll.

»Schnell«, fährt ihn Steffi an.

»Er weiß nicht, dass wir zu zweit sind. Ich geh' rein. Bleib du hier«, sagt Mück.

»Sicher nicht!« Sie hält ihn am Ärmel seines Mantels fest. »Ich geh'!«

»Nein, warte …« Mück will sie zurückhalten, doch sie hat die Tür schon geöffnet und geht hinein.

Die Tür fällt hinter ihr wieder zu.

»Scheiße!«, flucht Mück.

Ein heftiger Windstoß fegt über den Hof.

Was jetzt? Denk nach!

Mück stapft an der Fassade der Halle entlang, um die Ecke und dann an der Längsseite entlang. Schaut nach oben. Das Fenster ist einfach zu hoch. Da kommt er niemals hinauf.

Verflucht!

Er kämpft sich weiter durch den Schnee wieder um die Ecke. Nun ist er an der Rückseite der Halle. Hier ist kein großes Tor. Aber eine Tür wie an der Vorderseite.

Mück presst wieder sein Ohr dagegen. Hört Stimmen, Schreie, Bellen. Er umklammert die Schnalle, drückt sie nach unten. Ganz langsam, bis sie ansteht. Dann zieht er vorsichtig die Tür auf und lugt hinein.

Johannes steht mit dem Rücken zu ihm. Er hält immer noch das Feuerzeug hoch. Steffi ist wenige Meter vor ihm. Sie hat die Hände erhoben, redet auf Johannes ein. Der Hund springt aggressiv um sie herum, bellt sie an. Von den anderen ist nichts zu sehen. Mück vermutet sie im Gehege rechts von Johannes, weil dieser immer wieder dort hinüber sieht.

Mück zieht den Kopf noch einmal nach draußen. Atmet die eiskalte Luft tief in seine Lungen. Er reibt sich das Gesicht. *Komm schon! Mach etwas!*

Er steckt wieder den Kopf durch die Öffnung.

Steffi entdeckt ihn, schaut ihn für den Bruchteil einer Sekunde an.

Johannes merkt nichts.

Mück legt den Finger auf die Lippen. Dann zieht er seine Pistole und schiebt sich durch die Tür. Sein Herz schlägt ihm bis zum Hals. Das Blut rauscht in seinem Kopf. Die Waffe zittert in seiner Hand. Er macht ganz kleine Schritte. Vorsichtig. Langsam. Das Stroh knistert leise unter seinen Sohlen.

Steffi redet auf Johannes ein. »Legen Sie das Feuerzeug weg. Lassen Sie uns doch in Ruhe reden.«

»Die Polizei hat ihre Chance gehabt«, schreit Johannes. »Vier lange Jahre lang. Und sie hat nichts gemacht.«

Wimmern ist zu hören. Menschen weinen.

Mück schleicht sich weiter heran. Der Benzingeruch ist fast unerträglich. In einem Gehege rechts von ihm sieht er Emma Fuchs, Richters Angestellte, liegen. Bewusstlos oder tot. Er kann es nicht sagen.

»Aber jetzt höre ich Ihnen zu. Ich will Ihnen helfen«, redet Steffi weiter auf Johannes ein.

»Sie wollen mir nicht helfen!«, brüllt er. »Niemand will mir helfen.«

Mück ist jetzt nah genug an Johannes dran. Er könnte ihn ohne Probleme erschießen. Wenn da nicht das Zippo Feuerzeug in seiner Hand wäre. Die Flamme würde weiter brennen, wenn Johannes zu Boden ginge. Alles würde sofort in Flammen stehen.

»Ich bin doch hier, um Ihnen zu helfen«, sagt Steffi.

Zwei Frauen schluchzen. *Maria und Christine.*

»Wir werden sterben. Wir werden jetzt alle gemeinsam sterben.« Johannes bückt sich.

Mück begreift. Er hat keine Zeit mehr. *Jetzt!* Er schießt. Trifft Johannes.

Der stöhnt auf.

Schreie.

Bellen.

Steffi sprintet die drei Schritte auf Johannes zu. Greift seine Hand.

Johannes hält das Feuerzeug fest.

Schreie.

Steffi kann es ihm nicht entreißen.

Bellen.

Johannes sackt auf die Knie.

Der Hund attackiert Steffi. Beißt sie durch die Hose hindurch in die rechte Wade.

Sie schreit auf. Zerrt weiter am Feuerzeug.

Mück schießt noch einmal. Trifft den Hund.

Er jault auf, lässt von Steffi ab. Zieht sich humpelnd zurück. Winselt.

Steffi bläst auf die Flamme. Einmal. Zweimal. Dreimal. Sie geht aus.

Johannes lässt das Feuerzeug los und sackt zu Boden.

77

Johannes hört sich selbst stöhnen und röcheln. Er schmeckt das salzige Blut, das seinen Rachen emporschießt. Er spürt das Zittern seines Körpers, fühlt das Kribbeln, das langsam in jede einzelne Faser kriecht. Ein Strohhalm sticht ihn im Nacken, doch es ist ihm egal. Er greift nach seiner Brust. Sie ist ganz nass und warm.

Die Stimmen werden immer mehr, aber gleichzeitig auch immer leiser. Er kann kein Wort verstehen, aber sie klingen alle so hektisch. Warum muss immer alles so hektisch sein?

Da liegt er nun also und weiß nicht, ob er unglücklich darüber sein soll oder nicht. Ja sicher, er hat das Spiel verloren. Und ja, er wird das hier nicht überleben.

Und dennoch hat er gewonnen!

Denn die beiden können nicht mehr länger ungestraft mit ihrer Lüge leben. In ihren Träumen werden sie sich für immer an ihn erinnern. IMMER! Sie werden weinen. Sie werden zittern. Sie werden Angst haben. Angst vor ihm und vor allem und jedem. Und wenn er ganz viel Glück hat, dann verlieren die beiden das, was auch er durch sie verloren hat: die liebsten Menschen in ihrem Leben.

Eine Welle der Zufriedenheit und Wärme durchflutet seinen Körper. Sein Mund füllt sich mit Blut. Er presst die Lippen zusammen, so fest er nur kann. *Nein, bleib noch bei mir. Nur noch ganz kurz. Bleib.*

Ja, er hat das Spiel verloren. Aber nein, er ist mit Sicherheit kein Verlierer.

Er war es, der sich all das hier ausgedacht hat. Er war es, der Maria und Christine ausfindig gemacht hat, der sie beobachtet und alles über sie in Erfahrung gebracht hat. Er hatte nur ihre Gesichter gekannt und ihre Stimmen – von ihrem ersten Einbruch in den Hof. Dieses linke Tierschützer-Gesindel. Aber er hatte alles gesehen, und ihre Gesichter hatten sich in sein Gedächtnis gebrannt. Für immer und ewig.

Nach dem Brand war ihm sofort klar gewesen, dass *sie* es gewesen sein mussten.

Es war wirklich nicht schwer gewesen, sie an der Universität zu finden. Sie zu beobachten und zu studieren. Viel schwerer war es hingegen gewesen, zu warten. Nicht dem Drang der schnellen Rache nachzugeben. Zu warten, zu planen und auf den großen Moment hinzuarbeiten. Vier lange Jahre.

Erst jetzt hat er ihnen die gleichen Schmerzen zufügen können, die auch er erlitten hatte, als er sich mit einem Sprung aus dem Fenster das Leben gerettet hatte. Die ausgerenkte Schulter. Der zertrümmerte Knöchel.

Nein, er ist wahrlich kein Verlierer.

Denn er war es, der sich in Klaus Richters Leben eingeschlichen hat, um an Christine heranzukommen. *Verkaufsassistent ohne jede Ausbildung. Ohne jemals auch nur einen Wagen verkauft zu haben.* So blöd hat auch nur dieser Fettsack sein können. Am liebsten würde er laut loslachen, aber er wagt es nicht, seine Lippen zu öffnen.

Ein kleines bisschen noch!

Er war es, der Jonas Engel erfunden hat. Der sich eine Wohnung im selben Haus wie die Finks unter den Nagel gerissen und der sich still und heimlich in ihr Leben eingeschlichen hat. Er war es, dem sie vertraut haben. Dem sie die Tour mit dem Konditorlehrling ernsthaft abgenommen haben. Dabei ist er immer nur in die Confiserie um die Ecke gegangen und hat dort eingekauft. *Diese leichtgläubigen Idioten.*

Wie gerne würde er jetzt lachen.

Johannes kann nur mehr Lichter und Schatten erkennen. Die Lichter werden immer weniger.

Ein leises Bellen und Winseln dringt durch die Stimmen zu ihm durch. *Idefix!* Dieser verdammte Köter, der ihm immer nur Dreck gemacht und ihn ein halbes Vermögen gekostet hat, so viel, wie der gefressen hat. *Jaja. Jammer du nur. Ist mir doch egal.*

Die Augen fallen Johannes zu. Er muss all seine Kraft zusammennehmen, um sie noch einmal zu öffnen. Noch ein allerletztes Mal.

Das Licht ist so grell und blendet ihn. Leute beugen sich über ihn. Sie berühren ihn. Er kann Stimmen hören. Leise und schwammig.

Zum Teufel mit euch!
Die Lider zucken.
Nur noch ganz kurz.
Es tut so weh.
Nur noch ganz …
Er schafft es nicht mehr lange.
Nur noch …
Ein letztes Zucken.
Gleich ist es also vorbei. Nur …
Das Spiel ist vorbei.

NACHSPIEL

78

Wien. Ein paar Stunden später.

Mück stand lange Zeit am Fenster und schaute in das nächtliche Schneetreiben hinaus. Flocken wurden gegen die Scheibe geschleudert, schmolzen dort und liefen nach unten. Viel war nicht zu erkennen. So lange, bis der Schneefall allmählich leichter wurde und der Horizont sich ganz langsam rötlich verfärbte. So bitter kalt es da draußen war, so lauschig warm war es hier drinnen.

Die ganze Zeit über musste Mück an die vergangenen Stunden denken und an die offenen Fragen, die geblieben waren. Daran, wie nichtsahnend er vor drei Tagen noch diesen Richter beobachtet hatte. Daran, wie rasch sich dann die Ereignisse überschlagen hatten und daran, wie knapp alles am Ende gewesen war. Bei dem ganzen Stroh und der Menge an Benzin wären sie wohl alle bei lebendigem Leib verbrannt. Und wenn Steffi und er nur ein paar Minuten später am Hof angekommen wären, hätte Johannes Lattner sie mit Sicherheit alle umgebracht.

Wie mutig Steffi gewesen war, als sie ihn am Mantel zurückgehalten hatte und sich selbst in die Halle gedrängt hatte. Als sie mit erhobenen Händen auf Johannes Lattner eingeredet und ihn abgelenkt hatte.

Mück glaubte auf einmal, ihren sanften Druck von der Nacht zuvor auf seiner Schulter zu spüren. Er glaubte, ihren Duft zu riechen, ihre Stimme zu hören. Ein sanftes Lächeln legte sich auf Mücks Lippen. Es verschwand jedoch sofort wieder, als er an Maria Fink und Christine Richter dachte. Er würde am kommenden Tag noch einmal mit ihnen reden müssen.

Eine SMS riss ihn aus seiner Träumerei. Sie war von Sabine, seiner ehemaligen Partnerin bei der Mordkommission: *Hast du das vom Havraniz schon gehört?*

Nein, das hatte er nicht. Aber er war jetzt auch nicht in der Stimmung, irgendetwas über diesen Sautrottel zu hören.

Er schob sich einen Stuhl an das Krankenbett seines Vaters und beobachtete ihn lange Zeit. Er streifte mit seinen Gedanken in ihre Vergangenheit, zwischendurch in eine mögliche Zukunft. Nach einiger Zeit schlief er dann endlich ein. So tief und fest wie schon seit langer, langer Zeit nicht mehr. Von dem allmorgendlich lauter werdenden Stimmengewirr und dem zunehmenden Getrappel vor der Tür bekam er nichts mit. Auch nicht von dem Tageslicht, das langsam den Raum erhellte.

Der traumlose Schlaf schwindet, die Schmerzen in den Knochen kommen langsam zurück. Es ist hell hinter seinen Lidern, und es duftet nach Kamillentee. Vom Gang sind Stimmen zu hören, ein kleines Kind weint, ein Rollwagen wird an der Tür vorbeigeschoben.

Mück wacht langsam auf. Er blinzelt. So lange, bis er es schafft, die Augen offen zu halten.

Sein Vater schaut ihn an.

»Guten Morgen.« Mück streckt sein Kreuz. Es kracht.

Josef Mücks Augen sind glasig, die Lider zucken. Er öffnet seinen Mund, doch es dauert einige Augenblicke, bis die Worte ihren Weg finden. »Sie wollte mich verlassen«, sagt er mit heiserer, zittriger Stimme.

Mück zieht sich aufrechter in den Stuhl. Er reibt sich die Augen. »Wovon redest du?«, fragt er, obwohl er ganz genau weiß, was sein Vater meint.

»Deine Mutter. Sie wollte mich verlassen.« Eine Träne

läuft seinem Vater die Wange hinunter. Er schnappt nach Luft. »Sie hat es mir kurz vor dem Unfall gesagt.«

Irgendetwas schnürt Mück von innen die Kehle zu, verkrallt sich in seinem Hals. Er kann nicht mehr schlucken. Auf seiner Brust wird der Druck immer größer. Er möchte aufstehen und aus dem Zimmer laufen. Laufen. Laufen. Laufen. Egal, wohin. Nur weit genug weg von hier.

Eine weitere Träne löst sich aus den Augen seines Vaters. Dann noch eine. Und noch eine.

»Sie hat einen anderen kennengelernt«, sagt er.

Mücks Lippen zittern. Seine Tränen tropfen auf die Decke seines Vaters. Er greift nach seiner Hand. *Wie warm sie ist.*

»Es tut so weh.«

»Es tut mir leid, Papa.« Mück kann sich nicht mehr zurückhalten. Er fällt seinem Vater um den Hals, drückt ihn ganz fest an sich. »Es tut mir so leid, dass ich nicht für dich da gewesen bin.«

Er kann die warmen Tränen seines Vaters auf seiner Haut spüren. Er riecht seinen vertrauten Duft.

Ihre Körper beben.

»Was hältst du davon, wenn du eine Weile bei mir wohnst?« Mück hat die Frage gestellt, ohne vorher darüber nachzudenken. Aber er bereut sie nicht. Sie fühlt sich nicht falsch an. Nein, ganz im Gegenteil – irgendwie fühlt sie sich verdammt richtig an.

79

Wien. Samstag, 5. Dezember.

»Es geht schon, danke«, versichert Maria der blutjungen Krankenschwester, die sich gerade nach ihrem Wohlbefinden erkundigt hat.

Das Einrenken der Schulter war unglaublich schmerzhaft gewesen. Von der anschließenden Operation am Knöchel bekam sie jedoch aufgrund der Vollnarkose nichts mit. Aber zum Glück ist das alles nun vorbei, und die Medikamente tun ihre Wirkung.

»Ihre Frau braucht jetzt dringend Ruhe. Sie muss schlafen und sich von dem Eingriff erholen«, sagt die Schwester zu Martin, nachdem sie die Infusionsschläuche kontrolliert und irgendetwas auf dem Blatt an Marias Bettende notiert hat.

Martin nickt ihr zu. »Fünf Minuten noch, in Ordnung?« Seine Lippen schmerzen noch beim Sprechen.

Sie seufzt. »Höchstens.« Dann steckt sie den Kuli zurück in ihre Brusttasche und lächelt Maria an. »Bitte drücken Sie einfach den roten Knopf, wenn Sie etwas brauchen.«

»Ja, danke, mach' ich.«

Ihr Lächeln verschwindet, als sie sich noch einmal Martin zuwendet: »Fünf Minuten. Keine Minute länger.« Dann verlässt die Krankenschwester das Zimmer, und die Tür fällt hinter ihr ins Schloss.

Martin und Maria sind alleine, das zweite Bett im Zimmer ist leer. Martin drückt Marias Hand.

Sie erwidert seinen Druck.

»Ich bin so froh, dass ich dich wieder hab'«, sagt er.

Sie sieht ihn mit einem tapferen Lächeln an, das jedoch gleich wieder verfällt. Ihre Lider beginnen zu zucken, sie sieht elend aus. »Willst du denn gar nicht wissen, warum das alles passiert ist?« Sie wischt sich mit dem Handrücken eine Träne von der Wange.

»Nicht jetzt. Du musst dich jetzt ausruhen.«

»Aber ich muss es dir erzählen.«

Martin schluckt.

»Ich … ich hab' schon viel zu lange mit der Lüge gelebt. Und mit dem schlechten Gewissen.«

Martin starrt ins Leere. Er kann spüren, wie Marias Hand zittert.

»Bitte«, fleht sie.

Martin hat Angst vor dem, was Maria ihm erzählen wird. Er fürchtet sich davor, dass es alles verändern wird. Dass alles noch schlimmer werden könnte. Trotzdem nickt er Maria zu und streichelt ihr über die Stirn. »Also gut. Erzähl es mir.«

Marias Gesicht entspannt sich nur kurz. Tränen fließen still und leise. Sie wirkt unheimlich erleichtert und angestrengt zugleich. Sie atmet tief durch, muss ein paar Mal schlucken. Dann beginnt sie mit brüchiger Stimme zu erzählen: »Ich hab kaum noch eine Erinnerung an meine Eltern, weißt du. Meine Mutter hat sich das Leben genommen, als ich sechs war. Angeblich hatte sie seit Jahren unter schweren Depressionen gelitten.«

Martin drückt Marias Hand fester. Er kämpft mit den Tränen. Noch nie zuvor hat Maria ihm von ihren Eltern oder ihrer Kindheit erzählt. Nie hat sie sich etwas entlocken lassen.

»Mein Vater hat den Tod meiner Mutter nicht verkraftet. Er dürfte ein Alkoholproblem bekommen haben. Ein ziemlich schweres, was ich so gehört hab'. Irgendwie ist das Jugendamt darauf aufmerksam geworden und hat mich in ein Heim gesteckt.« Maria muss ein paar Mal schlucken.

Sie dreht ihren Kopf, schaut aus dem Fenster, als sie weiter erzählt. »Ich hab' meinen Vater nie wieder gesehen. Nach ein paar Monaten dann hat man mir gesagt, dass er bei der Arbeit von einem Gerüst gefallen und gestorben ist. Ich hab' keine Ahnung, ob es ein Unfall gewesen ist oder ob auch er sich umgebracht hat.«

»Maria, es tut mir so leid … ich …« Martin legt den Kopf auf ihren Bauch, spürt die Wärme. »Ich …«

»Warte«, fällt sie Martin ins Wort. Maria möchte weiter erzählen. »Ich bin noch nicht fertig …«

»Okay.«

»Im Heim hab' ich nie wirkliche Freunde gehabt. Oder so etwas wie eine Familie. Ich bin eine Einzelgängerin gewesen. Nicht, weil ich es so gewollt hab'. Sondern, weil es einfach so passiert ist.«

Vom Gang draußen sind gedämpfte Stimmen zu hören.

»Ich hab' Christine dann auf der Uni kennengelernt. Auch sie war in einem Heim aufgewachsen. Wir haben uns irgendwie sofort verstanden. Als ob wir uns schon ewig gekannt hätten.« Maria lächelt. »Zum ersten Mal, seit sich meine Mutter das Leben genommen hatte, bin ich nicht mehr alleine gewesen.«

Martin möchte etwas sagen, weiß aber nicht, was. Sein ganzer Körper ist angespannt.

Maria erzählt weiter: »Irgendwann hat sie mir dann erzählt, dass sie diese Leute in einer Vorlesung kennengelernt hat. Sie waren in verschiedenen Tierschutz- und Umweltschutzgruppen aktiv. Christine und ich sind zwei, drei Mal bei ihren Treffen gewesen, und irgendwie hat es uns fasziniert. Dieser gute Gedanke und dieses unbeschreibliche Gemeinschaftsgefühl.

Ich wollte eigentlich aufhören, nachdem wir eine Anzeige bekommen haben, weil wir in der Kärntnerstraße Pelzmäntel von Passanten mit Farbe angesprüht hatten. Aber es war wie ein Rausch und Christine ist dadurch noch viel mehr hineingekippt. Sie hat Eindruck schinden wollen und einen Plan entwickelt. Hat ihnen aber erst nach der Aktion sagen wollen, dass wir es gewesen sind. Sie wollte ein volles, respektiertes Mitglied werden. Ein führendes Mitglied. Sie wollte den Respekt und die Anerkennung der Gruppe.

Also hat sie mir von ihrer Idee erzählt. Sie wollte in einen Viehzuchtbetrieb einbrechen, von dem wir bei einer Infoveranstaltung gehört hatten. Die Zustände dort sind abartig gewesen, aber die Behörden haben einfach nichts dagegen unternehmen wollen. Christine wollte die Tiere in einer Nacht-und-Nebel-Aktion befreien.« Maria schüttelt kaum merkbar den Kopf. »Und ich hab' es für richtig gehalten, sie dabei zu unterstützen. Es war ja für eine gute Sache.«

Maria lächelt traurig. Sie reibt sich das Gesicht.

Martin drückt ihre Hand. Er weiß nicht, was er sonst machen soll.

Dann erzählt sie weiter: »Beim ersten Versuch hat uns der Bauer noch erwischt und vom Hof gejagt. Aber wir haben keine Angst gehabt, weil wir gewusst haben, dass er die Polizei nicht einschaltet. Der hat auf seinem Hof jede Menge falsch laufen gehabt. Das musst du dir mal vorstellen – der hat seine Schweine unbetäubt kastriert, sie mit Antibiotika vollgestopft und Hunderte Tiere in diese viel zu kleinen Gehege gepfercht. Die haben sich nicht einmal hinlegen können, sind elendig krepiert. Nein, wir haben gewusst: Der Lattner hat vieles gewollt, aber sicher keine Polizei.«

Martin ahnt bereits, worauf Marias Geschichte hinausläuft. Doch er hofft so sehr, dass er sich irrt.

»Aber wir haben nicht locker gelassen. Der erste Versuch hat uns einen unglaublichen Kick gegeben, verstehst du?« Maria wartet auf keine Antwort. »Und obwohl wir gescheitert waren, haben wir uns unglaublich stark gefühlt. Also haben wir es noch einmal versucht und sind ein paar Nächte später wieder in den Hof eingebrochen. Es war stockdunkel, niemand hat uns gesehen. Wir sind in die Halle hinein und haben weinen müssen. Die Zustände sind noch schlimmer gewesen, als wir es beim ersten Mal mitbekommen hatten. Da waren überall tote Tiere. Überall. Die sind einfach so zwischen den Kranken und Lebenden gelegen. Teilweise schon verwest.

Wir sind so wütend gewesen, haben die Gehegetüren aufgerissen. Wir haben gewusst, dass viele Tiere die Flucht nicht überleben würden. Aber selbst das wäre besser gewesen, als weiter dort drinnen dahinzuvegetieren. Jeder Tod wäre besser für sie gewesen als ein Leben dort in dieser Hölle.«

Marias Augen glühen bei der Erinnerung an damals.

»Aber die Schweine haben sich einfach nicht aus ihren Gehegen getraut. Die haben nur geschrien wie verrückt. Wir haben nicht gewusst, was wir machen sollten. Ich hab' Christine schon gebeten, dass wir wieder verschwinden. Aber sie hat auf einmal die Idee gehabt, dass die Tiere sicher Angst vor Feuer hätten. Und dass sie dann ganz bestimmt fliehen würden. Ich hab' ihr versucht zu erklären, dass sie nicht ganz bei Trost war. Ich hab' sie gepackt und gerüttelt, hab' sie angeschrien und versucht, sie abzuhalten. Aber ich hab' gar nicht so schnell reagieren können, da hat sie schon das Feuer an der Rückseite der Halle gelegt gehabt. Sie hat einfach das Stroh dort angezündet und gerufen, dass wir hier raus müssen. Ich hab' nicht glauben können, dass sie das wirklich getan hat. Bin wie angewurzelt dagestanden, hab' mich nicht bewegen können.«

Maria hält inne, starrt ins Leere.

»Ich hätte etwas unternehmen können, aber hab' es einfach nicht getan«, sagt sie tief in ihre Erinnerung versunken. Sie schluckt, wischt sich die Tränen aus dem Gesicht.

»Es war wie ein Inferno. Das Stroh. Überall ist Stroh herumgelegen, und alles hat so schnell zu brennen begonnen. Wir haben es gerade noch aus der Halle geschafft. Die Schweine haben geschrien. So geschrien. Viele sind rausgerannt, aber die meisten sind verbrannt. Bei lebendigem Leib verbrannt.

Wie wir draußen waren, haben wir schon gesehen, dass das Feuer auch aufs Haus übergegriffen hat. Das ganze Holz hat so schnell gebrannt. Auf einmal sind die Flammen schon aus dem Dachstuhl geschlagen.

Wir haben nur dagestanden und dem Feuer zugesehen. Keine Ahnung, wie lange. Wir haben uns nicht rühren können, sind wie versteinert gewesen. Völlig geschockt. Ich hab Christine gefragt, ob wir nicht ins Haus laufen sollten, um nachzuschauen, ob jemand da war. Aber sie hat nicht geantwortet. Und ich hab' nichts unternommen, bin zu feige gewesen. Einfach zu feige. Dann sind wir irgendwann losgelaufen und haben immer wieder zurückgeschaut.«

Maria hält wieder kurz inne, bevor sie weiter erzählt: »Erst aus den Zeitungen zwei Tage später haben wir dann erfahren, was danach geschehen ist. Der Besitzer und seine Frau sind in den Flammen ums Leben gekommen – bei lebendigem Leib verbrannt. Es stand, dass die Ermittler derzeit nicht von Brandstiftung ausgingen. Danach haben wir nie wieder was gehört. Auch nicht von dem Sohn, der angeblich überlebt hat.«

»Jonas? Ich meine, Johannes?«, fragt Martin mit brüchiger Stimme.

Maria nickt traurig.

Martin drückt ihren Oberarm.

Sie wirkt erleichtert, endlich ihre Geschichte erzählt zu haben. Gleichzeitig hat sie der Schrecken der Vergangenheit immer noch fest im Griff. »Sie sind wegen uns gestorben, Martin. Ich war zu nichts mehr fähig – hab' nicht mehr schlafen können, mich nicht mehr auf das Studium konzentrieren können. Ein paar Monate später hab' ich es abgebrochen und mich völlig zurückgezogen. Ich hab' mit niemandem mehr Kontakt gehabt.« Sie lächelt traurig, ihre Wangen zucken. »Bis du gekommen bist.« Sie bricht in Tränen aus. »Warum bist du nicht schon früher in mein Leben gekommen?«, schluchzt sie.

»Maria …« Martin weiß nicht, was er sagen soll. Er drückt Maria fest an sich, spürt das Beben ihres Körpers.

»Was glaubst du, wird jetzt mit mir passieren?« Sie schaut hilfesuchend zu Martin auf. »Ich muss es der Polizei sagen.«

»Nein!«, fährt Martin sie an.

»Aber ich …«

»Tu mir das nicht an!« Er überlegt, sucht nach Worten. »Glaubst du, die Polizei hat etwas mitbekommen?«

»Martin, ich kann nicht länger …«

»Hat sie oder hat sie nicht?«

Maria resigniert. Sie seufzt. »Dieser Mück hat mich gefragt, ob ich weiß, warum Johannes das getan hat.«

»Und was hast du gesagt?«

Maria zuckt mit den Schultern. »Ich weiß nicht mehr so genau. Ich war doch noch unter Schock.«

»Maria, bitte versuche dich zu erinnern.«

»Ich glaub', ich hab' gesagt, dass ich keine Ahnung hab'.«

Martin lächelt angestrengt. »Und hast du das Gefühl gehabt, dass er dir glaubt?«

Maria überlegt, sie ist schwach und ihr wird diese Diskussion zu viel. »Ich weiß es nicht, Martin. Er hat gesagt, dass er heute noch einmal mit mir sprechen möchte.«

Martin hat ein ungutes Gefühl. Panisch versucht er alle Möglichkeiten in Gedanken durchzuspielen. »Und was wird Christine ihnen sagen?«

Marias Gesichtsausdruck wird zuversichtlicher.

Martin sieht sie fragend an.

»Das Gleiche wie ich.«, sagt Maria.

Martin versteht nicht.

»Wir haben damals alle möglichen Szenarien besprochen, für den Fall, dass sie uns erwischen. Wir wissen, was wir zu sagen haben.«

»Aber …«

»Bitte lass' es, Martin.« Maria nimmt Martins Hand und legt sie auf ihren Bauch. »Da gibt es noch etwas, was ich dir sagen möchte.«

80

Wien. Ein paar Tage später.

Klaus liegt in seiner Zelle und starrt an die Decke, die vor langer Zeit vermutlich einmal weiß gewesen ist. Jetzt strahlt sie irgendwo zwischen mittel- und dunkelgrau. Irgendjemand hat mit einem schwarzen Edding einen Penis und Brüste darauf gemalt. Daneben ein Spruch: *Such nicht nach Witzen an der Wand, den größten hältst du in deiner Hand!*

Wie, zum Teufel, ist der nur da hochgekommen?

Die Metallfedern der durchgelegenen Matratze bohren sich in sein Kreuz, der Polster ist viel zu klein, und die Decke gleicht einem Schleifpapier. Es ist kalt, die Toilette stinkt nach Urin, und der Wasserhahn des kleinen Waschbeckens tropft immerzu.

Aber das alles ist halb so schlimm, denn es hätte auch noch weit übler kommen können. Er könnte jetzt genauso gut auch tot sein – oder noch schlimmer: in Als Händen.

Dieser Drecksack.

Hauptsache, Christine geht's gut, und seine Lippen tun auch nicht mehr weh.

Sie haben ihm gesagt, dass er morgen Früh eine weitere Anhörung haben wird. Klaus ist schon gespannt, was er mit diesem Mück und den anderen Kiberern aushandeln kann. Er hat bessere Haftbedingungen und eine Aussicht auf frühe Entlassung gefordert und dafür angeboten, ihnen Al auf dem Silbertablett zu servieren. Mit seiner Aussage kriegen sie ihn schneller ran, als sie sich einen runterholen können.

Und dann, wenn er wieder draußen ist, wird er sich ein neues Geschäft aufbauen und endlich einmal ein wenig Kohle verdienen. Klaus hat noch keine Ahnung, was das für ein Geschäft sein soll. Hauptsache, es wirft Gewinn ab, und er muss sich nicht mehr mit so nichtsnutzigen Assistenten herumschlagen. Oder so Vogelscheuchen wie Emma. Ihr zukünftiger Chef tut ihm jetzt schon leid. Aber immerhin freut sich Klaus, dass sie mit dem Schrecken und einer kleinen Gehirnerschütterung davongekommen ist.

Vielleicht wird er dann auch wieder mehr Kontakt zu Christine haben. *Das wär' doch eigentlich gar nicht so schlecht.*

Klaus gähnt genüsslich und kratzt sich die Brust. So tief und fest, wie hier in dieser verdammten Zelle, hat er schon seit Jahren nicht mehr geschlafen. Es tut so gut, sich um nichts mehr Sorgen machen zu müssen. Es kann ihm alles gestohlen bleiben: dieses schwarze Loch von einem Autohaus. Charlie, diese elende Ratte. Al, dieser türkische Sauprolet. Elena, diese Knackwurst von einer Prostituierten. Emma, diese immer nörgelnde Schreckschraube. Und vor allem Johannes, dieses verdammte Weichei von einem Assistenten.

»Habt's mich doch alle gern …«, murmelt Klaus. Kurze Zeit später schläft er bereits tief und fest und träumt wieder einmal von den Brustwarzen der Fitnesstrainerin, von ihrem nackten Arsch, einem kühlen Bier und einem duftenden Schweinsbraten.

DER KAFFEE DANACH

IRGENDWANN IM NEUEN JAHR

Die Lichter scheinen heute weniger grell, die Menschenmassen geordneter und das Stimmengewirr leiser als sonst.

Eine Straßenbahn fährt ein, bimmelt.

Wien!

Er ist sich nicht sicher. Aber er glaubt, dass in seinem Gesicht die Andeutung eines Lächelns thront.

Leichtfüßig steuert er auf sein Ziel zu.

Kein Uringestank, der ihm die gute Laune verdirbt. Nur der Duft von frisch gemahlenem Kaffee und warmem Gebäck, der seine Sinne kitzelt.

»Na, kommen S' doch noch zu uns, Herr Inspektor. Ich hab' schon geglaubt, Sie sind uns untreu geworden.«

Er zuckt mit den Schultern. Lächelt. Wirklich.

Sie starrt ihn irritiert an. Braucht ein paar Augenblicke, um sich wieder zu fangen.

»Das Gleiche wie immer?«, fragt Maria verwirrt.

Er schiebt seine Unterlippe vor, runzelt die Stirn. Die Augen werden schmäler. Zum allerersten Mal studiert er die Auswahl.

Sie kann ihre Verwunderung nicht verbergen. Ihre Augen sind weit aufgerissen, ihr Mund steht offen.

»Was würden Sie mir empfehlen?«

DANKSAGUNG

Dieses Buch würde es wohl heute nicht geben ohne die vielen Menschen, die mir in den unterschiedlichsten Stadien der Entwicklung dabei geholfen haben.

Ein besonderer Dank an Gerhard Loibelsberger, der von Anfang an an mich glaubte, mir stets mit Rat und Tat zur Seite stand, mich motivierte und inspirierte. Vielen Dank an Claudia Senghaas und das gesamte Gmeiner-Team für ihr Vertrauen und die tolle Zusammenarbeit. Ein herzliches Danke an Anna, die stets geduldig blieb, selbst wenn ich nichts anderes als diese Geschichte im Kopf hatte, und die mir wertvolle Verbesserungsmöglichkeiten aufzeigte. Danke auch an Michael M. Thurner, der mir einige sehr hilfreiche Anregungen lieferte. Außerdem bedanke ich mich bei Helmut Bärtl für die Beantwortung meiner kriminalpolizeilichen Fragen, bei Thomas Neubauer für die Beantwortung meiner medizinischen Fragen und bei Evelyn Panny, Caroline Schwarzenberger, Klaus Bichler, Kim Wöhrer, Christina Walch und meiner Mutter für das Korrekturlesen des Manuskripts. Meinen Eltern, Andrea und Karl Klementovic, gebührt ein riesengroßer Dank, weil sie mich immer schon bei allem, was mir gerade so in den Kopf kam, unterstützten. Zu guter Letzt danke ich allen Freunden und Bekannten, die an mich und dieses Projekt glaubten und mir Mut zusprachen.

DOROTHEA BÖHME
Tragödienstadl

978-3-8392-1747-4 (Paperback)
978-3-8392-4757-0 (pdf)
978-3-8392-4756-3 (epub)

»Wer darf die Dorfschönheit küssen?
Und wer geht dabei über Leichen?«

Im verschlafenen Lendnitz herrscht Aufregung pur: In zwei Wochen ist die Premiere des Stücks »Romeo und Julia im Jauntal«, ein Bauernschwank um Liebe, Verwechslung und Dorfpolitik. Doch noch dramatischer wird es, als manche Laiendarsteller mit ihrer zugedachten Rolle nicht zufrieden sind.

Und was ist schon ein Mord, wenn man dafür die Dorfschönheit auf der Bühne küssen darf? Dem pensionierten Chefinspektor Fritz Reichel steht eine Menge Theater bevor.